本书承蒙浙江大学董氏东方文史哲
研究奖励基金资助出版

芭蕉発句表現論

―中国四言詩形による発句美的情緒の再現―

胡文海　著

浙江大学出版社
ZHEJIANG UNIVERSITY PRESS
・杭州

鶯の笠落したる椿かな
松尾芭蕉

「山川異域，風月同天」

序に代えて

「山川 域を異にすれども、風月 天を同じうす」（長屋王の詩句）と詠われた中国と日本は、古くから文化の交流を盛んにして、お互いに影響しあってきた国同士である。中国人が日本文学に関心を寄せるようになったのは近代以後のことではあるが、しかし中国人の俳諧（狭義的には発句を指したが、明治以後、俳句と呼ばれる）との邂逅は江戸時代に遡ることができる。具体的に言えば、安永四年（1775）の春、長崎に滞在していた程剣南は大島蓼太(1718~1787)の門生から、蓼太発句一句を示された。

　五月雨やある夜ひそかに松の月

「雪中庵蓼太年譜稿―明和・安永期―」（中村俊定 加藤定彦）はこう記す。

> 門人竹語、公務にて前年の秋よりこの年冬まで長崎に滞在、一日つれづれに師の近頃の佳吟をもてはやす中に「さみだれや」の句あり。通辞、これを讃嘆のあまり程剣南に訳して伝う。程氏、句意を賞して文章・一絶を竹語に餞別として与う。

即ち、安永二年から公務で長崎に滞在していた竹語という蓼太の弟子経由で、華人程剣南が蓼太の句に接したのである。

その文章・一絶は、蓼太編「俳諧蓮華会集」（安永五年刊）に次のとおり収めてある。

蓼太先生者隠君子也。都人士以為金馬侍従之流亜矣。乙未春於崎陽客館、得俳諧歌一章。言是、先生所著。僕不能読其国字故、就訳士其得解。解則興在景中、意在言外、大非俗品可知。蓋僕亦有所感也。因賦一絶、写其意、傚顰之誚所不辞也。

長夏草堂寂，連宵聴雨眠。

何時懸月色，松影落庭前。

乾隆四十年孟夏月望後三日

程剣南は長崎の客館で蓼太の句を示され、通訳を介してその意を理解すると、『興は景中に在り、意は言外に有り。』と感動して、一絶を賦してその意を写し、たとえ人まねをしたと非難されてもかまわないと書いた。

長夏　草堂寂たり

連宵　雨を聴き眠る

何れの時にか　月色懸かる

松影　庭前に落つ

これは恐らく中国人が発句に邂逅し、その刺激を受けて詠まれた最初の作例であろう。

『蓼太句集』（安永六年年六月）に漢文序を書いた大田南畝（1749~1823）も

> 東都の蓼太、俳諧歌を善くするを以て世に聞こゆ。門生、崎陽に寓す。蓼太の著はす所の一章を以て、之を清人程剣南に示す。程、一絶を賦して、以て其の意を写し、且つ手書して以て遺る。時人、之を艶称す。

と述べたうえで

> 昔、晁卿、唐人と唱酬し、明人、日本風土記を著はして和歌数編を載す。然らば、即ち彼、我に詩有り和歌有ることを知る。蓋し未だ連歌有ることを知らず。而るを況や俳諧歌をや。俳諧歌有ることを知るは、乃ち蓼太より始まる。

と誇り高く書いている。

唐詩人の李白、王維らと唱酬した阿倍仲麻呂、日本風土記を著して和歌を数首載せた明の侯継高はこちらに詩と和歌があるのを中国人に知らせたが、日本に俳諧がありと初めて中国人に知らせたのは蓼太だと感嘆した。

蓼太自身も長い前書きを持つ発句を『蓼太句集二編』に載せて、日本と中国との文化交流を謳いあげた。

> 乙未の春、中華程剣南、崎陽の客館にして予がさみだれの吟を訳士の句解につ

たへてよみするの文章且一絶を贈れり。其書その風流は、かねて此国にも眼にふれ耳にふれたる人少なからず。されば、交万里を隔て、大虚の月を掌にむすぶがごとし、是、君が代の道直に戸ざゝぬ関のためしなるべし。

もろこしに見ぬ友ひとり初霞

程剣南による蓼太俳諧の漢訳は偶発的なもので、多くの中国人の目に触れることはなかったろう。当時にも長崎無頼の少年が清人の名を仮りて偽作して蓼太を欺くかと不審に思われたが、しかし、たとえこれが作り話であったとしても、中日文化交流における一つの興味深い逸話とされてよいであろう。

俳句が本格的に漢訳されるようになったのは二十世紀二十年代まで待たなければならない。周氏は「小詩運動」という詩の改革運動を唱えて、俳句の影響を意識的に受けとめようとした。当時、主に彼が俳句の漢訳に取り組んでいたが、他にも俳句を少し翻訳した方もある。芭蕉の「古池や蛙飛び込む水の音」を例として、少なくとも五人の訳者が数えられる。

①古池一青蛙跳入水裏的聲音。　周作人（1885～1967）

②蒼寂古池呀，小蛙児驀然跳入，池水的聲音。　成仿吾（1897～1984）

③古潭蛙躍入，止水起清音。　田漢（1898～1968）

④青蛙，躍進古池，水的音。　鄭振鐸（1898～1958）
⑤靜寂的池塘，青蛙驀然躍進去，水的聲音呀！　謝六逸（1898～1945）
⑥幽寂的古池呀，青蛙驀然躍入，水的音！　謝六逸
⑦静寂的古池呀，青蛙躍進，水的音。　謝六逸

ダッシュマークを生かした周氏の漢訳もあれば、5・7・5 の形を取った成仿吾の漢訳もある。仄起式五絶の転結句による田漢の漢訳もあれば、2・4・3 の三行形式を取った鄭振鐸の漢訳、及び謝六逸による三種類の漢訳もある。実に様々な形式の漢訳を試みていた。成仿吾による 5・7・5 式の漢訳は彼が 1923 年 5 月に発表した「詩之防御戦」（『成仿吾文集』山東大学出版社、1985 年）という文章の中で彼の漢訳を批評して試みに翻訳したものである。成仿吾は次のように書いた。

周君のように漢訳すれば、原作の生命を完全に失くしてしまう。もともと「古池」という語の後に感嘆を表す「呀」という字がある。それこそが原作の命の綱であるが、周君はそれを失くした。その上に、この「古池呀」は日本語では Furuike–ya という五つの音節で、しかも二二一の関係で示されているのに、周君は「古池」の二文字と訳したので、原作の持った本来の音楽的効果も全部無くなった。しかし、これは両国の文字の相違によるもので、どうしようもないことである。俳句が音節の関係を以て文字以外

の一種の情調を暗示して、それを訳す際にも原作の音節を留めたほうがよいと考えている。

成仿吾は原作の音楽的効果を重んじているので、周氏の口語体による芭蕉の「古池」句の漢訳を批判して、芭蕉の「古池」句を試訳し、「二二一、三二二一二という原作の音節関係を保とうとした。」「しかし、ここには無益な 蛇足を幾つか加えた」と述べたあと、

このように短い句は、周君のように訳せば、さっぱりしない。私のように翻訳しても、やはり全然面白味がない。

と自らも認めた。

二十世紀八十年代以後、長く閉ざされた中日間の交流が再びスタートされ、俳句の漢訳も活発に行われるようになった。その漢訳の形式をめぐっても、二十年代のそれよりも更に様々に試みられ、訳者たちの論争も一層盛んに繰り広げられるようになった。文字通り「百花斉放」である。芭蕉「古池や」の漢訳だけでも、実に多彩な形式が現れた。ただし、成仿吾、鄭振鐸、謝六逸の漢訳を読んだ白川静博士は「漢字百話」(『白川静著作集』第一巻、平凡社、1999年)の中で次のように述べた。

それぞれ名家の訳するところであるが、驀然・躍進・跳入ではこの句のもつ風姿を伝

えることはできない。この小さな生命の描き出す波紋は、このような表現の方向とは逆なものである。

俳句の翻訳はその風姿を再現することがいかに難しいのか指摘されたのである。

二十一世紀二十年代に入り、新鋭の芭蕉研究者胡文海氏の『芭蕉発句表現論—中国四言詩形による発句美的情緒の再現—』が上梓されることになる。藤田真一先生の高足として、胡氏はこれまでの様々な翻訳方法を検討して、四言詩形による芭蕉発句の翻訳を提唱した。例えば、同じく芭蕉の「古池」を

古池幽兮，蛙縦其中，水之音響。

と四言三句式で訳出したのである。

一茶の「我と来て遊べや親のない雀」という俳句を、

孤雀毋哀，與我嬉来。

と四言二句式で漢訳した前例が銭稲孫にあったが、胡氏は四言三句という真新しい形式をはじめて取ったと言えよう。その理由を著書の中で詳しく述べた。またその芭蕉漢訳は四言三句だけではなく、音韻美の再現を図るために漢字の韻脚をも考慮に入れ、更に俳句の切字、季語、及び俳諧性などを訳する時のオリジナルな考え方を示した。非常に読み応えのある著書である。引用した芭蕉発句の既存の漢訳に対応させて、氏の四言三

句式漢訳が載せてある。

それらの中で、芭蕉の名句「五月雨をあつめて早し最上川」は、

梅雨瀝瀝、匯入湍流，最上之川。

と漢訳してある。訳者の工夫は説明されてはいるが、「最上川」を「最上之川」と訳したところについては、再考する必要があるように思う。

芭蕉発句を四言三句に漢訳する訳者のオリジナルな理念を主に論述した章節以外、付録として「元禄期少年俳人亀翁に関する小考」と「安永三年蕪村春興帖」の蕪村挿絵再考―その手法と意図をめぐって―」が載せてある。前者は芭蕉の門人としての少年俳人亀翁について、その俳諧の特質を述べ、後者は「芭蕉に帰れ」と主張した蕪村の俳画を通して、絵画と俳句の関係、所謂「詩画一如」を究めたうえで、翻訳という概念で俳画を検討している。いずれも肯綮に当たった論考である。

蕉風の確立に於いては漢詩文の関与を看過できない。芭蕉俳諧は漢籍などを少なからず受容した。例えば、芭蕉の名句「古池」の典拠に関しては、伊賀蕉門の服部土芳に師事し、師と兄の口伝を筆録して『芭蕉翁全伝』を著した川口竹《ちく》人《じん》（1693-1764）が次のように指摘した。

△古池や蛙飛び込む水の音

唐の呉融廃宅を賦せし律詩の一聯に、放魚《ほうぎよ》池《ち》涸《かれて》蛙《あ》争《あらそひ》聚《あつまる》の句あり。殊に火後のありさま却有㆓隣人㆒為鎖㆑門といひ、咸陽一火便成㆑原と作れるおもひ合すべし。

呉融「廃宅」とは『三体詩』中の七律を指す。

廃宅　呉融

風飄碧瓦雨摧垣，　風 碧瓦《へきが》を飄《ひるが》えし 雨 垣を摧《くだ》く

却有隣人為鎖門。　却つて隣人の為に門を鎖す有り

幾樹好花閑白昼，　幾樹《いくじゅ》の好花《こうか》 白昼に閑に

満庭荒草易黄昏。　満庭《まんてい》の荒草《こうそう》 黄昏《こうこん》なり易《やす》し

放魚池涸蛙争聚，　放魚《ほうぎよ》の池涸《いけか》れて 蛙は争《あらそ》い聚《あつま》り

棲燕梁空雀自喧。　棲燕《せいえん》の梁空《りょうむな》しくて 雀は自《おのずか》ら喧《かまびす》し

不獨凄凉眼前事，　獨《ひと》り 凄凉《せいりょう》たる 眼前《がんぜん》の事のみならず

咸陽一火便成原。　咸陽《かんよう》 一火《いっか》 便《すなわ》ち原《はら》と成《な》る（村上哲見氏の書き下し）

『三体詩』は南宋の周弼編、出版して間もなく日本に将来された唐詩集で、日本文

学に広く深く影響した。蕉門十哲の一人、森川許六も漢詩に親しみ、『和訓三体詩』まで編んだほどである。「古池」句にも典拠が指摘されるように、芭蕉は漢詩文を多く受容した。芭蕉自身の俳文「四山の瓢」にも、俳諧の醍醐味を説いた『田舎の句合』嵐雪序にも、李白、杜甫、東坡、山谷など唐宋詩人の名がある。

胡氏は本書において繰り返し芭蕉と漢詩文の影響関係を述べ、特に「芭蕉『梅花』考」の章節では、漢詩と引き合わせながら、和歌、古句、連歌などにおける梅の詠み方を踏まえて、芭蕉の梅花の表現法を論じた。従来の芭蕉研究を一歩前進させる論考であることは確かである。

氏はすでに芭蕉発句の全訳を脱稿、近い将来、出版の予定であると聞く。その日が来るのが待たれる。

御労作の出版を祝って、駄句を贈る。

古池の風雅ひろまる蛙かな

王岩　2022年3月

緒論

風雅の道を自ら歩んできた芭蕉は古典を変容し、俗物の意趣を悟り得、独自の感覚をもって俳諧を高度の世界と昇華させた。日本古典文学の一環としての俳諧、なかんずく芭蕉発句を翻訳する意味はどこにあるのか、どのようにすればその意趣境地を最大限に再現できるのかが一つ大きな課題である。本書では、芭蕉発句の特徴、オリジナルさを追及しながら芭蕉発句の中国語への翻訳方法について検討する。

十九世紀末から中国の知識人は明治維新が果たした成果に目を向けるようになり、日本の書物、日本語訳の西洋書物などを盛んに翻訳し始めた。本書では、一九一六年六月『若社叢刊』三号に発表された「日本之俳句」という文を始め、時代順にしたがって芭蕉発句翻訳論著を分析する。特に一九八〇年以降に代表的な発句翻訳者の実作を検討し、従来の翻訳作品の優れたところと足りないところについて突き止める。

また、「五七五」というリズムと四言詩の拍節リズムの類似性、芭蕉句中における母音の重なりや相通、連声などの美しさ、さらに繰り返し表現による音声の響などに関する検討を通し、翻訳する際、発句のリズムや音声美をどのように再現すればいいのかについて考察を加える。朗詠する和歌や漢詩とは違い、発句は基本的に声を出して朗誦する文芸ではないと考えられるが、「あさよさを誰まつしまぞ片ごころ」（『桃舐集』元禄二年）という句のように、上中下冒頭仮名の母音と末尾仮名の母音が全部揃えているため、芭蕉が一句を詠んだ際に全く音の美を考えていないとは想像しにくい。しかし、日本語の母音は五つしかないため、重なることが多いと思われる。それゆえ、芭蕉は意識的にこのように音声を考慮に入れながら句を詠んだわけではなく、母音の重なりが多く見られるのは、むしろ詩人としての、更に言えば芭蕉としての音声感覚の顕在化であるのではないかと考える。翻訳に至って、特に詩というリズム感が大いに求められる文学を翻訳する際、音韻のことを念頭に入れなければならないと考えられる。

そして、和歌の上の句は下の句の七七を予想し、それを引き出し、もしくはそれに流れてゆく趣がある。それに対し、五七五という形で詠まれた発句というのはその表現の流れを切断するもの、即ち切れ字を用いるものである。しかし、流れが軽く切断されることによって、十七文字で表現する空間がかなり広げられる。芭蕉の発句に多く用いられた「かな」、「や」、「体言止め」など詠嘆のニュアンスを持つ言葉は音声上にしても、意味上にしても重要な役割を果たしているが、句の余韻も示唆している。切れ字は一句に停頓を入れるのみならず、句意と深く関わり、同時に余韻を導き出す役割を備えている。従って、翻訳においては、これらの感嘆語の翻訳に対しても十分に吟味する必要がある。本書では、語気助詞、例えば「焉」、「哉」、「兮」などの深意や詩における役割について分析したうえ、切れ字の訳し方を試みる。

最後に、芭蕉発句における季語と俳言の中国語訳について触れようとする。物事の本質を洞察した上で自分の洒落の心持、滑稽諧謔の面白みなどを文字、言葉で表出するのは俳諧である。そういった中、欠くことのできない要素、時として一句の基調を決定する季語、俳言への把握、運用がとりわけ大事にされている。伝統性を受け継ぎながら飛び越し、季語の本意を生かし、卑俗な表現を用いながら闊達な活力を表出するのは蕉風俳諧の滑稽性の核心である。そこで、筆者は四言詩に多く用いられる畳語や四言詩の表現手法を通して季語と俳言の翻訳を検討してみたい。四言詩の表現手法、いわゆる「賦」、「興」を用い、その句を中国語に翻訳すると、原句の意味内容を拡大させること無く、リズム感を保ちながら、原句の内容を忠実に再現するができると考える。また、「畳語」の働きを借りて俳言の深意を暗示することも考えられる。

上記の通り、本書では詩歌翻訳理論、芭蕉発句の特徴及び芭蕉表現の斬新さなどを検討し、その上、従来の翻訳の、優れている点と足りない点を捉え、既存の芭蕉発句の中国語訳について検討を行いながら、音韻、季語、切れ字や俳諧性などの面から四言詩の形で芭蕉発句の翻訳を試みようと考える。しかし、このような研究の目的は正確な翻訳形式を掲げ示すことではなく、翻訳を通して俳諧、特に発句という文芸の奥深さをより明確にし、日本文学の真髄を究めるところにある。

目次

序論

「百骸九竅の中に物有、かりに名付て風羅坊といふ」と『笈の小文』の中で自分の事を「風羅坊」と名乗った芭蕉は、西行の和歌、宗祇の連歌、利休のお茶などにおける根本精神の貫く「風雅」を求めんがために四時を友として旅を重ねてきた。その中で、芭蕉は俳諧文芸をより高次な世界へと昇華させ、また蕉風俳諧を切り開いた。

その発句、または『奥の細道』をはじめとする紀行文は多言語に翻訳され、各国の人々に愛吟されている。しかし、日本古典文学の一環としての俳諧、なかんずく芭蕉発句を翻訳する意味はどこにあるのか、どのようにすればその意趣、境地を最大限に再現できるのかが大きな課題である。本書では、これらの問題点を追及しながらその翻訳方法について検討しようと考える。

芭蕉の句は日本のみならず、全世界の人々に愛読され、また様々な形で翻訳、紹介され続けている。そして、多くの国では俳句研究会、また発句の五七五を見倣って自国の言葉で新しい詩形を続々と創り出した。ここで、芭蕉英訳を例に世界における芭蕉の受容様式について一瞥してみよう。

ウィリアム・ジョージ・アストン（William George Aston）やバジル・ホール・チェンバレン（Basil Hall Chamberlain）などの最初期の俳句翻訳者は一八八〇年前後に俳句を西洋に紹介したが、短か過ぎる故、当時俳諧は詩としては認識されていなかった。一九〇二年にチェンバレンの「Basho and the Japanese Poetic Epigram」が発表されてから、欧米において発句が詩歌として評価され始めた。そして、一九三〇年に宮森麻太郎の『An Anthology of Haiku - Ancient and Modern』、また一九三三年にハロルド・G・ヘンダーソン（Harold G. Henderson）の『The Bamboo Broom– An Introduction to Japanese Haiku』という論著が引き続き刊行され、俳諧に対する認識がより深まってきた。

その後、欧米において、発句の翻訳は百年以上に盛んに行われている。西洋的詩形で翻訳を行った例もあれば、いろいろと工夫して、三行詩で発句を訳した例も少なからずある。例えば、ヘンダーソンは次のように、

荒海や佐渡に横たふ天の河（『奥の細道』）元禄二年

ON IZUMO CLIFF

How rough the sea!／And, stretching off to Sado Isle, ／The Galaxy …

基本的に句にタイトルを付けて三行に訳している。そして、切れ字「や」をエクスクラ

メーションマークで表現し、句の最後に省略記号を付き加え、句の余韻を暗示している。そこで、第一行と第三行の脚韻を揃えているところからもヘンダーソンの工夫が見られる。同じく三行詩の形で発句翻訳を行ってきた学者といえばR.H.ブライス（R. H. Blyth）が挙げられる。一九四九年にブライスは『俳句Haiku』第一巻を出版し、英語圏に俳句を紹介した。

此の道や行く人なしに秋の暮（『笈日記』）元禄七年

Along this road／Goes no one,／This autumn eve.

ブライスは三行に分けて芭蕉の句を訳したが、ヘンダーソンの如く長短句、或は音節数を考慮に入れながら翻訳を行おうとする趣旨が見られず、押韻の工夫も見て取れない。それに対し、日本文学研究者として名高いドナルド・ドキーン（Donald Keene）は五七五というリズムを強く意識しながら翻訳を行った。

五月雨の降のこしてや光堂（『奥の細道』）元禄二年

Have the rains of spring／Spared you from their onslaught,／Shining hall of Gold?

ドナルドキーンは『奥の細道』の全文を英訳したが、右の一句に対する訳文はやや原句の意味と異なっている。季語「五月雨」を「the rains of spring」というように訳し、季節のずれがはっきりと見られる。そして「you」という語を加えることによって、五月雨が擬人化され、一句の主体となり、原句の意趣とはかけ離れている。ドナルド・キーン以降、更なる多くの学者は日本文学翻訳に力を入れ、芭蕉のみならず、近世から明治にかけての俳諧作品が続々と翻訳されてきた。

このように、欧米における発句の翻訳が盛んであることから、発句が愛読されることも予想できる。欧米のほか、南米、中国、ベトナム、インド、ロシアなど、まったく文化や生活が異なる国々にも浸透している。例えば、ローマ字で「HAIKU」というものが数多く詠まれ、中国では発句を形を取る「漢俳」という文芸様式も生まれてきた。世界における発句が人気を博した理由を考えると、主に次のような二点が考えられる。

欧米にしても、アジアの国々にしても、詩歌などは知識層独占のものであり、生活に苦しむ一般庶民にとっては手の届かないところにあるものである。十九世紀に有名な童話作家ハンス・クリスチャン・アンデルセン（Hans Christian Andersen）が、デンマーク語の話し言葉で短い詩文の綴られている小説を刊行してから、欧米では従来の文学に対する認識が大きく変わった。そこで、発句という短い詩歌が欧米に伝わったときに、その簡潔さから、誰でも作れる詩歌であると認識され、人気を集めたのであろう。

もう一つの理由は季語を大事にするためだからだと考えられる。十九世紀末以来、産業革命などに刺激され、各国の経済が大きく発展した。その一方、環境問題も深刻になりつつあった。そこで、自然との調和を重要視している発句は、自然と接触する一つの方法となる。その裏付けとして、アメリカを始め、ヨーロッパの小学校の授業でも俳句が教えられることが挙げられる。しかし、中国の場合はどうであろう。近世に大量に編纂された俳諧歳時記などの本は中国の歳時記、『荊楚歳時記』などから大きな影響を受けた。中国でも古くから漢詩などにおいては、自然万物、人事風景が大事にされつつ、季節を吟ずることは詩人にとって基本中の基本であり、時として一首の詩において春夏秋冬の景物が同時に詠まれるケースも屢々ある。そこで、季語を重んじる発句は、自然と順応することを提唱する中国人のアイデンティティとよく噛み合うのである。

このように、西洋詩と漢詩とは異なり、制約が少なく、また自然の醍醐味をよく鑑賞できる発句は世界中の人々に好まれるようになった。よって、発句の翻訳も日本文学の深さを広める手段として、常に研究の問題にされる。

しかし、文学の結晶とも言える詩歌の重点は社会現象の描写ではなく、自然や私生活の中にある詠嘆の言葉を織込む抒情性にある。詩人それぞれの内心独白である詩歌は、各国、各民族の文学史においても主要なジャンルとなっている。日常言語と比べて、詩歌で用いられる言葉は柔軟でありながら、指示機能もより一層豊かである。しかし、言葉を基本とする詩歌は特定の言語環境の下でしか、その言語機能を十分に果たせない以上、異言語に置き換えれば、表面上の意味が同じであっても、詩的働きが弱まってくることは否めない。これこそ詩の翻訳における一番の難題である。とりわけ客観的な写実描写を通じ、日本人の季節感を織り込み、奥ゆかしい世界を作り出している芭蕉の発句を中国語に置き換える際、発句という短い詩形の中に具象的もしくは抽象的に表現された感情や境地は、異質の文化的背景を持つ外国人にとっては理解しがたく、異言語へ置き移すのは更に難しい。

「五四運動」以降海外の文学、思想などが中国に紹介されつつある中、芭蕉発句に対する中国語訳が雨後の筍のように現れてきた。しかし一方、現存の翻訳作品にもそれぞれ一長一短があり、季語の色彩、余韻の奥深さなどを損なってしまっているケースが多い。短い詩形に内包されている奥深い世界、つまり余韻を壊さずに句意、境地をどのように再現すればよいのかは極めて肝心なことである。筆者は修士論文、博士論文において、従来の訳し方、いわゆる散文形及び五言七言の形で発句の翻訳が行われたことに対し、四言詩で発句を翻訳する方法を提出したが、その理由を「字数」及び「余韻」の面に限定するのではなく、更に翻訳理論を踏まえ、芭蕉発句を詠み込んだうえで、もう一歩四言詩形で発句を翻訳する理由、意義について掘り下げる必要があることを主張したい。又筆者は修士論文、博士論文では詩的言語の面から、枕詞である地名など文化要素をかなり備える固有名詞の再現について論じてきたが、不足なところ、問題点がまだ数多く残っている。

詩的言語というのは音韻論を確立したヤコブソンの言葉で、いわば文学的言語である。日常生活の舞台における言語は主に意思伝達の機能を発揮しているのに対し、文学、或は詩における言語の価値は言葉の意味にあるのみならず、言葉の調べや言語様式などにも内包されている。「文学では、たとえ同じ単語や言い回しが使われていても、その語は伝達の言表に現れるよりも遥かに豊かな感情や表象を喚起する。直接述べられていない意味を誘発したり、新しい意味を形成したりすることもある」[1]ここから見れば、詩は表象性に富み、詩の言葉は現実をそのまま表現する媒体ではなく、むしろ作者自身の意志、それに存在を示しているのである。

詩人がある特定の言葉に付するメッセージ、いわゆる詩的言語を他の表現に置き換えることは容易なことではなく、意味は同じだとしても、換えれば、作者が伝えようとするメッセージ性が多少異なってくる。たとえば、芭蕉の名句「閑さや岩にしみ入る蝉の声」は、初案では「山寺や石にしみつく蝉の声」であり、そして「淋しさの岩にしみ込

① 加藤茂.『芸術の記号論』.東京:勁草書房.一九八三.第一七四頁.

せみの声」に改作し、推敲に推敲を重ね、最後に「閑さや岩にしみ入る蝉の声」と決めた。「乾坤の変は風雅のたね也といへり。静なるものは不変の姿也。動なるものは変也。時としてとめざればとゞまらず。止るといふは見とめ聞とむるなり。飛花落葉の散乱るも、その中にして見とめ聞とめざれば、おさまることなし。その活たる物だに消て跡なし。」[1]といった動と静の関係から見れば、初案と比べると、「しみいる」は「しみつく」より透徹の感があり、そして「閑さや」という言葉も、句全体の感じを締めくくり、後ろの「岩にしみ入る蝉の声」を引き出し、静かな世界からさらに高次な世界へと昇華させた。この句の翻訳を見てみよう。

静寂呀，蝉声滲入岩石。（林林訳）

万籟俱静寂，却有蝉声驟。響欲穿岩石，惜乎難永奏。（檀可訳）

寂静似幽冥，蝉声尖厲不稍停，鉆透石中鳴。（陸堅訳）

「閑さ」が前句の導入の役割を果たすとともに、句全体の趣を醸し出している。そのため、この句の土台となる「閑さ」が翻訳するときに重視されるべきである。三つの翻訳では「静寂」或いは「寂静」という言葉によって、この「閑さ」を訳出した。『辞

---

① 潁原退蔵・『去来抄・三冊子・旅寝論』．東京：岩波書店．二〇〇七．第一〇四頁．

海』によると「静寂」は「静かで、いささかの音もしない」という意味で、「閑さ」とよく対応していると思われる。しかし、「閑さ」という語は単なる音がしないという意味だけではなく、むしろこの句の中ではすべてのものが調和を保ちつつ、平穏かつ一種の閑寂感が産み出されているのである。

中国の詩人王籍が詠んだ「蝉噪林逾静，鳥鳴山更幽」（蝉噪がしくして林愈々静かに、鳥鳴ひて山更に幽なり）という詩の中では「静」と「幽」という字が用いられているが、音が聞こえるからこそかえって静かになると言われている。芭蕉が山寺で詠んだ「閑さや岩にしみ入る蝉の声」とよく似ていて、芭蕉はこの王籍の詩を念頭において「閑さや」を詠んだとも言われている。従って、芭蕉の「閑さ」という言葉は「静寂」ではなく、「幽静」にしたほうが原作の境地に近づくであろう。「幽静」は「幽雅静寂」「森閑であり、優雅さもある」という意味を持ち、「静寂」より一種の穏やかさ、優雅さがあり、頗る芭蕉の句にある「閑さ」とは同工異曲の妙を備えているとも言える。

以上のような考えに基づいて、筆者はこの句を「幽静繚繚，蝉之鳴音，沁入石岩」と訳してみた。それに加えて、改作する前の「しみつく」を訳してみると、「滲到」になるだろう。「滲到」より「染み入る」の「入」のほうが蝉の喧しい鳴き声が岩の奥に入り込み、最後に消えてしまうという情景を十分に表現し、また程度の深い様も同時表していて、より生き生きとした表現である。翻訳であってもこれほどの違いが見られるので、詩歌における一字一字の重要さがより実感できるのであろう。

そして、芭蕉の句には地名や日常生活に関する言葉が数多く用いられている。たとえば、芭蕉が『奥の細道』の旅に出て、最上川を見て詠んだ句「五月雨をあつめて早し最上川」がその一例である。よく知られているこの句も複数の学者によって中国に広く紹介されている。

梅雨收集遍，奔流最上川。（林林訳）

日日黄梅雨，総是落人間。細流斉匯集，奔瀉最上川。（檀可訳）

斉集五月雨，奔騰最上川。（彭恩華訳）

黄梅時節天，雨水匯集奔流湍，直瀉最上川。（陸堅訳）

上の四つの翻訳作品では、いずれも「最上川」をそのまま訳出している。芭蕉が『奥の細道』において「最上川は、みちのくより出て、山形を水上とす。ごてん・はやぶさなど云おそろしき難所有。[1]」というように最上川を描き出している。ここから見れば、「最上川」の三文字は単なる川の名前ではなく、そこには文化的含意もある。従っ

① 荻原恭男校注．『芭蕉 おくのほそ道』．東京：岩波文庫．一九九六．第四六頁．

て、翻訳では「最上川」をそのまま移すことによっては、原作品の意味、特に内包された奥ゆかしい境地をある程度は損ねることなく再現できる。しかし、日本人がこの名を聞いた直後、脳裏に浮かぶ険しく、激しい川のイメージは中国人の読者には決してないと考えられる。では、これらの歌枕を翻訳の中でどのように処理すべきであろうか。

Christiane Nordは「訳者は読者のニーズ、期待、知識などに対する認識に基づき、翻訳作業を行い、また目的語に訳された作品を新たな読者に提供する。原語読者と目的語読者が有する言語文化背景が異なるゆえ、訳者の認識は作者とは一致することはまずない。つまり訳者が原文と同質等価の翻訳作品を読者層に提供することはありえなく、読者にほかの形で表した情報を伝えるのである。（筆者訳）[1]」といったように、翻訳は原

---

① Christiane Nord・『Translating as a Purposeful Activity–Functionalist Approaches Explained』・上海：上海外語教育出版社・二〇〇二・第三五頁・原文は：The translator offers this new audience a target text whose composition is, of course, guided by the translator's assumptions about their needs, expectations, previous knowledge, and so on. These assumptions will obviously be different from those made by the original author, because source–text addressees and target–text addressees belong to different cultures and language communities. This means the translator cannot offer the same amount and kind of information as the source–text producer. What the translator does is offer another kind of information in another form.

文を完全に再現することはできないが、訳者は原文とは異なる形式を選んで、原文の意味情報をしっかり読者に伝えるべきなのである。ここで、訳者の創造力が求められる。上田敏が訳したボードレールの詩『信天翁』には以下の一段落がある。

波路遥けき徒然の慰草と船人は、Souvent, pour s'amuser, les hommes d'equipage,
八重の潮路の海鳥の沖の太夫を生擒りぬ、Prennent des albatros, vastes oiseaux des mers,
楫の枕のよき友よ心閑けき飛鳥かな、Qui suivent, indolents compagnons de voyage,
奥津潮騒すべりゆく舷近くむれ集ふ。Le navire glissant sur les gouffres amers.

上田敏の翻訳について川本皓嗣は論文の中で「『八重の潮路の海鳥』は、もとのvastes oiseaux des mers『巨大な海の鳥』から見れば、『巨大な』の要素が足りず、逆に『八重の潮路』の部分がまったく余計だということになる。つまり訳者は、見たところ差し迫った必要もないのに、わざわざ純日本的な連想を伴う常套句を、西洋詩の訳のなかにいくつも詰め込んだ。」[①]と評した。これらの理論及び実践から見ると、言葉の裏にある文化要素は独特なものであり、その言葉を母語としている人にだけ読み取ること

---

① 川本皓嗣．『東西の抒情詩〈特輯〉』・「二羽のあほうどり—訳詩について」．すずさわ書店．一九七八．第六頁．

ができる。そのため、芭蕉の句にある「最上川」も同じく、日本人でなければ、或いは日本文化を熟知したものでなければ共感が沸いてこない。上に挙げた四つの翻訳では「奔」或いは「瀉」という字を使って、激しさを表出しているが、五月雨がにわか雨のように激しく降っているようにも読める。にもかかわらず、中国の険しい川の名でこの最上川を置き換えることは一種の牽強付会だと考えられ、むしろ「最上川」の前に「湍流」などの川の流れを修飾する内容を付き添えたほうが中国の読者に伝えやすいと思う。筆者は次のように翻訳してみた。

梅雨瀝瀝、匯入湍流、最上之川。（筆者訳）

最上川の前に「湍流」という語を入れ加えた。「湍」は水の流れが激しいという意味で、「最上川」の激しさを表す一方、新たな読者層にその激しいイメージを損なうことなく伝えているのである。上記のような例はまた数多くある。

詩的言語の特殊性、地名のような文化的背景を持つ固有名詞のみならず、またさまざまな生活用語に対する感受性も日中両国の人々によってそれぞれ異なるので、翻訳する場合、その背後にある文化情報を損なうことなく再現することが重要で、十分に吟味しなければならない。しかし、これだけで発句を四言詩の形で翻訳するのは適切であるとは断言しにくく、本論では四言で翻訳を行う理由についてさらに掘り下げてゆく。

発句はもともと翻訳不可能なものとされているものの、各国、地域の風俗習慣、文化などを凝縮している詩歌を精読することは、その国、またはその地域を理解する段階において極めて有意義な方法である。それゆえ、不可能を可能にすることは詩歌の翻訳者が常に抱えている窮極的な課題であり、それを解き明かすため、訳者には高度な創造力が求められる。平子義雄が『翻訳の原理』において「詩の翻訳は、詩人が創造した言語現実に対応するものを、自力で創造する仕事となる。[①]」と述べているように、翻訳の過程において、訳者が自分の能動性と創造力を生かして訳すことが大切である。言い換えれば、訳者は主体的に、自分自身の知識、文化認識を通して、原作を理解したうえで、創作活動を行うのである。これもまた翻訳作品を自分なりのものにする過程である。同時に、詩歌の翻訳においても、原詩の内容と精神を十分に分析し、自分の創造力を生かす翻訳活動を行うべきである。従って、訳者の翻訳活動における主体性が強調される。しかし、このすべての創作活動は原詩の境地や余韻を壊さないことを前提としている。

「独自の文化現象には特定の形式並びに機能を備えている、比較された二つの文化に

---

① 平子義雄・『翻訳の原理』・東京：大修館書店・二〇〇八・第一六七頁・

おいて、片方の中でしか機能することはできない。（筆者訳）」[1]とChristiane Nordが述べているように、詩の意味内容は特定な形を通してしか十分に表出することはできない。とすれば、翻訳する際、この特定の形式を再現することはまず第一に解決しないといけないことであり、多くの場合、翻訳の成否にも関わる大きな問題点である。

また、俳諧は和歌や連歌とは異なり、滑稽を求める文芸であるため、俳言、漢語などが数多く用いられる。その一句の持つ意味、精神も時としてこれらの俳言や漢語の中にある。それに、名詞、体言中心の文学様式として、基本的に名詞などで風景を描き、心情を述べるが、多くの場合助詞や助動詞などを通して短い一句に切れ目を入れ、読者に更なる広大な想像空間を与える。翻訳にあたっても、その感覚を持たせることが重要である。

総じて、本書では詩歌翻訳理論、芭蕉発句の特徴及び芭蕉表現の斬新さなどを検討し、その上、従来の翻訳の、優れている点と足りない点を捉え、既存の芭蕉発句の中国

---

① Christiane Nord：『Translating as a Purposeful Activity–Functionalist Approaches Explained』．上海：上海外語教育出版社．二〇〇一．第三十四頁．原文：A culture-specific phenomenon is thus one that is found to exist in a particular form or function in only one of the two cultures being compared．

語訳について検討を行いながら、音韻、季語、切れ字や俳諧性などの面から芭蕉発句をもう一度検討し、その上実際に四言詩の形で翻訳を試みようと考える。しかし、問われているのは、便宜的な翻訳方法の提出ではなく、芭蕉発句の裏にある日本詩歌の深意、中日間の文化相違に対する深い理解である。

第一章　芭蕉発句の中国語訳現状

　正保元年（一六四四）、伊賀上野赤坂町の松尾与左衛門家に二番目の男子として芭蕉が生まれた。幼名は金作、長じて忠右衛門と改め、宗房を名乗り、甚七郎とも称した。次男であることは非常に深い意味を持つ。江戸時代、長男として生まれた際、家業を継がざるを得ないが、基本的に別の道を選ぶことができない。しかし、次男の場合は、出家して仏道に入ったり、縁組制度に従って他家の養子となったり、あるいは新しい道を行くこともあった。長子相続制度によって次男として生まれた数多くの人が文人、思想家として活躍するようになり、このようなことは明治までも続いていた。次男として生まれ、自分の意志で大坂に出て、学問に専念してきた福沢諭吉はその一例として挙げられる。ここから見れば、次男に生まれたことが後に芭蕉が俳諧の宗匠として身を立てたことの一つの有力な条件と言えよう。

　若い頃から芭蕉は、藤堂新七郎家に召し抱えられ、のち俳諧の道へと連れて入る藤堂家当主良精の息子主計良忠（俳号蟬吟）に仕え始めた。その後蟬吟と共に季吟のところで俳諧を学び、寛文二年（一六六二）十二月末に「宗房」という俳号で次の一句、

廿九日立春ナレバ

春や来し年や行きけん小晦日　宗房『千宜理記』寛文二年

を詠み上げ、俳人としてデビューしたのである。この句は広岡宗信によって編集された『千宜理記』に収められている。一句は「君や来し我や行きけむ思ほえず寝てか覚めてか夢か現か」という『伊勢物語』第六十九段の「狩りの使」にある歌の上句を取り入れながら、在原元方の歌「年の内に春は来にけり一年をこぞとやいはむ今年とやいはむ」（『古今集』春の部）を俳諧化にしたものである。まだ師走の廿九日というものの、四周にすでに春の気配が漂い始め、それは春が気早くきたのであろうか、それとも去年が忽々として行ってしまったのであろうかと疑う口調で年内立春のことを巧みに詠じている。しかし、『伊勢物語』にある歌と在原の歌の表現を下敷きにして一句を作り上げたことは、俳諧は和歌、連歌を詠むにあたっての基礎であると考えられ、言葉の洒落を主とする貞門風の名残がしみじみと感じ取れる。

その後の作品もしばらくは貞門の風格を踏襲している。寛文六年（一六六六）、蝉吟は二十五歳を以て世を去った後、芭蕉は職を辞めて伊賀で活躍し、そして、専業の俳諧師を志して二十九際の春、江戸に赴いた。延宝二年（一六七四）、三十一歳になった芭蕉は季吟から『埋木』の伝授を受け、それが季吟にその才能が認められた証となっている。また翌年に俳号を「桃青」と改めて、西山宗因歓迎の百韻一座に参加した。桃青という俳号は李白の名にあやかって、すももに桃、白に青を対応させ、李白に対する敬慕を表しながら名乗ったと言われている。

この時期の作風は次の一句から垣間見られる。

この梅に牛も初音と鳴きつべし　桃青『桃青三百韻附両吟二百韻』

延宝四年（一六七六）のこの句は、談林期における芭蕉の代表例として挙げられる。天満宮に手向けるために素堂と結んだ百韻の発句に当たる一句は、菅原道真に愛好された梅と、天神の使いとしての牛と取り合わせ、香の溢れる梅の満開に牛までも吼え出したと天満宮の景色を描写している。梅と鶯という定番の組み合わせを念頭に置きつつ、歌などには詠まれず、俳諧性に富む牛を配置した。その上「鳴きつべし」という表現で牛が初音のように、あるいは初音のつもりで梅爛漫の景色を褒め称えるかのように大きな声で鳴いたと詠み出していて、二つの視点があることが理解できる。これらの表現や技巧に談林の句調が現れている。

このように、俳諧に精魂を込めてきた芭蕉は三十五歳に文台を開き、俳諧宗匠として名を連ねたが、現実に翻弄されつつ、延宝五年（一六七七）から神田上水の水道管理の担当者として延宝八年（一六八〇）までこれに従事した。やがて延宝八年深川の「泊船

堂」に引越し、俳諧に専念するようになった。天和元年（一六八一）門人李下に芭蕉を一株贈られ、草庵の庭に植え、

李下、芭蕉を贈る

ばせを植ゑてまづ憎む荻の二葉哉　『続深川集』天和元年

と一句を詠んだ。茂りつつある芭蕉に因んで、深川の草庵もつい「芭蕉庵」と呼ばれ、俳号も「桃青」の代わりに、「芭蕉」を多用するようになった。元和年間の句風も同時代の風潮の枠から踏み出していないが、漢詩文を句に取り入れることはこの時期の顕著な特徴であり、これもまた後の蕉風開眼にかなりの影響を与えた。それに『虚栗』、『次韻』などの刊行は天和年間に蕉門の活躍ぶりをよく表出している。貞享年間に入って、『野ざらし紀行』の旅を皮切りに自らの俳風を開拓しようと目覚めた。更に、『笈の小文』、『奥の細道』などのように旅を重ね、蕉風俳諧を築き上げた。

元日は田毎の日こそ恋しけれ『真蹟懐紙』元禄二年

元禄二年の歳旦吟である一句は、前年の更科紀行を思い出しながら、めでたい気持ちで詠み上げたとされている。長野県冠着山の麓、田毎という名所に、斜面に作られた多くの田んぼの一つ一つに映される名月の景色は非常に有名で、芭蕉もそれを鑑賞してきた。昨年に見た「田毎の月」を念頭に、元日と関わる初日を取り入れ、「田毎の日」と

いう言い方を作り出したのである。よく知られる「田毎の月」の代わりに、初日を入れ替えたところに芭蕉発句なりの滑稽さと斬新さが窺える。この句はまた猿雖宛の書簡に記されている。書簡には句の後ろに、左の一文、

弥生に至り、待ち侘び候塩釜の桜、松島の朧月、安積の沼のかつみふくころより、北の国に巡り、秋の初め、冬までには美濃、尾張へ出で候。

が綴られ、旅に出ようとする意志が明らかである。実際にこの年三月に世によく知られる『奥の細道』の旅に出かけた。「田毎の日」という一句は芭蕉の想像上の風景が描かれているが、希望に満ちた世界、いわゆる旅への憧れも同時に虚構の一句によって表出されている。しかも芭蕉にとっての旅は物見遊山の旅とは根本的に違い、それは修行に近いものである。身で自然を体験し、自然から悟ったもので俳諧を吟じ、俳諧修行のために、辛労を重ねて旅を続けてきたと言える。

「舟の上に生涯をうかべ、馬の口とらえて老をむかふる物は、日々旅にして旅を栖とす」というように、生涯をかけて芭蕉は旅を続け、俳諧の真髄を追求しようとしてきた。最後に「旅に病んで夢は枯野をかけ廻る」と詠んで、旅中に大坂で瞑目することになったのである。

このように、芭蕉は貞門から談林へ、また自ら蕉風俳諧を作り上げ、後の俳諧文芸に

も強く差し響いている。芭蕉の俳諧を研究することは、俳諧の歴史、日本文化の深みを理解することに深く関わっている。また俳諧文芸を異言語話者に紹介するとき、芭蕉俳諧を踏まえて俳諧の源流や真髄を伝えるのが適切だと考えられる。従って、その俳諧を翻訳し、世界に広げることは大きな価値を持っている。

「詩歌翻訳の目的は原作が内包している現実世界のロジカルなイメージと芸術イメージを壊さずに異言語で表出することである（筆者訳）」[①]。芸術映像は、いわば芸術作品が表した社会生活の情景であり、芸術映像を異言語で表出することが即ち文学の翻訳である。詩歌の翻訳は文学翻訳の一部分なので、原作が反映している社会生活の本質とその境地の再現に力を入れなければならない。詩歌における詩人の思想などはどの国にもある程度共通性があるため、詩の思想、感情、余韻を深く理解した上であれば、翻訳することができないわけではない。しかし、アメリカの詩人ロバート・リー・フロスト（Robert Lee Frost）は「詩歌というのは翻訳の過程において失われてしまったもの」[②]

---

①　張今、張寧：『文学翻訳原理』，清華大学出版社，二〇〇五，第十頁，原文は：翻译的任务就是把原作中包含的现实世界的逻辑映像或艺术映像，完好无损地从一种语言中移注到另一种语言中去。

②　胡顕耀、李力：『高級文学翻訳』，外語教学与研究出版社，二〇〇九，第二八五頁，原文は：诗歌就是翻译中逝去的东西。

（筆者訳）と断言しているように、詩歌の翻訳はある意味で不可能であると言われている。

胡顕力、李力は『高級文学翻訳』の中で更に英詩翻訳の実例から、詩歌の翻訳原則をまとめた。要約して言えば、「詩歌の形式を再現すること」、「詩歌に含まれた情緒を再現すること」となる。形式と感情がいずれも詩歌にとって欠くことのできない要素である一方、詩歌翻訳の不可能性も主にこういうところにある。にもかかわらず、言語というのは意思と思想を表すツールで、人の思想に共通性が存在しさえすれば、意思疎通も不可能ではない。言い換えれば、これこそ翻訳可能の拠り所である。詩歌の翻訳を論ずる場合、詩的言語、韻律、形式などいろいろな面からアプローチする必要がある。そして、翻訳の過程において、訳者が自分の能動性と創造力を生かし、訳すことが大切である。

図一は、翻訳過程において、訳者が原作を繰り返し理解→翻訳→閲読する過程を示している。訳者は主体的に、自分自身の知識、文化認識を通して、原作を理解したうえで、創作活動を行うのである。これは、翻訳作品を自分なりのものにする過程である。同時に、詩歌の翻訳においても、原詩の内容と精神を十分に分析し、自分の創造力を活かし、翻訳活動を行うべきである。つまり、訳者の翻訳活動における主体性が強調され

る。しかし、このすべての創作活動は原作の境地や余韻を壊さないことを基本としている。

A：理解　B：翻訳　C：閲読（図一）

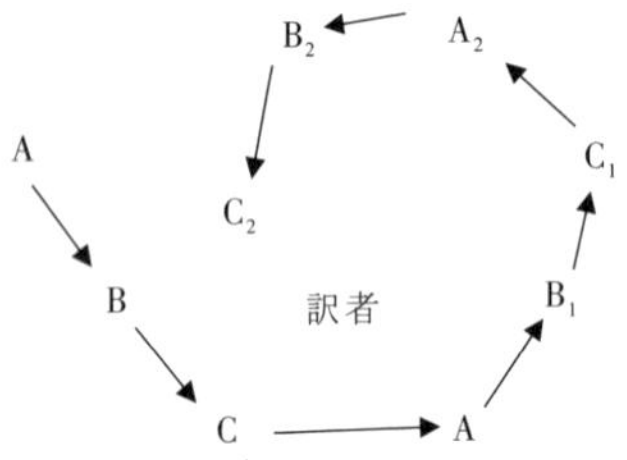

このように、詩歌翻訳において、原作の形式に拘らず、詩人の思想並びに風格を深く理解したうえで、訳者は自分の創造力を存分に発揮して、翻訳活動を行うべきである。それと同時に、訳語の表現習慣に相応しい詩歌のリズム感、音楽性を賦与し、原作の思想感情と境地を再現しなければならない。

俳聖と呼ばれる芭蕉の発句、または『奥の細道』をはじめとする紀行文などは多言語に翻訳され、諸国の人々に愛吟されている。しかし、日本古典文学の一環としての俳諧、なかんずく芭蕉発句を翻訳する意味はどこにあるのか、どのようにすればその意趣、境地を最大限に再現できるのかが一つ大きな課題である。韓玲姫は「俳句漢訳の形式論的考察」において発句の翻訳をめぐる論争は主に定型か不定型かというところにあると断言し、また「定型派の主な主張は、俳句は内容よりも形式が重要なので翻訳においても定型で翻訳すべきだという意見である。それに対し、不定型派は、俳句の翻訳は形式より原句の意味が重要なので、言葉を追加したり削除したりしてはならないと」主張した。[①]しかし、詩歌である発句を翻訳する場合、形式だけではなく、いろいろな面に着目しなければうまく原句の意味精神を再現できないと考えられる。よって、単なる形式の面から発句の翻訳を論ずることは不十分であり、言葉遣い、季語、切れ字、なども等閑視されてはならない。形式、表現が翻訳の場合重要視されるのは、発句の最も肝心なところ、いわゆる「余情」と深い関係があるからである。

余情というのは発句の内在の美だと考えられる。十七文字で詠まれた発句は客観的な

① 韓玲姫、綿抜豊昭・「俳句漢訳の形式論的考察」・『筑波大学図書館情報メディア研究』・二〇一〇（第八巻二号）・第二頁・

描写によって、奥ゆかしい人間の感情、感性を表す。この感情、感性はまさに余情に等しい。発句という短詩形文学の本質に深く関わる問題として、余情の重視がある。客観的な描写、言い換えれば物事を描くことで、これによって、作者が自分の思いを述べる。発句は情を直接に語り出すことよりは、物事を借りて情を誘発したりするのが一般である。物事を描き出すことを通し、間接的に自分自身の内心の動きを表す。ここで注意を払わなければならないのは間接的に情を述べることで、いわゆる余情を残し、余韻を保つということである。物事によって感情を語るのが発句の生命だといえる。

松尾芭蕉は句詠みにおいてもこの余情を大事にしている。芭蕉はかつて荷兮の発句「蔦の葉は残らず風の動哉」に対し、情景を説明し尽くし余情がないと評をつけた。「発句はかくの如く、くまぐま迄謂つくす物にあらず」[①]といったように、余情は発句の精神であり、発句の深意はすべて余情に含まれている。また、『三冊子』には「言外に侘びたるにほひ、ほのかに聞き得て」という句が記されており、言葉で表出していない閑寂の雰囲気を読み取ることを主張している。次の例から芭蕉の発句における余情の美しさを探ってみよう。

---

① 永田英理・『芭蕉と蕉門の俳論』・ひつじ書房・二〇一一・第二〇〇頁・

草枕犬も時雨ゝかよるのこゑ（『野ざらし紀行』）　貞享元年

この句は貞享元年、『野ざらし紀行』の旅、名古屋に入る途中に詠まれた句である。しとしとと降る時雨に煩わされながら、遠くから犬の吠える声が聞え、犬もまた時雨に濡れて詫びているのであろう。前句は直接に作者の感情を述べたところはないが、詠めばすぐ作者の物寂しい気持ち、また旅路における郷愁が感じられる。助詞の「か」は感嘆をこえた疑問を表す言葉で、作者の憂いに満ちた心をある程度表現している。感情は一切述べていないが、読者にその時の気持ちを十分に伝えている。これは発句の中でまさに余情を巧みに保っている代表例と思われる。このように、発句の命とも言える余情が訳文の中にも保たれているかどうかは翻訳において肝心なところである。

木がくれて茶摘も聞や杜宇　（『炭俵』）　元禄七年

一句において、「杜宇」の後ろには述語が省かれ、「茶摘」をする主体は明示されていない。その上、切れ字「や」によって、この発句が五七・五に分けられ、前半と後半の意味が中断され、一句が不完全のように見えるが、実は、各部分は緊密に結び付けられている。夏の始め頃、作者は山でほととぎすの鳴き声を聞き、そして茶畑に隠れつつ現れつする茶を摘んでいる女の姿を目の辺りにし、それらの女達も不如帰の声を聞いているのかという意趣と、作者の快適な気分が一句から感じ取れるのである。はっきりと心情を言い出すより、むしろこのように表に出さないほうが更に美しく、また読者に自由に想像する空間を与える。

従って、余情がなければ発句が成り立たないとも言えるほど、発句を鑑賞するうえでは、余情、余韻をきちんと分析する必要がある。発句の翻訳において余情・余韻をどのように破らずに保つかは一番肝腎なところ、或いは最終目的なのである。そして、この余情は常に切れ字、季語などによって示唆されている。本章では、上記で述べた季語、切れ字、余韻などの面から、今まで中国における芭蕉発句の受容の現状、特に多くの学者によって行われた翻訳作品について述べる。

第一節　発句翻訳の発端

芭蕉発句に対する中国語訳は一九一六年に遡ることができる。十九世紀末から中国の改革派と知識人は明治維新の成果に刺激され、日本文学、或は日本語訳の西洋書物などを盛んに中国語に翻訳し始めた。一九一六年六月に刊行された『若社叢刊』三号に周氏は「日本之俳句」という文を発表し、また一九二一年五月に「小説月報」十二巻五号に芭蕉、嵐雪、蕪村、千代女、几董、一茶、子規などの句を訳し、紹介した。更に、同年十一月に「小説月報」で一茶の四十九句を中国語に訳して発表した。しかし、当時の時代状況では、俳諧を始めとする詩歌の翻訳は主流とはならなかった。そのような中で、芭蕉の句は実際にどのように訳されているのであろう。

次の芭蕉の句に対する周氏の翻訳を見てみよう。

初しぐれ猿も小蓑をほしげ也（『猿蓑』）元禄二年

下時雨初、猿猴也好像想着小蓑衣的様子（周氏訳）

猿も小蓑を思っているような様子であると、周氏はだいたい例のように白話体で翻訳を行った。元禄二年の本句に対し、『猿蓑』に寄せた其角の序文に、

只俳諧に魂の入たらむにこそとて、我翁行脚のころ、伊賀越しける山中にて、猿に小蓑を着せて、俳諧の神を入たまひければ、たちまち断腸のおもひを叫びけむ、あたに懼るべき幻術なり。

とある。山中を歩いていると、俄かに時雨に襲われた。しかし、単に時雨に降られたのではなく、「初」一字によって、山中初しぐれの風景を賞翫する作者の心情も見て取れる。身に寒さが染みるところに、木に小猿が寒そうに濡れてせぐくまっている。その姿を目にすると、小猿にも小蓑がほしそうだが、この小猿にもなにかで雨を防いでほしいと哀憐の心を以て一句を吟詠した。「猿」を詠むことは従来の詩歌にも見られるが、白楽天の「三声猿後垂郷涙、一葉舟中載病身（三声の猿の後郷涙を垂る、一葉の舟の中

に病身を載す）」や坂上是則の「秋山の峡にみかへり鳴く猿を夜深く聞きて袖ぞひちぬる」のように、猿の啼き声が悲しみの随伴物として常に取り上げられる。しかし、芭蕉の句は猿の姿に重点を当て、和歌や連歌以来「時雨」に心情を寓する伝統を破り、人間性、自分の心持を強調している。そこで、周氏の訳はほぼ原文と同じ意味で一句を散文体で訳したが、リズム感に乏しい故、原句の深意、芭蕉の心情も散文的な一文によって消え失せ、詩として認識するのもやや抵抗感を覚えざるを得ない。その上、「下時雨初」という表現自体も不自然である。散文体で訳した理由について周作人自身は、

凡そ詩歌は皆易く訳せず、日本のは尤も難しい。（…中略）散文式を用いて大意を説明しても、茘枝を搾ってその汁を飲むが如く、香味すでに変わってしまう。但しこの外適当な方法は無し。[①]（筆者訳）

と説明している。所謂適当な方法が見つからないため散文体を用いた。にもかかわらず、詩の余韻が壊されることについて周作人はすでに意識していた。その上、周作人はまた、

① 鍾叔河編『周作人文類編⑦—日本管窺　日本・日文・日人』湖南文芸出版社．一九九八．第二五三頁．原文：就是只用散文説明大意，也正如將茘枝榨了汁吃，香味已變，但此外無適當的方法。

小泉八雲は文中において多くは先にローマ字で原詩の音を表し、また散文訳を付けて其言葉の意味を訳し、この法は比較的に佳い。[①]（筆者訳）

と述べ、散文体で大意を表し、ローマ字などの表音手法によって原句の音声美、つまり詩歌にとって極めて大切なものを表現するという翻訳方法を提示した。しかし、周彼は詩歌は翻訳不可能なものであることを前提として翻訳を行ったため、そのリズム或いは韻律をどのように再現すべきかについてほとんど論じていない。散文体、口語体で訳すと翻訳作品にはリズム感がなく、原句を異言語読者に紹介する際に、詩としてあるいは芸術としての価値が失ってしまう。

周氏の翻訳に引き続き、一九二九年に出版された謝六逸の『日本文学史』の中に芭蕉の三句が訳された。

①古池や蛙飛こむ水のをと（『春の日』）　貞享三年

靜寂的池塘、青蛙驀然跳進去、水的聲音呀！（謝六逸訳）

②鶯や餅に糞する縁のさき（「杉風宛真蹟書簡」）

---

① 銭稲孫：『日本詩歌選』．文求堂書店．昭和十六年．周作人跋文第三頁．原文：小泉八雲文中多先引羅馬字對音之原詩，再附散文訳其詞意，此法似較佳。

鶯鳥呀、飛來屋前、在餅上遺了矢。（謝六逸訳）延宝八年

③かれ枝に鳥のとまりけり秋の暮（『あら野』）

在枯枝上、有烏鴉棲止、秋日的黄昏呀！（謝六逸訳）

謝六逸は和歌にしても俳句にしてもすべて散文体で訳したが、「古池や」の句だけに対し、原句と同じ五七五の形で翻訳を行った。また「古池や」の句と「かれ朶に」の句に対し、訳文の文末に「呀！」と言う感嘆語と感嘆符を用いている。宗像衣子は「感嘆の語と感嘆符、この連続がさらにかえって軽すぎる感を与え、感嘆をむしろ弱めないだろうか[①]」といったように、感嘆符と感嘆語の使用はある意味で感嘆の意を弱めてしまった。その上、口語調を用いて翻訳を行った故、発句の美が一切読み取れなくなった。謝氏は日本文学について、

日本の古代作品に対して我々はすでに紹介する暇がない。只近代作品の中には紹介に値するものが多く、我々の参考になるところも少なからずある。もし二千年来の日本文学の変遷のなりゆき、及び各時代の主要作家の作品に対して少しでも知って

---

①宗像衣子．言葉と文化——俳句の翻訳とハイカイ．Harmonia．二〇〇五（三五）．第六頁．

いれば、決して徒労に帰すことではない。[①]

と述べている。このように、古典よりは近代作品に目を向けるべく、その文学の変遷を理解するために少し勉強する必要があるという主張と、当時白話文体（文章などで用いられた文語調を口語調に換える）改革の歴史背景を合わせて考えると、謝六逸が散文体、あるいは口語訳で翻訳を行った理由も多少窺うことができるのであろう。

それに対して、一九四一年に銭稲孫は『日本詩歌選』で芭蕉をはじめ、江戸期から明治初期までの俳人の作品二十九首を古文体で翻訳し紹介した。例えば、『奥の細道』道中、日光における芭蕉の一句に対し、左記の訳文を出した。

あらたふと青葉若葉の日の光（『奥の細道』）元禄二年

好荘厳、浅深緑葉陽光焔（銭稲孫訳）

『奥の細道』では、一句の前に記されている「卯月朔日、御山に詣拝す。往昔、此御山を二荒山と書しを、空海大師開基の時、日光と改給ふ。千歳未来をさとり給ふにや、

---

① 謝六逸.『日本文学史』.民国叢書.一九二九.序文による。原文：対於日本古代的作品，我們已沒有餘閑來介紹。但在近代的作品裏，確有許多値得介紹的，可以供我們借鏡的地方正多。如果對於二千多年來日本文學變遷的大勢，與各時代的主要作家的作品，略知一二，也幷不是徒勞的。

今此御光一天にかゝやきて、恩沢八荒にあふれ、四民安堵の栖穏なり。猶、憚多くて筆をさし置ぬ」という一文により、荘厳な日光山に対する敬意も一句に含まれていることが窺える。

日光山に詣でて詠んだこの句は、「日の光」と「日光」と掛け合わせ、青葉若葉は日差しに照らされている美しい風景を描きながら、東照宮の聳え立つ日光はいかにも恩沢の光が八荒（全世界）に輝き、神々しい神域であると褒め称えている。

右記をもとに銭稲孫の訳にふりかえってみると、芭蕉の句にある「日の光」と日光という掛け詞の面白さが再現されていないのである。また「青葉」は常盤木などを指すことが多く、首夏を告げる「若葉」との違いが、銭訳にある「浅深緑葉」という色の濃淡を表す表現から読み取りにくい。

銭稲孫は発句のみならず、和歌にも多く関わり、特に『万葉集』に対する翻訳に力を尽くした。文章の中で、

『万葉集』は口承文学から記述文学へと変遷する貴重な標本であり、とりわけこれは日本の記述文学は文字が出現する以前に誕生したことを証明している。（…中略）彼らはいつもこの集を我が国の『詩経』三百篇と見做し、和歌史上においても歌風が変革するたびに、『万葉集』を学習、研究することを前提、動機としないことは

ない。（筆者訳）[1]

と述べ、『万葉集』の価値を認めた上、『万葉集』を翻訳する必要性についても後の文で少し触れた。また同氏は『万葉集』の翻訳に対し、「擬古文調を以て、原文の時代的情意や風格を表したい」[2]と原歌の意味内容や調べなどを少しでも保ちたいという意志を表明した。そこで、銭稲孫は四言、五言、七言の形で多くの歌を訳したが、「日本人は『万葉集』を中国の『詩経』三百篇に比類する」といったように、その翻訳作品から見ても『詩経』の体裁を強く意識していたことが明らかである。しかし、銭稲孫が指摘している『万葉集』と『詩経』との類似性は、詩歌、或は詩体そのものではなく、文学的価値、あるいは中日文学史上における二作品の位置づけを基準としている。その上、発句の翻訳に対して、銭氏は相変わらず古文体を用いたが、和歌翻訳とは異なり、一定の

① 銭稲孫「万葉集介紹」（文潔若編『万葉集精選』（中国友誼出版公司、一九九二年一月）第二頁。原文：這《万叶集》是由口誦文学演変到筆撰文学的一个宝貴標本，尤其説明這日本的筆撰文学是産生在未有文字之先的。（…中略）他們一向以此集比于我国的詩三百篇，而和歌史上的毎一次的歌風振作，莫不以学習、研究《万叶集》為其前提、動機的。

② 銭稲孫「日本古典万葉集選訳序」（『漢訳万葉集選』日本学術振興会、一九五九年三月）第二頁．原文：以擬古之句調，庶見原文之時代與風格。

形を取っておらず、「三五、三七、四五、四七、七言一句、五七」など様々な形式が用いられた。

周氏と銭稲孫が発句翻訳を実践した後、戦争などのために発句の翻訳を一時的に停止した。二氏はそれぞれ散文体と古文体で発句の翻訳を試したが、発句の深意、具体的に言えば芭蕉発句の深みに対する再現が少し足りない。その上、地名、つまり歌枕などは訳されておらず、いずれの翻訳作品からもリズム感及び音楽性は読み取りにくいことを認めざるを得ない。

第二節　発句翻訳の返り咲き

一九八〇年五月、日本俳人訪中団の訪中活動を皮切りに、「漢俳」という俳句の形式を踏まえ、また漢詩の規則をもとにした文芸が誕生し、中国和歌俳句研究会、上海俳句研究交流協会などが雨後の筍のように次々と創生した。そのような状況のもと、俳句の翻訳も再燃し、盛んに行われ始めた。

中国における俳句に関する研究の焦点は、主に俳句と漢詩との関連性を掘り下げ、また適切な翻訳方法を検討するという二点にある。例えば、葛祖蘭の「日本俳句十一首」(一九八〇)、王樹藩の「『古池』翻訳研究」(一九八一)、陸堅・関森勝夫の『日本俳句與中国詩歌：関於松尾芭蕉文学比較研究』（一九九六）などの研究が挙げられる。しかし、芭蕉発句の翻訳と漢詩との比較を同時に行った陸堅は、主に「孤立の言葉」、つまり発句に用いられている一個一個の言葉を独立的に扱い、その言葉が詠まれた漢詩を幾つか列挙して比較している。その結果、原句と全く関係のない漢詩も数多く挙げられており、発句の全体像に対する把握は看取できない。また莫道才の「論中国古典詩歌対日本俳句的影響」（一九九七）、王建剛の「日本俳句与中国六朝美学」（二〇一六）なども近年よく引用される研究に数えられる。このように、かなりの学者は比較文学の方法を通して発句翻訳の方法を見つけようと、盛んに発句の翻訳研究を行っていたが、形式をめぐる検討が多いものの、音韻、季語、切れ字などを全面的に考慮に入れながら、具体的に論証した研究は少ない。

そこで、筆者は近年に発表された発句翻訳論著を表一のように時代順に沿ってまとめてみた。

表一のように、八十年代より多くの学者がさまざまな手法を用い、芭蕉の発句を中国語に訳してきたが、ただ二、三句ぐらい程度の翻訳を検討する先行論文も枚挙に暇がない。本節では多くの先行研究から芭蕉の句を多く翻訳した代表的な学者を抽出してその翻訳作品について具体的に見ていく。

表一　八十年代以降の発句翻訳実況

訳者	出典	出版年	句数	定型	非定型			
			五/五	七/七	五/七/五	四/六/四	五/五/五/五	
林林	『日本古典俳句選』	1983	418	71	11	13	323	
彭恩華	『日本俳句史』	1983	997	687	299	11		
李芒	論文	1984~1985	500	63	125	11	301	
檀可	『日本古典俳句詩選』	1988	529	529				
陸堅	『日本俳句と中国詩歌』	1988	148	148				
王勇	「試論俳句漢訳」	1989	42	42				
劉徳潤	『日本古典文学賞析』	2003	51	6	4	1	40	
鄭民欽	『俳句の魅力』	2008	256	84	36	31	2	103
鄭清茂	『芭蕉百句』	2017	100			100		

（注：四十句以上を翻訳し、また芭蕉の句が訳されている論著を中心にまとめた。表にある句数は著作にある翻訳の総句数である。）

八十年代初頭の代表的な発句翻訳者として林林と彭恩華が挙げられる。林林は基本的に非定型で、口語体で翻訳を行った。筆者は次のように人民文学出版社『日本古典俳句選』の中に収録された林林の二一一首芭蕉発句の翻訳作品の詩形を統計にしたところ、「五・七」二五句、「五・五」四二句、「三・七」十四句、「五・四」十三句、「七・五」十三句、「三・五」十二句という結果を得た。その他、林林は「三・三・五、五・三・五、五・八、六・六、六・五、九・八」など様々の形式で翻訳を行っている。

例えば、

盃に泥な落しそむら燕（『笈日記』）貞享五年

群燕低飛、碎泥落酒杯。（林林訳）

という例がある。貞享五年、伊勢市楠部にある茶屋に腰を掛けた芭蕉は盃を手にしたところ、ちらちら飛び回る燕を目にし、即興的に詠んだ一句である。席上を飛行していく燕たちに対し、泥を盃の中に落とすなと呼び掛け、長閑に小憩する一場面を僅かな文字数で展開させている。しかし、林林は「碎泥落酒杯」と泥が盃の中に落ちてしまったというように陳述文で訳し、原句の意味とずれており、芭蕉発句に多く用いられた「呼びかけ表現」も訳文では再現されていない。芭蕉における「呼びかけ表現」は、和歌に対する俳諧表現の特色の一面を表す一方、芝居のセリフのような演劇性をもたらし、俳諧性を生み出す役割も同時に備えている。従って、翻訳の前提として、一句の表現手法などを深く掘り下げることが極めて肝心である。

林林は発句の翻訳について「卓越した訳詩とは、『化境』という境地に達する翻訳である（筆者訳）」と、銭鍾書の言葉を借りて述べている。つまり、形式面の対応より精神面の対等が求められるというのである。確かに文学翻訳の最高基準はこの「化」の語にある。文学作品を一つの国の言葉から別の国の言葉に転換するときには、言語習慣の差異による生硬で牽強な痕跡が見えてはならないし、もともとの風格や味わいを保ってこそ「化境」に入ることができたと言える。それにしても、林林の訳文には誤訳などが散見することが気になる。

また、翻訳はもともと美学とは切り離せず、詩歌にとって、韻律はとりわけ大事なもので、訳文の中に韻律の美がなくなったら、詩としての美しさがなくなる一方、原作が描いた美しい景色も再現できなくなる。感覚的な言語、いわゆる美的言語のうちでも特に洗練されたのが詩歌の言語である。従って、文学の翻訳それ自体は一つの文学でなければならない。言い換えれば、翻訳されたものも一つの文学作品であることが求められる。

総じて、原詩を定型詩として成り立たせる「形式」を再現するといっても、無理やり原文を真似して翻訳を行うのではなく、訳語自体の言語習慣に相応しい形式を取ることが肝心である。林林の翻訳は発句の精神をある程度読者に伝えているが、美的言語を再現する面においては物足りないところがある。それに対し、彭恩華と檀可は主に中国の五言詩、七言詩の形で芭蕉の発句を翻訳している。例えば、次の句の中国語訳を見てみよう。

夏草や兵どもが夢の跡（『奥の細道』）元禄二年

大藩歌舞地，曽作修羅場。今看夏草盛，功名等黄粱。（彭恩華訳）

彭恩華の訳文は絶句の形を取っている。それに、言葉遣いも洗練されていて、読者に美しい詩の境地を示しており、中国人に受け入れやすい。彭恩華は『日本俳句史』という本において「要するに、もっとも相応しい翻訳形式を見出すためには、まだまだ長時間を経て、いろいろと実践と討論の積み重ねが必要である。本書では五、七言古詩体で翻訳してみた。（筆者訳）」と言っているが、なぜ五、七言古体詩の形を取ったかについては説明していない。また例のように、訳文には内容をかなり加えている一方、「黄粱」で「夢のあと」を訳出しているのは似つかわしいと思われるが、「等」の字は意味が通らない。そして、五言絶句の形をしているが、言葉の平仄を考慮しておらず、リズム感が感じ取れにくくなる。

しばらくは花の上なる月夜かな（『初蝉』）元禄四年

溶溶春月夜、皎皎放清光。微風花影動、放出無限香。（檀可訳）

『蕉翁句集』に「吉野にて」という前書きが付されている貞享五年春の一句に対し、檀可は五言絶句の形を用い、脚韻を揃えながら翻訳を行った。しかし、五言と七言の近体詩では韻律上の規則が、厳しく要求されているため、このような形で発句を訳すと原句の意思を変えたり、拡大したりしかねず、一句の趣を損なってしまうケースが多い。

静かな春の夜に、花の海は和やかな月に照らされ、静けさの満ち溢れる世界を詠んだこの句に、「しばらく」という一語は極めて重要な言葉になる。蒲盧庵蚕臥は『芭蕉新巻』に、「最早月傾き花乱るゝさま、盛はひさしからずと爰に世の盛衰をも観想すべし」と述べているように、盛衰の無常を一句に示そうとするのは読みすぎと言えかねないが、「しばらく」の一語にはこの見事な景色も長く続くことはないという寂しい思いが潜んでいることは等閑に付すことはできない。檀可の訳文ではこの深みが完全に無視され、また字数を満たすために修飾語や「放出無限香」などを加訳した。そもそも桜は香を楽しむ花ではなく、香を大いに放ち出す訳文自体が不合理である。

もう一人の定型論者陸堅の翻訳は発句と同様の形で翻訳を行った。五音・七音の句は中国人にとって馴染みのある文句なので、受け入れやすい。その反面、原作の意味が拡

大され、余韻を壊した例も少なくない。例えば、

盃や山路の菊と是を干す（『俳諧坂東太郎』）延宝七年

山路菊花酒、挙杯尽飲不停口、延年寿長久。（陸堅訳）

がその一例である。延宝七年重陽の節句に詠まれた一句に対し、陸堅が「不停口」、「延年寿長久」などの内容を加えて翻訳した。このような作者の創作を通して「菊」と「長寿」との関連性を連想させやすくなるかもしれないが、芭蕉一句の余韻がなくなり、一句に対する捉え方が固定化され、短い十七文字が内包する空間が縮められたとも言えよう。また、原句にある「菊」は盃に菊模様であるか、菊そのものを指しているかは訳文から読み取れない一方、芭蕉の句にある「菊模様に注がれた酒を菊の露と見做す」比喩表現、もしくはメタファー的な創作技法も看取できない。

同年代の学者である李芒は発句の内容に忠実に訳すことを心掛け、「原文が複雑でやむを得ず漢俳の形を取る以外、一短一長、一長一短、五言二句、多くても七言二句を越えてはいけない」という翻訳理念を提示した。それと同時に、李芒は「俳句漢俳漢訳」という論文の中で、十七音によって組み立てられた発句を十七文字で訳すのは最も望ましくないやり方だと言っているように、句意の拡大を最大限に避けようとすることを主旨とする。左記の彼の翻訳を見てみよう。

古池や蛙飛こむ水のをと（『春の日』）　貞享三年

古池塘、一蛙跳進聞幽響。（李芒訳）

原句とほぼ同じ長さで翻訳を行い、また一句の余韻を壊さずに訳している。蛙が飛び込んだ後に響いた幽かな水の音を聞き、動から静に立ち戻った瞬間的な美しさがうまく再現されている。しかし、古池の句だけではなく、五言、七言二句などで訳した訳文のほか、リズム感に乏しいことも免れない。

また、同じく発句の余韻を大事にするべきだと主張する松浦友久は『中国詩歌原論』の中で、中日両言語の拍節リズムの違いに基づき、「三四三（もしくは、句読点によるその変型）」という訳し方を提出した。しかし、松浦氏が拍節リズムに関する分析が足りず、中国語の三言、四言、五言、七言の拍節リズムの偶数性についても触れていない。松浦氏が論著の中に引用した李芒の古池の句に対するもう一種の翻訳を見てみよう。

古池塘、青蛙入水、発清響。

このように、リズム感も多少感じられる上、一句の内容も原文通りで拡大されずに再現できている。しかし、三四三の場合、句の主旨が分からなくなる。一句は古池を中心に吟詠しているのか、あるいは蛙の飛び姿、それとも水の音を主旨として描いているのか分かりにくなる。なぜなら、短い一句の中にポーズをいれ、句の空間を広大化、立体化にする切れ字が訳文の中で無視されたからである。それに、奇数句と偶数句の組み合わせで、中国詩歌における拍節リズムの安定感をある程度弱めてしまうことがある。

八十年代末、王勇は「三七」形式の訳し方で幾つかの発句を訳した。文体は散文体に近いため、表一では非定型欄に入れた。

旅に病で夢は枯野をかけ廻る（『笈日記』）元禄七年

旅途病、夢中猶在曠野行。（王勇訳）

其角の『枯尾花』にこの句に対して、「ただ壁をへだてゝ命運を祈る声の耳に入りけるにや、心細き夢のさめたるはとて、旅に病で夢は枯野をかけ廻る。また、枯野を廻るゆめ心、ともせばやともうされしが、是さへ妄執ながら、風雅の上に死ん身の道を切に思ふ也、と悔まれし」と綴られているように、元禄七年、筑紫に旅立とうとする芭蕉は、大坂に病気のため臥す身となった。旅への思い、風雅に一身を捧げたい詩人の心境は一句の中に打ち込まれている。死に直面しながらも、山林花鳥に心を寄せ、俳諧の真髄を求める旅が結局果たせなかった、悲しい気持ちで発した一句である。王勇の訳「夢中猶在黄野行」は正に原句の意味内容を拡大せずに芭蕉の気持ちを再現しているが、「旅途病」表現自体が不自然であり、旅ということに夢中になったというふうにも捉えられ、二句を繋げて詠めばむしろ後半句の意味や境地を破ってしまったのである。そして、三七の形である故、音楽性が弱いことも同様に指摘される。
そして、二十一世紀に入り、発句翻訳をめぐる論争は依然として激しく続いている。その中で代表的な訳者としては鄭民欽と鄭清茂が挙げられる。鄭民欽は五言、七言の形などを多用し、また非定型式も多く用いた。例えば、左記の一例が挙げられる。

明ぼのやしら魚しろきこと一寸（『野ざらし紀行』）貞享元年

天色未破暁、漫歩到海濱。網裏銀魚白、一寸照眼明。（鄭民欽訳）

杜甫の詩「白小群分命、天然二寸魚（白小群命を分つ、天然二寸の魚）」、「白小」を髣髴させるこの句は、曙の海辺の景色をありありと描き出している。鄭の訳文では「漫歩到海濱」、「網裏」、「照眼明」という字句を加え、五言四句の形で翻訳を行った。しかし、このような加訳（内容を付き加えて訳すこと）によって、芭蕉が白魚を見たときの驚異と賛嘆を見て取ることが難しくなった。鄭民欽は自著『俳句的魅力』の中で、個人的に思う、俳句漢訳は一般的に「唐詩宋詞」の形式を用いるのが相応しい。ここで言う「唐詩宋詞」はただその形を借用し、厳格的に格律詩詞を真似するのではなく、俳句の原意に基づいて適当な翻訳形式を選び、一種の形式に拘らないということである。（…中略）各句の字数は文言体にしても、一致ではない長短不揃いの雑言体にしてもよろしい。このような翻訳形式は内容を重視し、比較的に自由で、洗練された訳文で原作の深意に近づけることができるが、欠点は、句切が多く、形式美の欠けることである。(筆者訳)

と自分の翻訳理念を説明している。ところが、なぜ「唐詩宋詞」でなければならないのかについては触れておらず、「唐詩宋詞」の形式を取ったほうがよいと言いつつも、形式に拘らないと齟齬をきたしている。また鄭民欽自身もこのようなやり方は形式美に欠けていると述べ、どのようにすれば解決できるのかに関して深く掘り下げていない。

これに引き続き、金中は論文「古池─蛙縦水声伝」において「一つの言葉に一句」という訳し方を提案し、発句の翻訳にまた新たな生命力を注いだ。具体的に説明すれば、金中は切れ字に重点を置き、「相対的に独立性の持つ五音句を一つの言葉に、残った七五を一句にして、間を読点で切る」という翻訳方法である。

鶯や柳のうしろ薮の前(『続猿蓑』) 元禄五年

流鶯、柳後復竹前(金中訳)

一句では春の田園風景が描かれ、自在に飛びまわる鶯の様子、そして田園生活の長閑さが如実に表出されている。金中の翻訳は正に原句とほぼ同じ風景を読者の目の前に展開させ、句の余韻もうまく保っている。しかし、このような訳し方はリズム感、音楽性が欠けている上、上五がはっきりと独立性を持たない場合はやや訳しがたくなると考える。

更に近年鄭清茂は四六四の形で芭蕉の百句を訳した。しかし、鄭清茂自身が「文体に拘らずに白話文を取り、俳句特有の諧謔さや軽妙さを表わそうとする」と言っているように、鄭清茂の訳は定形であるが、文体が口語体を取っている。例えば先の句を見てみよう。

鶯や餅に糞する椽の先（『陸奥衛』） 元禄五年

黄鶯飛来、拉屎拉在餅上、就在廊邊 （鄭清茂訳）

この句は「軽み」の代表句として屡々論じられる。杉風宛真蹟書簡中の「日比工夫之処に而御座候」という一文が表しているように、芭蕉のこの句に対する自信が見られる。滑稽味のある「糞する」という俗語によって、芭蕉が追及する俳諧の本質が表出されている。従って、翻訳においてこの俳言「糞する」をどのように訳出するかは極めて重要である。鄭清茂は「拉屎」という現代中国語の俗語で「糞する」を訳した。卑俗の言葉は俳言である俗言の言葉機能とはよく似通っているが、卑俗過ぎるため、これで「糞する」という俳言を置き換えると、中国読者に俳言の重要さを伝えることができない。

右記のように、従来の各翻訳作品はそれぞれ一長一短がある。日常言語が主に意思伝達の機能を働かせているのに対し、文学、あるいは詩における言語はまた異なる働きを持つ。それゆえ、詩の言葉の特徴を捉えることは肝腎なところである。これを理解できないと、詩の翻訳理論の探索も不可能になるのであろう。ところが、先行研究を概観したところ、中日言語、また美的見地の特殊性については重要視されておらず、同時に、美学理論から、発句における象徴性、余情美、形式美の再現についても余り研究されてはいない。現存の発句漢訳方法は不十分であると言わざるを得ない。

以上、中国における芭蕉発句の翻訳を時代順に沿ってまとめてみた。口語訳の場合、リズム感に乏しい。それに対し、定型の場合、原句にはない内容を加えたり、余韻を壊したりすることが多い。それのみならず、芭蕉発句に対する研究自体がまだ表面に留まっている。

発句はもともと翻訳不可能なものとされている。発句で用いられた季語は時として、一句全体の中身を方向付けているため、中国語に置き換えると、もとの作用及び意味は百パーセント保つことができない。また中国語の韻律、リズムはもともと日本語とはかなり大きな差があり、俳諧文芸を中国読者に伝えるためにどのような形式を取れば適切かは検討する必要があると思われる。

俳諧は和歌とは異なり、名詞・体言中心の文学である。名詞を幾つか並べると、それで十七音が満たされるのが発句である。事柄・事態あるいは景色というのは、ほぼそれで叙述できるが、その発句作品の核心あるいは滲みでるようなニュアンスをつかむのは、時として目立たない助詞や助動詞のとらえ方にかかっている。従って、芭蕉発句の翻訳を検討する場合、韻律、切れ字、季語、俳諧性などの面から総体的に考えていかなければならないと考える。そこで、筆者は「四四四」という四言詩形で芭蕉発句を翻訳する方法を考えた。その理由について、次章において詳しく論じていく。

参考文献

①平子義雄．『翻訳の原理』．東京：大修館書店．二〇〇八．
②松浦友久．『中国詩歌言論』．東京：大修館書店．一九八六．
③Christiane Nord．『Translating as a Purposeful Activity–Functionalist Approaches Explained』．上海：上海外語教育出版社．二〇〇二．
④宗像衣子．言葉と文化——俳句の翻訳とハイカイ．Harmonia．二〇〇五（三五）．
⑤金中．「古池—蛙縦水声伝」．『Foreign Languages Research』．二〇一〇．一月一号．
⑥謝六逸．『日本文学史』．民国叢書．一九二九．

⑦鍾叔河編『周氏文類編⑦——日本管窺 日本・日文・日人』湖南文芸出版社．一九九八．

⑧銭稲孫．『日本詩歌選』．文求堂書店．昭和十六年．

⑨銭稲孫「万葉集介紹」（文潔若編『万葉集精選』（中国友誼出版公司、一九九二年一月）

⑩銭稲孫「日本古典万葉集選訳序」（『漢訳万葉集選』日本学術振興会、一九五九年三月）

⑪鄭清茂．『芭蕉百句』．聯経出版社．二〇一七．

⑫鄭民欽．『俳句的魅力』．外語教学與研究出版社．二〇〇八．

⑬彭恩華．『日本俳句史』．上海：学林出版社．一九八三．

⑭陸堅、関森勝夫．『俳句與中国詩歌：関於松尾芭蕉文学比較研究』．杭州大学出版社．一九九六．

⑮李芒．「俳句漢俳漢訳」．『日語学習與研究』．一九九九年

⑯林林．『日本古典俳句選』．北京：人民文学出版社．二〇〇五．

⑰張今、張寧．『文学翻訳原理』．清華大学出版社．二〇〇五．

⑱胡顕耀、李力．『高級文学翻訳』．外語教学与研究出版社．二〇〇九．

⑲韓玲姫、綿抜豊昭．「俳句漢訳の形式論的考察」．『筑波大学図書館情報メディア研究』．二〇一〇（第八巻二号）．

第二章　音声の翻訳

日本詩歌の土台となる「五七五（七七）」という形式は千年以上の歴史を生き抜き、最も洗練された日本の「究極美」と言っても過言ではない。更に、この定型の裏には音の響きも潜んでいる。詩人それぞれの内心の独白が文字の組み合わせや響きの美しさで織り出され、いまでもこのリズム、音声美を通して古人の呻きや喜び、悲しみなどを我々が味わうことができる。そうした詩歌を翻訳するに当たって発句の芸術境地の担い手としての形式、韻律をどのように再現するかは極めて大事な作業である。例えば、次の芭蕉の一句を見てみよう。

秋《a》十とせ却《ka》て江戸を指《sa》す古郷（『野ざらし紀行』）貞享元年

この句は貞享元年、『野ざらし紀行』の旅に出かける前に吟じた一句であるが、賈島の詩「渡㆓桑乾㆒」にある「客舎并州已十霜、帰心日夜憶㆓咸陽㆒、無㆑端更渡㆓桑乾水㆒、却望㆓并州㆒是故郷」という詩句を踏まえながら詠んだことは、従来の解釈諸書の一致しているところである。故郷伊賀に向けて旅たった際、すでに十年の日々を江戸で過ごし、住み馴れた江戸を振り返って古里の如くに思い、江戸を離れる際の未練がましさ、旅客になる心細さを一句の中に詠み込んでいる。しかし、ここで注意しなければならないのは、一句の上五、中七、下五各句の第一音節の母音を全部揃えていることである。母音の重なりによって、句の音楽性が強められるとともに、上中下句の繋がりもより緊密になったのである。このように、芭蕉の句が音楽性に富んでいることも「秋十とせ」の一句から垣間見られる。そこで、筆者は三句の脚韻を揃えながら、「四四四」の形で中国語に訳してみた。原句のリズム感を尊重しつつ、中国詩歌にある押韻の仕方に従って翻訳を行った。

十秋之数《shu》、却指江戸《hu》、以為故土《tu》（筆者訳）

言うまでもなく、詩の翻訳は、散文の翻訳の場合よりも訳者による創造的アレンジを内包することが多い。柳父章は『日本の翻訳論』において、「詩を翻訳するに当たって、その内容である所の意味は、翻訳として伝へることが出来るかもしれませんが、原作の詩の形式即ち言葉から来る美しさは、どうして之を伝へ得るでせうか[1]」と言って

---

① 柳父章，水野的，長沼美香子．『日本の翻訳論 アンソロジーと解題』．法政大学出版局．二〇一〇．

いるように、詩歌の翻訳は原作の意味内容を忠実に異言語に置き換えるのはできるかもしれないが、その精神境地の土台となる形式、美を具現する響きなどを再現するのは極めて難しく、また極めて重要なことである。

十七文字の響きの組み合わせを通して心情を表出する俳人の秀技と、五七五という短小形式に内包される多岐にわたる文化の華やかさに海外の人々も魅了され、日本文化として世界へ紹介され、発句は様々な言語に訳され、受容されている。しかし、発句をどのような形で再現すべきかに関して未だに激論が続いている。発句の魅力を異言語文化に属する人たちにどのように理解してもらうかは至難の業であるにもかかわらず、多くの学者は自分なりの方法で芭蕉発句を中国語に訳したが、なぜそのような形を取るのかについての説明や論証がほとんど見当たらない。そこで、従来の五言や七言や主流となる翻訳方法とは異なり、筆者は「四四四」という四言詩の訳し方を提示した。簡潔であるためだけでなく、四言詩の形で芭蕉発句の音声美や拍節リズムなどをうまく再現することができる。次節から、芭蕉発句では音韻の美が具体的にどのような形で表現されているのか、またなぜ「四四四」の形を取るのかについて具体例を示しながら論を進めていく。そして、四言詩の形で芭蕉の句の翻訳を試みてみようと考える。

第一節　五七五の翻訳

芭蕉発句に対しての中国語訳は何種類もあるが、各訳者が各々の考えに沿った方法で翻訳を行っている。しかし、芭蕉全句に対する翻訳はなく、訳された芭蕉の句も訳本ごとに少しずつ変わっている。今までの中国語訳を分析するために、左のように何人かの学者によって訳された作例を見てみよう。

鷹一つ見つけてうれしいらご崎（『笈の小文』）　貞享四年

伊良湖崎，喜見雄鷹一只。（林林訳）

伊良古崎冬日到，喜見只鷹撃長空。（彭恩華訳）

伊良湖崎好，人傑並地霊。浩浩長空上，喜見一雄鷹。（檀可訳）

喜見一羽鷹，伊良湖展雄風，英姿憾心旌。（陸堅訳）

例のように、林林は芭蕉の一句を散文調で忠実に訳し、原句にはない内容や言葉が一切使われていないが、リズム感に乏しいことが屡々問題視される。内村剛介は、「訳詩の『訳』が感じられなくなったとき、つまり『訳詩』がただの『詩』になったとき、詩の翻訳は最良のものになった[①]」と述べている。そのように、韻文や詩を翻訳する際は、原作の内容のみならず、音の響きなども念頭に入れる必要があり、翻訳作品は詩であることが求められている。林林の翻訳は口語調になっており、詩とは認めがたいため、発句の美を十分に中国読者に確かに伝えられない疵瑕がある。

それに対し、彭恩華と檀可はそれぞれ七言や五言の形で一句を訳した。押韻と平仄などの規則に縛られる七言も五言も、中国人にとってもっとも馴染んでいるリズム感に富む詩形である。そのため、彭恩華と檀可の訳文のほうが中国読者に受け入れやすいと考えられる。しかし、字数の制限や漢字の表意性によって、原句にない内容を補足せざるを得なくなる。例えば、檀可の訳文にある「人傑並地霊、浩浩長空上」などの文句は完全に訳者自身の創作となっている。この句は貞享四年十一月、『笈の小文』の旅の途次、三河国保美村に領内追放になった杜国を訪れた際の作であるが、次の西行の歌を踏まえながら詠まれたと常に指摘されている。

二つありけり鷹の、伊良湖渡りをすると申けるが、一つの鷹

① 内村剛介・「存在の目的は非在——詩を訳すということ」・『内村剛介著作集』第七巻・二〇一三・恵雅堂・

は止まりて、木の末に懸りて侍と申けるを聞きて

巣鷹渡る伊良湖が崎を疑ひてなほ木に帰る山帰りかな（『山家集』）

伊良湖崎の上空を飛び回る鷹を見つけた瞬間、芭蕉は西行が歌った伊良湖崎を渡っていく巣鷹をふと思い出し、感動にかられながら一句を発した。しかし、それのみならず、計り知れぬ無限の自然に侘しさを堪えてきた自分以外の生き物、その侘しさを解消してくれる回旋する鷹を見かけたときの喜びの極み、更に鷹が飛ぶ姿を見た瞬間のうれしさによって弟子杜国に会った際の気持ち、心強さも一句に詠み込んでいるのである。

檀可の加訳（原文にはない内容を加えて訳すこと）では、一句の意味が「伊良湖崎」の絶景のみを高く褒めそやしているようになり、読者が思索する方向性が凝縮され、弟子杜国への思いが連想できなくなったのである。また、陸堅は発句と同じく五七五の形で翻訳を行ったが、字数が多いため、翻訳では訳者なりの考え、「英姿憾心旌」という創作が加えられており、檀可の訳と同じく、原句の精神境地とかなりかけ離れている。

とすれば、発句が有する「五七五」という形式をどのように訳せば良いのであろう。これを論ずる前に、「五七五」の特徴についてまず考慮する必要がある。

別宮貞徳を代表として多くの学者は、「五七五」という定型は、「四拍子一拍節を一つの単位とする」拍節リズムに由来したと主張している。「二音は日本語の発音の基本単

位です。その基本単位が繰り返されることによって、日本語の文が展開されてゆきます。二音の単位がまず一回繰り返されると、四音という単位が成立します。（中略）四音は、二音よりもはるかに堅固なひとつの枠組なのです。[1]」というように、日本語は基本的に一単位として発音し、二音節からなる最小の音声単位をもとに、四音節は一つの安定感に富む枠組みとして日本語の中でかなり機能している。そして、筆者は『広辞苑』の単語を調べたところ、41.3％の単語が四音語であり、言い換えれば、四音節あるいは四モーラを一拍にするのは最も日本人の発音習慣及び呼吸法に相応しい。

また、坂野信彦は『七五調の謎を解く 日本語リズムの原論』において「七音・五音という奇数音の句は、そのなかにつねにひとつの異質な律拍、すなわち一音の半端な音と一音ぶんの休止とからなる律拍を内包する[2]」と述べている。更に照屋真理子の研究「日本語のリズムと俳句について」によると、実際の音韻実験などからも、日本詩歌の五音句にしても、七音句にしても、休止拍と合わせて八音節の枠組を持っているということが分かる。つまり、五音句には三音の休止、七音句には一音の休止を入れながら読

---

① 坂野信彦．『七五調の謎をとく』．大修館書店．一九九六．第二十六頁．

② 坂野信彦．『七五調の謎をとく』．大修館書店．一九九六．第六十九頁．

むのが普通である。

しかし、字余りの場合はどのようになるのか。このことに対し、佐藤栄作は小野小町の歌「花の色は移りにけりないたづらにわが身世にふるながめせしまに」を例に、『百人一首』における字余りはすべて「ア行音を含む字余り」であり、「はなのいろは」は「はなのぃろは」と読むべき、あ行の音は前の音節の子音とくっついて一モーラにするのが従来の有り様であると指摘している[①]。本居宣長は『字音仮名用格』においても、字余り句は「必ズ中ニ右ノあいうおノ音ノアル句ニ限レルコト也」とほぼ同様の事を言っている。しかし、『百人一首』以降の字余り句、特に芭蕉の字余り句は決してすべてはその通りとは認められない。

夏馬の遅行我を絵に見る心かな（『一葉集』）天和三年

夏馬ぼくぼく我を絵に見る心かな（『一葉集』）天和三年

『一葉集』に収録された二句のように、一句目のには「かばのちかう」とア行の「う」が確認できるが、二句目にはア行の音が用いられていない。つまり、佐藤氏が言う「子音＋母音＋ア行母音」の読み方をここで当て嵌めるには不備がある。そこで、一

---

① http：／／weekly-haiku.blogspot.jp／2014／08／blog-post_93.html

句の拍節リズムはどのようになるのであろう。更に、五七五という詩形は基本的に二音を一単位とし、四音を一拍とする打拍によって詠まれているが、注意しなければならないことは、五音句にある三音節の休止（×で表している）と七音句にある一音節の休止を一句の中で具体的にどこに置くかということである。

坂野信彦が前著に挙げている朗詠する時に停頓をいれるべき位置に関する仮説の一例を見てみよう。

しずかさや×××／いわに×しみいる／せみの×こえ××

「しずかさや」は「しずかさ／や」という四音（二音の倍）、二音ずつに区切れているゆえ、三音節分の休止をすべて句の後ろに入れることができるが、「せみのこえ」は「せみの」という三音節、いわゆる奇数で終わっているから、「の」の後ろに休止一音分を入れることによって、二音単位という規則を満たすことができる。また、助詞の後ろには基本的に休止を入れるため、中七の「いわに」の後ろに一音節の休止を入れた。同様に、「夏馬ぼくぼく我を絵に見る心かな」の拍節リズムも左のようになる。

夏馬ぼくぼく××／我を×絵に見る／心×かな××

要するに、句意や単語の音節数に従って休止を取り入れるべきである。しかし、文法及び音韻学の理論を通し、「×」のところに休止を入れるのは基本的であることは証明できるが、句を朗読する時の個人習慣や速さなどによって休止の長さがそれぞれ違ってくるということも認めなければならない。

上述のように、音節と休止節の綯い交ぜによって美しいリズム感を作り出す日本詩歌、一句に二拍という拍節リズムが律動している発句を中国語にするとき、リズムの再現も期待されているが、そのまま中国語の「五七五」文字数で当て嵌めると、リズムが変わってしまい、また漢字の表意機能により、原句にはない句意の拡大も免れなくなる。従って、日本詩歌の拍節リズムと同様のリズム感を有する詩形が求められる。このようなことに基づき、筆者は四言詩の形で芭蕉発句を訳す方法を考えた。

漢詩の拍節リズムに関して、松浦友久は『中国詩歌原論』の中で、「『一字＝一音節』の『音節リズム』の基盤のうえに、原則として、『二字＝二音節＝一拍』の『拍節リズム』が律動している[①]」と次の例を挙げながら述べている。

例①（国破）（山河）（在×）国破れて山河在り
（城春）（草木）（深×）城春にして草木深し

例②（遠上）（寒山）（石徑）（斜×）遠く寒山に上れば石徑斜なり

① 松浦友久．『中国詩歌原論』．大修館書店．一九八六．

（白雲）（生處）（有人）（家×）　白雲生ずる処人家有り

二文字イコール一拍というのが中国語の言葉からも見られる。中国語では二文字、あるいは四文字、つまり偶数の漢字で組み合わされた言葉が圧倒的に多い。また、松浦氏の説によれば、五言、七言の各句がそれぞれ三拍、四拍となる。しかし、実際に中国語で読んでみれば、右記の例②、つまり七言詩を四拍で読めるが、五言の場合、どうしても息がきつくなる。そこで、次のような実験をしてみた。

「実験装置」は「Adobe Audition3.0中国語バージョン」という音声を調査、調整するソフトを用い、中国語母語話者、二十代十名、四十代十名、六十代十名を対象にして、杜甫の詩「国破山河在、城春草木深」二句を漢詩吟唱する際のスピードで読ませ、それぞれの録音を「Adobe Audition3.0」で分析し、また各漢字の所要時間と句末の停頓の時間を比較してみた。左記は抽出したその一部のデータである。

【実験結果】（単位：秒）

対象	国	破	山	河	在	（停頓）、…下略
20代	0.33	0.39	0.32	0.3	0.37	0.89
40代	0.41	0.52	0.49	0.39	0.47	1.02
60代	0.3	0.37	0.28	0.37	0.5	0.77

声の強弱や個人の癖などによって、各漢字の所用時間には少しずれがあるが、その誤差を無視すれば、各漢字の長さはほぼ一緒である。そして、停頓のところの所用時間は基本的に各漢字の二倍以上になる。ここから見れば、五言詩の句末に休止一字分を入れて、三拍で読むことはほとんどなく、むしろさらに二字分に等しい休止を入れている。従って、五言詩の場合、松浦氏がいう三拍で読むのは中国語母語話者の発音習慣とずれており、すごく早いスピードであれば三拍でも読めるかもしれないが、最後の音を三字分ほどに伸ばし、休止を長く入れ、七言と同じく四拍で読んだほうが自然である。

しかし、七言では五言のようにかなりの停頓を取らなくても読めるのはなぜであろう。中国詩歌に対して、剣持武彦氏は「左右対称、上下対応のイメージであり、強固な平衡感覚によって組み立てられている[①]」と指摘しているように、文化的な要素もあるが、中国詩歌では平衡感覚が非常に求められ、それは文字数や形式面だけではなく、拍節リズムなどの面においても求められている。従って、内部の拍数が偶数ではない場合句自体のバランスも崩れてしまい、朗誦しづらくなる。ここから見れば、四文字で作られた四言詩の場合、その一句は二拍によって組み立てられていることが分かる。

---

① 剣持武彦.『比較日本学のすすめ—日本人の民族性を尋ねて』.朝文社.一九九二.

このような拍節リズムの律動する中国詩歌の形式で発句のリズムを再現しようとすれば、四言が一番相応しいと考える。例えば、

兼葭／蒼蒼、白露／為霜　兼葭は蒼蒼として、白露は霜と為る。

などのように、簡潔である上、一句に四拍が律動している五言や七言より、一句に二拍が律動している句形で発句の拍節リズムをうまく再現することができる。四言詩というのは中国でもっとも古い詩形であり、『詩経』を代表とする定型詩である。摯虞が『文章流別論』に「夫れ詩は情志を以て本と為すと雖も、而れども声を成すを以て節と為す。然らば則ち雅音の韻、四言を正と為す、其の余は曲折の体を備ふと雖も、而れども音の正に非ざるなり」と述べているように、四音こそ漢詩のもととなることが分かる。また、光田和伸の研究[①]によれば、左記の記紀歌謡も四言詩とよく類似していることが窺える。

『古事記』・歌謡・沼河比売の歌

八千矛の神の命萎え草の女にしあれば我が心浦渚の鳥ぞ

『詩経・国風・關雎』

---

① 光田和伸・「定型の成立——万葉集論の礎として」・『文学』一九九九秋・

關關雎鳩，在河之洲　關關たる雎鳩は、河の洲に在り。
窈窕淑女，君子好逑　窈窕たる淑女は、君子の好き逑ひなり。
參差荇菜，左右流之　參差たる荇菜は、左右に之を流む。

『日本書紀』・歌謡・神武天皇の東征を讃える戦勝の凱歌

宇陀の 高城に 鴫罠張る 我が待つや 鴫は障らず いすくはし 鷹等さやり

『詩経・国風・新台』

魚網之設、鴻則離之　漁網を之れ設けしに、鴻則ち之れに離る
燕婉之求、得此戚施　燕婉として求むるに、此の戚施を得たり

傍線部分のように、出雲族、久米氏のこの二首の伝承歌は『詩経』にある詩の内容とよく似通っていると光田氏が指摘している一方、同氏もまた歌謡の旋律も大陸の音楽を伝承したと推測している。これを以て古くから中国の四言詩も日本に伝わってきたことが推測できる。しかし、四言詩と日本の定型詩とどのような関係があるのかは光田氏の研究だけで何も言えないが、発句の拍節リズムにおいて共通性を持っていることは上記の論述から容易に見られる。そして、四言詩では実際に意味のない「兮」、「焉」、「哉」などの感嘆語が多く用いられる。例えば、

挑兮達兮、在城闕兮。一日不見、如三月兮。

挑たり達たり、城闕に在り。一日見ざれば、三月の如し。『詩経・鄭風・子衿』が例として挙げられる。感嘆語を多用することによって、作者の心境がありありと表出される上、リズム感、音楽性もより強められている。また、感嘆語などを用いることで意味の持つ字数がより一層制限されるため、拍節リズムだけではなく、発句を「四四四」にすると、原句の意味内容を拡大することが免れられ、余韻を保つことができると考えられる。

そこで、筆者は本節の冒頭に引き合いとして挙げた「鷹一つ」の句を次のように訳してみた。

鷹一つ見つけてうれしいらご崎（『笈の小文』）　貞享四年

雄鷹一羽　一見尤喜　伊良湖崎（筆者訳）

総じて、発句を「四言詩」の形で中国語に訳すことによって五言や七言より句の意味精神やリズム感をうまく再現することができると考える。これのみならず、押韻や音楽性に厳しい、拘束のある四言詩の形で発句に潜んでいる音声美を再現するができる。次節から、芭蕉発句における音韻の美しさを考察し、また四言詩形をもとに、実際に芭蕉発句の翻訳を試みる。

第二節　音韻美の再現

前節では、拍節リズムなどの面から四言詩形で芭蕉発句を翻訳する方法を提示したが、本節ではそれに基づき、芭蕉発句の音韻美及びそれを四言詩で再現する方法を考察する。乾裕幸は論文「芭蕉・疎句の響」[①]において、「親句」の内容に基づき、連声・相通論で芭蕉の発句を検討した上、四六・一九％の句がこのルールに当てはまると指摘している。例えば、

①京までは《wa》ま《ma》だ半空や《ya》雪《yu》の雲（『笈の小文』）　貞享四年

②此秋は《wa》何《na》で年よる《ru》雲《ku》に鳥（『笈日記』）　元禄七年

というの二句のように、①句目においては上五末の「は」と中七冒頭の「ま」が連声で、中七末の「や」と下五最初の「雪」の字の第一音節「ゆ」と相通になっている。また②句目の上五末の「は」と中七冒頭の文字の第一音節「な」が連声で、中七末の

---

① 乾裕幸・「芭蕉・疎句の響」・『俳文学論集』宮本三郎編・笠間叢書・

「る」と下五最初の「雲」の第一音節「く」と相通になっている。乾氏はこのように発句には音楽性、響きの美が存在することを認めながら、芭蕉発句における音声の美しさを示唆している。

また、『長短抄』の冒頭で、「夫哥ヲモヨメ連歌ヲモ吟ヨ五音相通五音連声イヅレニモ可用」と述べているように、和歌や連歌には響きの美しさが備わっている。とすれば、同じ五七五というリズムをもとに詠まれた発句にも音声の響きが潜んでいると考えられる。堀切実は『表現としての俳諧——芭蕉・蕪村・一茶』の中で、

うたは意味そのものだけ成り立っているものではない。個別的な状況で歌われたうたを、うたとして普遍化し、万人の共感を得るようにもってゆくためには、音による呪性の働きが必要である。音声のひびきとリズムが、うたをうたたらしめているのであり、このことは俳諧の発句においても基本的に変わるものではない[①]

と指摘しているように、発句に音声美が宿っていることは疑う余地のないことである。

そこで、筆者は上述の乾裕幸の研究を踏まえて、更に母音の面から、『校本芭蕉全

---

① 堀切実：『表現としての俳諧——芭蕉・蕪村・一茶』，ぺりかん社，一九八八．

集』発句篇に収録されている九八〇句の上中下の頭韻及び尾韻を統計してみた（今回は句中母音の重なり現象を考察対象外にした。そして、訳文の韻は『平水韻』及び現代中国語の母音規則に従っているが、便宜上、表記は全部「ピン音」で表し、韻書と違う場合は注を付ける）。結論から言えば、芭蕉発句の音節はおおむね左記のように分けることができる。

1）上句の第一音節或は尾音節の母音が中句のそれと重なる。

例：紫《a》陽花や帷《ka》子時の薄浅黄（『陸奥衛』）元禄年中

2）上句の第一音節或は尾音節の母音が下句のそれと重なる。

例：闇《ya》夜きつね下はふ玉《ta》真桑（『東日記』）　延宝九年

3）中句の第一音節或は尾音節の母音が下句のそれと重なる。

例：蔦植て竹《ta》四五本のあ《a》らし哉（『野ざらし紀行』）貞享元年

4）全部の句の第一音節或は尾音節の母音が重なる。

例：桜がり《ri》きどくや日々に《ni》五里《ri》六里（『笈の小文』）貞享五年

5）相通・連声のルールに当てはまる。

例：山吹や宇治の焙炉の匂ふ時（『猿蓑』）　元禄四年

ya u　no ni　ki　（相通）

6）右記の条件を同時に二つ以上満たす。

例：あさよさを誰がまつしまぞ片心（『桃舐集』）元禄二年

a　wo ta　zo ka ro

（注：芭蕉発句の音韻分析は本章末尾の付録を参照。付録の番号は「『校本芭蕉全集』発句篇・荻野清、大谷篤藏・角川書店・昭和三十八年」に従う。）

このように、芭蕉発句には音声美がかなり存在している。しかも右のルールに準ずる発句は八五六句もあり、八七％以上を占めている。また、母音の重なりが見られる一方、乾氏が指摘した「連声・相通」のルールも同時にその中で働いている。日本語の母音は五つしかないため、母音が偶然に重なっていることも容易に考えられるが、上記の二つ以上の条件を満たす句も少なからずある。これらの句を翻訳するに当たって音韻美の再現も極めて重要な作業である。

しかし、今まで発句を中国語に訳す際、音韻への注目は全く重要視されていない。なぜなら、発句は歌のように朗誦するものではないからである。しかし、上述のように、和歌や連歌の影響を受け継ぎながら生まれてきた俳諧、特に推敲に推敲を重ねてきた芭蕉発句には、音の響きが存在しないことはないのであろう。とは言っても、芭蕉は決して意識的に音声を考慮に入れながら句を詠んだわけではないと思われる。このように母音の重なりが多く見られるのは、むしろ詩人としての、更に言えば芭蕉としての音声感覚の顕在化であると受け取ったほうが良いだろう。音の響きは句に緊張感を与える一方、句意とも深く関わっている。例えば、次のような例が挙げられる。

紫陽草や帷子時の薄浅黄（『陸奥衛』）　貞享元年

a　ya ka

紫陽之姿　衣薄之時　淡淡浅黄（筆者訳）

zi　zi　yi　shi

一句は『陸奥衛』に収録されている。花の光沢と着心地のよい帷子を巧みに繋げ、洗練された感覚を土台として詠み上げた一句と言える。紫陽花は薄浅黄色に咲いているが、人もまた薄浅黄色の帷子に着替えた。清々しい色をしている花と同じく、清々しい色の帷子を着ている人を取り合わせ、着目点が斬新で俳諧性をよく具現しているが、炎暑でありながらも涼しさが感じられる一句である。

ここで、注意しなければならないのは、上句の第一音節「あ」と中句の第一音節

「か」の母音が重なっていることである。「紫陽草や」の句の「や」は非常に強い語感を持つ切れ字であるが、頭韻と尾韻を重ねることによって、上句と中句の繋がりがより一層緊密になっており、薄浅黄色で花と帷子という無関係のものがうまく引き結ばれる。頭韻が揃えている上、「や」と「か」という連声を通し、紫陽花と帷子との一句の中での関連性をよく具現している。従って、翻訳においてこのような音韻の働きを具現することも期待されている。筆者は「紫」、「衣」という現代語において母音が一緒である漢字で頭韻を再現し、また「姿」、「時」という同じ韻部に属している文字で脚韻を付し、連声という音韻美も表出しながら、四言詩の形で一句を訳してみた。

実際に四言詩でも連声とよく似ている表現手法が見られる。

『詩経・国風・召南・鵲巣』

維鵲有巣、維鳩居之、之子于帰、百両御之。(維れ鵲に巣有り、維れ鳩之に居る。之の子于に帰ぐ、百両もて之を御ふ。)

例のように、二句目末と三句目の冒頭では同じ字が使われている。字面だけでなく、発音が同じことによって、二句が緊密に結び付けられている。従って、四言詩の表現手法で芭蕉発句の音韻美を再現することが可能だと思う。

また、もう一つの例を見てみよう。

あさよさを誰まつしまぞ片ごころ（『桃舐集』） 元禄二年

a wo ta zo ka ro

朝兮夜兮 松島孰兮 労心思兮（筆者訳）

zhao xi song xi lao xi

この句は『奥の細道』の旅に出る前の作品とみられるが、『桃舐集』ではこの句の後ろに、「翁、執心のあまり常に申されし、名所のみ雑の句有たき事也。十七字のうちに季を入、歌枕を用ていさゝか心ざしをのべがたしと、鼻紙のはしにかゝれし句を、むなしくすてがたくこゝにとゞむなるべし」と記されているように、この句には季語がなく、雑の句である。また、もう一つの特徴として、一句の中で「まつ」という「松島」や「待つ」両方の意味を表す和歌的手法、掛け詞が使われていることが挙げられる。

一句に対して、能勢朝次は『三冊子評釈』で、「日夜朝暮に、松島へ松島へと、ひたすら心に松島への旅が思はれてならないが、一体松島には誰か自分を待つ人があるのであらうか」と解釈している。誰か自分を待っているのであろうかというかのように、昼夜に渡って心が松島を思い慕っている。松島行脚を思い立った時の吟であるが、「誰まつ」と「片ごころ」の呼応で一句は恋の句とも読み取ることができ、優艶で余情の深い一句である。支考が『古今抄』において、「今按ずるに、名所に雑の発句とは、一句に其所の名を出し、その風景の情をうつし、しかもまた当季を結ばん事をば、姿情は必ずおだやかなるまじ」と言っているように、名所の句である故、雑であっても構わない。一句では名所を表す傍ら、「待つ」という意にも掛かっている「まつしま」という語がキーワードとなっている。

一句の情趣は句の音声美からも感じ取れる。この句の上中下の第一音節の母音と終音節の母音がすべて揃っているため、響きが非常に強く感じられる。このような音声美を通して、一句の調べが非常に快く聞こえ、句と句との繋がりも非常に緊密に感じられる一方、同じ母音の連続で滞ることなく、一気に吟唱できることから作者内心の動きもより率直に見て取れるのである。従って、翻訳において、一句の感情や音声美を再現することが非常に大事だと考えるべきである。

しかし、「待」と「松」のように、似ている掛け詞のない中国語に置き換える際、無理矢理この表現技巧を再現すれば、句意を損ねることが免れられない。従って、筆者は前述のように音韻と句の余情を重んじながら、「上、下」の第一音節と「上、中、下」の終音節を揃えて訳してみた。そして、句末は「感嘆や疑問」を表す感嘆語「兮」で統一した。訳詩において原句の音韻を忠実に再現しながら、余情を醸し出そうとしている。

歌枕である「松島」は地名として地域性だけでなく、前述のように文化的要素や季節感なども同時に表出している。韻を踏むためにほかの言葉に置き換えると、発句における名所の役割が見られなくなるのである。従って、筆者は「松島」という語をそのまま訳した。しかし、松島という名所を見た瞬間、中国読者には日本人と同じ季節感が湧いてくるとは思われず、地名、歌枕などが持っている感情は訳文ではいかにも再現しがたいものである故、それぞれに注を付けるべきだと考える。

要するに、芭蕉発句には響きの美しさがかなり潜んでいる。音の響きは単なる音楽性を生み出すのみならず、時として句意とも深く関わってくる。従って、芭蕉の翻訳において音韻に関心を寄せなければならない。また、発句では頭韻が揃っていることが多くみられ、脚韻を重要視する中国詩歌の形で翻訳する際、頭韻はもとより、脚韻を踏むことも念頭に入れながら考慮する必要がある。

第三節　反復表現の再現

芭蕉発句には音韻の美しさが多く確認できる。前節でも論じたが、芭蕉は決して一句一句に対し、意識的に音声を考慮に入れながら句を詠み上げたわけではない。母音などの重なりはむしろ芭蕉自身の音声感覚の具象化だと言えるが、あれほど言葉を磨き上げることに厳しい芭蕉には、音声や表現を同時に意識して句の吟詠を促す面もいくつかの作品から垣間見られる。いわゆる「反復表現」である。日本語の特徴の一つとして擬音語、擬態語、反復表現など多く存在することが挙げられるが、芭蕉もこれを多用していた。

「反復表現」はいずれの国の詩歌にもよく用いられる表現技法であるが、池田源太は『伝承文化論攷』において、

くり返しが、もともと強調の効果をねらいとしたレトリックであったとして、それよりも実際上多くの人の心を捉えるのは、同音のリズムが重ねられ、繰り返されて耳に入ることによる一種の快感の働きである。①

と述べているように、反復によって詩歌に音の整合性を与えることができる。その上、同音あるいは同語のくり返しは物事を強調し、詩の核心を際立たせて表現する機能がある。また、

くり返しは単なる強調でもなければ、言い替えでもない。むしろ、対象を大きく様

---

① 池田源太.『伝承文化論攷』.吉川弘文館.一九六三.

式化してとらえ、そこにイメージを喚起してゆく働きを持っている。①

と堀切実が指摘しているように、強調のみならず、詩歌の奥深み、或は余韻などを暗示することもできる。更に、基本的に主旨を強調する役割を備えている繰り返し表現について、マックス・リュティは『昔話——その美学と人間像』の中で、

『語り』を演じてゆく者にとって、同じ内容のくり返しは、いわば創造的休止のような働きをするのであり、聴き手にとってもまた、それがくつろぎをもたらすことになるのである。②

と、反復表現は読者に一種の安定感やくつろぎを感じさせると論じた。このように、音韻効果によって組み立てられ、また主旨の強調、余情の喚起、安定感を賦与させる繰り返し表現は芭蕉発句においてどのように作動しているのであろうか。次の一例から見てみよう。

成りにけり成りにけりまでとしのくれ（『六百番発句合』）延宝五年

na　na　de　re

---

① 堀切実・『表現としての俳諧——芭蕉・蕪村・一茶』・ぺりかん社・一九八八。

② マックス・リュティ・『昔話——その美学と人間像』・小沢俊夫訳・岩波書店・一九八六・

為之至已　為之已至　歳之暮矣（筆者訳）

wei　yi wei　zhi　yi

延宝五年に作られたこの句ではまだ談林調の特色が窺えるが、「成りにけり」という謡曲などによく用いられる繰り返し技法を使い、年末になったときの心情が強められている。この句に対して、『続芭蕉俳句評釈』は、

> 読んで字の如く斯く〳〵なりにけり、斯様になつてしまつた、モー秋になつてしまつた、モーふゆになつてしまつた、斯様に度々、なりにけり、なりにけりと言つて来て而して遂に年の暮になりにけりとなつた。（中略）極めて平淡であるが、而かも厭味はない、年の暮の感を十分に現して居る句ぢや。

と解釈している。「成りにけり」という言葉を重ねることによって、年が去っていくのがなんと速やかなものであろうといった感嘆の意がより強調されたと同時に、強いリズム感も感じ取れる。一句は軽い口調で詠まれているが、反復による音楽性を通して、寂味や内心の嘆きがありありと表出している。その上、中七の最終音節の母音と下五の最終音節の母音が重なっていて、更なる音楽感が一句の中で作動している。

そこで、筆者は「為之至已」と「為之已至」と二回繰り返して、原句の反復表現を再現しながら、脚韻を揃えて翻訳してみた。原句と同じリズム感を与えている一方、一句

目の「至已」を二句目の中で文字の順番を変えて「已至」に直し、「まで」の意を表出している。

筆者は四言詩の形で芭蕉の反復表現を表してみたが、音声面においても表現面においても芭蕉発句とよく似ている技法が四言詩に見られる。例えば、左記の例が挙げられる。

①『詩経』・国風・周南・桃夭

桃之夭夭、灼灼其華、之子于帰、宜其室家。（桃の夭夭たる、灼灼たる其の華、之の子于き帰ぐ、其の室家に宜しからん）

桃之夭夭、有蕡其実、之子于帰、宜其家室。（桃の夭夭たる、蕡たる有り其の実、之の子于き帰ぐ、其の家室に宜しからん）

②『詩経』・国風・鄭風・択兮

択兮択兮、風其吹女、叔兮伯兮、倡予和女。（択や択や、風其れ女を吹かん、叔や伯や倡はば予女に和せん）

択兮択兮、風其漂女、叔兮伯兮、倡予要女。（択や択や、風其れ女を漂かん、叔や伯や、倡はば予女を要へん）

例①のように、「桃之夭夭」と「之子于帰」が繰り返され、また一句目の最後の言葉

「室家」と二句目の句末の「家室」は同じ意味であるが、押韻の為に言葉の順番を入れ換えたのである。また例②も同じく、同じ内容が二回も繰り返されている。『詩経』だけでなく、魏晋期の四言詩からも反復表現が屡々確認できる。前節においてすでに触れたが、四言詩は『詩經』に由来する伝統性と典雅さを持つ詩形であり、漢詩の「正体」とも言える。また一句二拍というリズムによって組み立てられた四言詩は短いため、作者の心情を五言や七言のようにすべて盛り込むことは非常に難しいのである。よって、詩の精神を導き出すために、音楽性に富む反復表現が多く使われようになった。逆にこれこそ発句の表現手法とよく似通っていると考えてよい。

　芭蕉は音韻を念頭に入れながら句を吟じたのではないだろうが、反復表現を取り入れた句から芭蕉の音韻への関心も窺えるのであろう。従って、翻訳に至って、この反復表現をどのように取り扱えばよいのかは極めて肝心な作業であり、異言語読者に一句の余情を伝えることにも深く関わっている。

　花の雲鐘は上野か浅草か（『続虚栗』）貞享四年

ha　ka　a

花如雲縹緲、何処鐘声正繚繞、上野或浅草？（陸堅）

花雲縹緲、鐘声来自上野、還是浅草？（林林）

豊《feng》花如雲、鐘《zhong》自上野、鐘《zhong》自浅草？（筆者訳）

このように、陸堅は五七五の形を取り、また林林は散文調で翻訳したが、原句の繰り返し表現を意識していない。

貞享四年、芭蕉は深川の草庵でこの句を詠んだ。長閑な春の日に、草庵から遠くのほうを眺めれば、上野、浅草あたりで満開の桜の花が雲のように空を蔽っている。夢中になって花を見ていると、その中から鐘の音が聞こえてきて、其の音も霞む様で上野からきたのであろうか、浅草から来たのであろうかとはっきりと分別できない。静かさに包まれながら、閑静な心境で詠んだ名句である。

そして、上野と浅草という地名を同じ句形で羅列し、リズム感が強く、空間の広大さと時間の変遷もこの繰り返しに描き出されている。

その上、三句の第一音節の母音が全部揃っているため、句の調べが非常に快く聞こえる。そこで、筆者は原句と同様に、上野と浅草を同じ句形で並置し、また各句の頭韻及び二句目と三句目の脚韻を揃えて訳してみた。上記のように、現代中国語の表音記号（ピン音）から見れば、「豊」は「鐘」の発音が違うが、韻書『平水韻』によると、この二文字は同じ韻部「二冬平」に属している。このように、調べを整え、句意を暗示し、また句に安定感を与える反復表現は四言詩の形でうまく再現することができる。そして、原句にある疑問を表す「か」の繰り返しも、「鐘自上野、鐘自浅草？」という同じ句形による繰り返しを通し、鐘音はどこから来たのかという疑問が軽く感じられるのである。

詩歌の翻訳においては、まず芸術性に対する把握、言い換えれば形式や音楽性の再現が要求されているが、表現習慣の差異を等閑視し、牽強的に原詩と全く同じ形式を取ることは慎むべきことである。つまり、詩の翻訳は第一読者である翻訳者が原作をきちんと解読した上、異言語下の詩形あるいはリズムに従いながら行った創作作業とも言えよう。しかし、この創作には原詩の精神境地を最大限に厳守するという前提が存在しており、特に発句の場合はその余韻を損ねることなく、リズム感を重要視しながら、異言語に置き換えることが肝要である。

要するに、林林の散文調に対して、ほかの訳者は中国人によく親しみのある定型を取って翻訳を行ったが、韻文のルールによって、句意を拡大、加訳をせざるを得なかった。従って、韻文、特に発句の翻訳をする際には、言葉の裏側にある文化的背景、リズム感の重要性、また感嘆語が内包する語感など、様々な方面から考えるべきである。しかし、これらの要素をすべて見逃さずに翻訳を行うことは至難な作業であり、また原文への忠実性を第一条件としなければならない。筆者は前述のように四言詩の形で芭蕉発句の音韻美や反復表現を再現したが、句意の再現に差し障りとなる場合、すべての句に対して無理矢理に原句と同じ韻を付する必要はないと考える。

「A culture-specific phenomenon is thus one that is found to exist in a particular form or function in only one of the two cultures being compared.①（ある特定の文化現象は比較される二種の文化の一方の特定の形式あるいは機能として存在する。（筆者訳）」というように、詩の翻訳、あるいは発句の翻訳において訳者の創造力が求められ、無理矢理に原詩や原句の形を取ることは時として一種の牽強付会となりかねない。

本章では、芭蕉発句における押韻、音声美について検討し、原句の押韻を大事にし、原句と同様の音声美を与えながら翻訳を試みた。作者が意識的にあるいは無意識の内に詠み込んだか否かに関わらず、発句の余情を導いたり調べを整えたりする機能を持つ音韻美を、発句翻訳を考察する際には考慮に入れなければならない。また、句意を尊重することが言うまでもなく翻訳の前提となっているため、実際の翻訳において押韻の再現

① Christiane Nord. Translating as a Purposeful Activity-Functionalist Approaches Explained. 上海外語教育出版社．二〇〇一．

をどこまで堅持すればよいのかはまた具体的に分析する必要がある。

発句はもともと翻訳不可能なものとされている。中国語の韻律、リズムは日本語のそれとは大きく違っており、どのような形式を取れば適切かは議論が続いている。本論においては、芭蕉の発句に含まれている意趣を尊重し、句にある音韻美を考察しつつ、芭蕉発句を四言詩の形で翻訳を試みた。しかし、四言詩という中国古代詩体で訳した発句が現代読者に広く受け入れられるのかは今後の課題として究明する必要があると考える。四言詩は中国人にとって古風に感じられるかもしれないが、簡潔さやリズム感に富む詩形としていまでも愛読され、作られている。本章では、音韻、音声を中心に検討してきたが、次章からは更に切れ字、季語、俳諧性などの面から発句の翻訳を検討していく。

参考文献

①池田源太・『伝承文化論攷』・吉川弘文館・一九六三・
②乾裕幸・「芭蕉・疎句の響」・『俳文学論集』宮本三郎編・笠間叢書・
③内村剛介・「存在の目的は非在——詩を訳すということ」・『内村剛介著作集』第七巻・二〇一三・恵雅堂・

④清水杏芽．『俳句原論』．牧羊社．昭和六十年．
⑤桐越舞．「韻文の言語リズムにみられる韻律フレーム型」．北海道言語文化研究．No.九．二〇一一．
⑥坂野信彦．『七五調の謎をとく』．大修館書店．一九九六．
⑦能勢朝次．『三冊子評釈』．三省堂．一九五四．
⑧寒川鼠骨．『続芭蕉俳句評釈』．大学館．一九一三．
⑨剣持武彦．『比較日本学のすすめ——日本人の民族性を尋ねて』．朝文社．一九九二．
⑩別宮貞徳．『日本語のリズム—四拍子文化論』．ちくま学芸文庫．二〇〇五．
⑪松浦友久．『中国詩歌原論』．大修館書店．一九八六．
⑫マックス・リユティ．『昔話——その美学と人間像』．小沢俊夫訳．岩波書店．一九八六．
⑬光田和伸．「定型の成立——万葉集論の礎として」．『文学』一九九九秋．
⑭三宅雅明．翻訳の表現．徳島：教育出版センター．一九八六．
⑮本居宣長．『字音仮名用格』．一七七六年刊．早稲田大学図書館藏．寺町四条上ル町（京都）：銭屋利兵衛．
⑯堀切実．『表現としての俳諧——芭蕉・蕪村・一茶』．ぺりかん社．一九八八．
⑰柳父章，水野的，長沼美香子．『日本の翻訳論 アンソロジーと解題』．法政大学出版局．二〇一〇．

⑱Christiane Nord' Translating as a Purposeful Activity–Functionalist Approaches Explained' 上海外語教育出版社．二〇〇二．
⑲張今，張宁．文学翻訳原理[M]．北京：清華大学出版社．二〇〇五．
⑳http：//weekly–haiku.blogspot.jp/2014/08/blog–post_93.html

付録：

（第一音節）

初句＋中句：

4′ 8′ 9′ 12′ 24′ 42′ 50′ 53′ 73′ 76′ 101′ 105′ 107′ 123′ 124′ 128′ 134′
136′ 147′ 149′ 155′ 159′ 165′ 169′ 191′ 192′ 202′ 218′ 227′ 229′ 231′ 233′
236′ 238′ 243′ 259′ 275′ 276′ 281′ 284′ 299′ 306′ 319′ 334′ 339′ 340′ 342′
350′ 353′ 374′ 390′ 396′ 402′ 420′ 423′ 428′ 430′ 436′ 466′ 470′ 483′ 492′
493′ 501′ 511′ 512′ 518′ 520′ 521′ 540′ 546′ 553′ 557′ 559′ 563′ 564′ 572′
576′ 593′ 594′ 596′ 597′ 601′ 612′ 615′ 617′ 622′ 650′ 665′ 668′ 675′ 687′
720′ 734′ 735′ 738′ 746′ 747′ 750′ 758′ 760′ 762′ 775′ 782′ 789′ 790′ 816′
832′ 834′ 844′ 845′ 859′ 865′ 881′ 886′ 889′ 895′ 914′ 925′ 950′ 951′ 956′

962、978

例：紫陽草や帷子時の薄浅黄　　紫陽之姿　衣薄之時　淡淡浅黄

a　ka　zi　zi　yi　shi

初句＋下句：

7、11、30、57、62、68、94、99、103、104、108、132、137、139、151、167、172、181、187、211、212、214、215、239、246、268、270、285、286、298、308、329、345、355、359、367、380、393、415、426、433、463、480、490、491、496、497、500、505、528、530、542、562、573、574、578、588、603、613、614、616、620、629、657、671、682、684、716、725、740、743、779、796、802、809、811、815、826、836、837、879、883、892、893、900、903、906、908、911、939、949、961

例：闇夜きつね下はふ玉真桑　　夜如何欤　狐狸匍匐　甜瓜似玉

ya　ta　yu　yu

中句＋下句：

17、23、31、32、46、56、69、111、115、120、127、133、142、157、182、183、188、193、199、200、201、204、209、234、240、261、266、274、277、289、291、

302、310、315、318、325、326、327、335、349、358、361、398、403、409、416、438、449、457、458、477、485、489、508、534、535、556、570、577、579、581、583、589、591、602、604、606、624、627、630、636、639、676、679、705、709、713、718、722、766、770、774、780、781、821、827、846、850、852、853、873、894、901、909、915、916、952、959、965、967

例：蔦植て竹四五本のあらし哉　　芸之地錦　四五之竹　冽風之促

ta　a　zhu　cu

初句＋中句＋下句：

40、54、79、100、114、116、126、174、222、256、269、312、360、366、370、373、376、379、392、400、404、411、414、447、471、476、484、494、568、599、635、702、772、799、817、838、839、841、874、923、980

例：　秋十とせ却て江戸を指す古郷　　十秋之渡　却指江戸　以為故土

a　ka　sa　du　hu　tu

（終音節）

初句＋中句：

2、45、84、93、106、131、180、189、203、204、208、213、223、245、267、273、

283、297、314、321、333、357、382、424、431、451、467、488、643、655、658、696、731、777、792、798、805、807、808、814、868、876、928、929、931、972

例：西行谷の麓に流あり、をんなどもの芋あらふを見るに

芋洗ふ女西行ならば哥よまん　　濯芋女子　倘若西行　必為歌之

na　ba　zi　zhi

初句＋下句：

64、77、91、144、152、163、253、258、263、272、295、337、375、377、378、386、410、417、427、432、437、450、460、481、504、529、547、646、651、659、666、670、681、699、700、711、730、739、742、749、757、794、818、823、828、829、831、854、855、863、887、904、922、936、953、954、975

例：名月や池をめぐりて夜もすがら　　名月皎皎　繞池徐歩　不覚夜暁

ya　ra　jiao　xiao

中句＋下句：

6、48、49、63、87、96、110、186、198、210、225、228、232、251、323、331、351、371、445、507、525、550、560、567、569、637、647、648、654、656、708、

764、767、778、793、856、896、910、913、944、945

例：伏見西岸寺任口上人に逢て

我がきぬにふしみの桃の雫せよ　　吾之素衣　伏見桃嫣　願露浸沾

no　yo　yan　zhan

初句＋中句＋下句：

27、130、309、369、532、543、820

例：桜がりきどくや日々に五里六里　　尋桜踏綺　日行驚奇　五里六里

ri　ni　ri　qi　qi　li

（第一音節＋終音節）

初・中（第一音節）／初・中（終音節）：

60、66、173、313、405、421、456、479、487、522、608、611、663、664、733、759、763、869、969

例：草の戸も住替る代ぞひなの家　　廬舎已然　住人更焉　点飾人偶

ku　mosu　zo　lu　ran zhu　yan

初・中（第一音節）／初・下（終音節）：

19、39、125、179、250、301、311、385、397、442、478、506、509、590、595、

598、633、674、690、701、710、744、752、788、830、851、902、941

例：柚の花や昔しのばん料理のま　柚花之香　誘思昔時　庖厨之堂

yu ya mu ma you xiang you shi tang

初・中（第一音節）／中・下（終音節）：

18、46、67、70、74、332、387、423、677、703、768

例：初時雨初の字を我時雨哉　暮秋初雨　初字恰似　吾初訪矣

ha ha ga na mu chu si yi

初・中（第一音節）／初中下（終音節）：

81、323、835

例：梅が香に昔の一字あはれ也　梅香襲襲　為昔一字　哀兮悲兮

u ni mu ji ri mei xi wei zi xi

初・下（第一音節）／初中下（終音節）：

870

例：小倉ノ山院

松杉をほめてや風のかほる音　松杉之姿　薫風揚之　頌音依依

ma wo no ka to song zi zhi song yi

初・下（第一音節）／中・下（終音節）：
21、28、35、44、52、72、75、78、83、135、184、185、221、344、383、536、575、587、618、628、861、938、963

例：土手の松花や木深き殿造り　堰堤之松　桜木葳蕤　峦殿深邃

do ki to ri yan rui luan sui

初・下（第一音節）／初・中（終音節）：
20、34、65、89、168、176、262、288、292、316、346、365、419、444、526、527、537、545、566、661、689、707、717、719、727、776、787、791、806、97

例：鷹の目もいまや暮れぬと啼鶉　雲鷹之目　式微之処　鶉始啼鳴

ta mo to na yun mu chu chun

初・下（第一音節）／初・下（終音節）：
61、86、170、226、257、290、401、413、554、571、625、632、640、662、667、685、755、756、842、857、891、937、957、968

例：なに喰て小家は秋の柳陰　何以為食　小家之秋　瑟柳陰細

na te a ge he shi se xi

中・下（第一音節）／初・中（終音節）：

47′ 119′ 154′ 162′ 171′ 194′ 348′ 356′ 441′ 455′ 503′ 513′ 561′ 626′ 634′ 692′ 706′ 714′ 728′ 729′ 741′ 801′ 819′ 848

例：蕣や是も又我が友ならず　　朝顔簇簇 然而此物 焉非吾友

ya ko　ga to　　cu ran　wu yan

中・下（第一音節）／初・下（終音節）：

1′ 59′ 109′ 230′ 255′ 280′ 296′ 368′ 389′ 391′ 459′ 465′ 474′ 498′ 533′ 548′ 549′ 584′ 585′ 586′ 641′ 769′ 804′ 867′ 890′ 912′ 927′ 940′ 977

例：清瀧や波に散込青松葉　　清瀧之河 墜其波中 翠松之葉

ya na　a　ba　　he zhui　cui　ye

中・下（第一音節）／中・下（終音節）：

148′ 177′ 178′ 217′ 320′ 363′ 453′ 454′ 502′ 538′ 609′ 619′ 644′ 864′ 877′ 885′ 888′ 930′ 935

例：大井川波に塵なし夏の月　　大井之川 碧波塵絶 麗夏之月

na　shi na　ki　　bi　jue li　yue

中・下（第一音節）／初中下（終音節）：

216、446、943

例：まつ花や藤三郎がよしの山　　盼花心似　候等宜竹　奏吉野曲

ya to　ga yo　ma　　si hou　zhu zou　qu

初中下（第一音節）／初・中（終音節）：

544、689、970

例：嵐山藪の茂りや風の筋　　郁郁嵐山　竹林茂繁　徐風之随

a ma ya　ya ka　　yu　shan zhu　fan　xu

初中下（第一音節）／初・下（終音節）：

305、354、425、462、541、623

例：一里はみな花守の子孫かや　　一郷皆数　伺花之人　其子孫乎

hi　wa mi　shi　ya　　yi　shu si　qi　hu

初中下（第一音節）／中・下（終音節）：

38、140、282、558、621、691、948

例：このたねとおもひこなさじとうがらし　　此種雖小　亦莫小瞧　極辛辣椒

ko　to　ji to　shi　　ci　yi　qiao ji　jiao

初中下（第一音節）／初中下（終音節）：

429′ 452′ 862

例：あさよさを誰まつしまぞ片ごころ　　朝兮夜兮　松島孰兮　労心思兮

a　wo ta　zo ka　ro　zhao　xi　song　xi lao　xi

（連声）

3′ 41′ 58′ 80′ 90′ 92′ 95′ 97′ 117′ 150′ 158′ 160′ 161′ 166′ 196′ 206′ 219′ 220′ 244′ 247′ 249′ 254′ 260′ 279′ 293′ 303′ 304′ 317′ 341′ 372′ 381′ 435′ 439′ 440′ 448′ 473′ 499′ 517′ 519′ 551′ 552′ 580′ 582′ 592′ 600′ 610′ 631′ 652′ 672′ 673′ 686′ 688′ 712′ 732′ 736′ 761′ 765′ 783′ 795′ 803′ 840′ 847′ 849′ 858′ 860′ 875′ 884′ 897′ 907′ 917′ 920′ 926′ 933′ 934′ 942′ 947′ 955′ 960′ 964′ 971′ 979

例：十六夜や海老煎る程の宵の闇　　十六之夜　煮蝦之間　暗夜月出

no yo　jian an

（相通）

13′ 16′ 33′ 164′ 175′ 197′ 207′ 224′ 235′ 242′ 264′ 399′ 408′ 461′ 464′ 510′ 524′ 565′ 683′ 715′ 723′ 726′ 737′ 833′ 871′ 872′ 880′ 905′ 924′ 946

例：山吹や宇治の焙炉の匂ふ時　　棣棠灼灼　宇治烘炉　忽聞茶香

no ni　　lu　hu

第三章　芭蕉発句の切字

和歌の上の句は下の句の七七を予想し、それを引き出し、もしくはそれに流れてゆく趣がある。それに対し、五七五という形で詠まれた発句というのはその表現の流れに切れ目を入れるもの、即ち切字を用いるものである。体言を中心に詠まれた発句にある助詞、助動詞は調子を整えるために取り入れ、句の中で「口合」の役割を果たす一方、句中に切れ目を入れる。またその「切れ」によって、十七文字で詠まれた短い句の中で一つの広い空間が造営され、一句が重層性を持つ作品へと昇華させられる。たとえば、「名月や池をめぐりて夜もすがら」、「雲雀より上にやすらふ峠哉」にある「や」、「かな」がその例である。よく使われる切字は「かな、もがな、ぞ、か、や、よ、けり、ず、じ、ぬ、つ、らむ、け、せ、へ、れ、し、け」と連歌師池坊専順が表した『専順法眼之秘詞之事』に記されている。更に、季吟の『埋木』において切字の数が二十七へと増えた。そして、『去来抄』故実には、

第一は、切字を入るるは、句を切るためなり。きれたる句は、字を以て切るに及ばず。いまだ句の切る切れざるを知らざる作者のために、先達は切字数を定らる。

此定字を入るときは、十に七八はおのづから切るなり。残り二三は、入ても切ざる句あり。又、入ずしても切れる句あり。此故に、或は、このやは口合ひのや、このしは過去のしにて切れず、或は是は三段切、是は何切などと、一々名目をして伝え受る伝授事とせり。

というように、切字は先達が初心者に発句に切れを入れるべきであることを伝授するために定めたものであるが、句意によってこの字は切字であるか、あるいは口合、過去などを表している語であるかを具体的に分析しないといけない。更に、同じく『去来抄』故実に「先師曰、きれ字に用る時は、四十八字皆切れ字なり。用ひざる時は、一字もきれ字なし」と記されているように、芭蕉は切字に対し、作法書などに定められた十八文字、二十七文字を理論的、概念的に捉えているのではなく、句意によって切字を用い、自然に句に切れ目を差し入れ、感覚的に認識していることが窺える。

上述のように、本章では、発句の句意と緊密に関わる切字、特に一番多く用いられる「や」と「かな」が芭蕉発句においてどのように用いられているのかを掘り下げ、その上、中国語訳における切字の再現についても考察しようと考える。

第一節 「や」、「かな」の使用状況

順徳院の歌論書『八雲御抄』にある「発句は必ず言ひ切るべし」という言葉のよう

に、連歌においては、発句と脇句の間には切断が求められ、発句を一つの独立体として完結させなければならない。このことはまた俳諧にも生かされている。更に連句から独立した発句において、切断の役割を持つ切字は重要な機能を持つ助詞として働いている。

芭蕉句に使われている頻度の最も高い切字といえば、「や」と「かな」が挙げられる。特に芭蕉は「夕顔や秋はいろいろの瓢哉」と「や」、「かな」を一句の中で同時に詠まれている例もある。従って、本論では切字「や」と「かな」を中心に考察していく。『校本芭蕉全集　発句篇』[1]に収録された総計九八〇句の芭蕉発句を調べたところ、芭蕉における「や」と「かな」が使用された句数は下記のようになる。

【や】	上五末	中七末	下五末	句中	総計
寛文	一〇	八	〇	一二	三〇
延宝	二一	九	三	三	三六
天和	六	〇	一	一	八
貞享	二四	八	〇	一〇	四二

① 『校本芭蕉全集』第一巻及び第二巻・阿部喜三男・角川書店・昭和三十七年・

元禄　一二九　五五　一　三八　二二三

【かな】基本的に下五の末にある。寛文六句、延宝六句、天和九句、貞享四五句、元禄一二三、年代不詳一二句、総計二〇一句。

下五末にある　二〇〇句

句中に二つある　一句（天和二年）梅柳さぞ若衆かな女かな

このように、芭蕉発句において、「や」の用いられた句はほぼ全体の三五％を占め、また「かな」はおよそ二一％を占めている。その上、貞享年間に入ってから、「や」と「かな」の使用頻度が大幅に増える一方である。右記のデータを通し、芭蕉は句に切目を入れることを非常に意識していることが読み取れる。それのみならず、蕉風俳諧を追求する中、表現を練り上げること、そして切字の活用などに次第に関心を深めつつあることも看取できる。従って、本論では芭蕉発句における「や」と「かな」の構造及びその特徴について述べる。

切字「や」と「かな」については、すでに多くの学者によって論じられてきた。例えば、浅野信は『切字の研究』において二句一章、取り合わせの視点から、切字のある句と切字を表に出さない句と分けて芭蕉発句における切れのうまさや切字によって産み出された発句の詩的重量感を詳細に分析した。また川本皓嗣は「切字論」において、

「や」などの切字、あるいは助詞にある結び係り助詞の働きについて論じた。切字があっても一句の切れ目と必ずしも一致しないと言い切っている。川本氏の論説に対し、井上弘美は「芭蕉句、切れの構造―川本皓嗣の『切字論』の検証を通して―」の中で厳しく批判している。例えば、次の例から従来の「や」と「かな」に関する議論を見てみよう。

①夏草や兵共がゆめの跡『奥の細道』　元禄二年
②象潟や雨に西施が合歓の花『奥の細道』　元禄二年
③病雁の夜さむに落て旅ね哉『猿蓑』　元禄三年

①の句に対して、川本皓嗣は「〈夏草や〉の『や』と〈ゆめの跡〉は、係り結びのように相互に呼び合って、句中で一つのまとまりを形成しているのである[①]」と指摘している。つまり、①における「や」は切字の働きより、結び係り助詞のように上五の「夏草」を座五の「ゆめの跡」と関連付け、「夏草」が「ゆめの跡」を具象化したものとなり、「兵共がゆめの跡」という発想を担う土台となった。これに対し、井上氏は大野晋の『係り結びの研究』に基づき、切字である「や」はここで提示の働きを果たしている

---

①「切字論」．川本皓嗣．（『芭蕉解体新書』．雄山閣）所収．平成九年．

と主張し、「『夏草や』と呼び起こされた夏の日盛りの草原は、その強い生命力のイメージによって、逆に限られた命や人の営みのはかなさを想起させる[①]」と解釈した。そして、第②句について井上氏は浅野信が指摘した地名などの枕詞につく「や」は切字ではないという観点に対し、「地名のイメージを提示し、中七以下に対して『一つの区切れ』を置いている[②]」と論じた。しかし、浅野信は地名につく「や」の働きを、「呼び出しのや」と「軽い詠嘆のや」と二つの面から分析を行った。つまり、浅野氏はこの「や」は切字ではないと言いながら、切字によく似ている働きを持ち、句においては、感嘆の意を加え、物事を提示する役割を備えていることを認めている。浅野氏が言う「呼び出しのや」は井上氏が言い出した「提示機能」ともよく似通っている。③句目の座五にある「哉」に対し、川本氏は切字が座五にあるゆえ、切断する働きを持たず、一句の切れ目は「落ちて」の後ろにあると指摘した。井上氏は浅野氏の「一句一章」の理論を踏まえ、川本が示唆している「落ちて」の後ろに微妙な停頓があることを認めなが

① 「蕉句、切れの構造—川本皓嗣の『切字論』の検証を通して—」．井上弘美．『連歌俳諧研究』一〇九号．二〇〇五．第五頁．
② 『切字の研究』．浅野信．桜楓社．昭和三十七年．第二〇四頁．

ら、座五の「哉」は「旅ね」という語に深い詠嘆的感慨を与えている切字であると強く主張している。

要するに、川本皓嗣は結び係り助詞を出発点として、切れ目と切字の違いを述べたが、井上弘美はその反面から切字の提示といった切れ目としての働きを強調した。しかし、井上氏は「や」、「かな」の役割を「呼び出し」、「詠嘆の意を加える」というように二つに絞り込んだ。浅野信は一個一個の切字の意味を分析したが、句における「や」の働き、またその意味についてあまり触れておらず、そして枕詞の後ろにつく「や」に関する解釈についても疑念を抱かざるを得ない。次節から、具体例を通し、芭蕉発句における「や」と「かな」の働きや特徴について具体例を通して見ていく。

第二節　「や」について

春やこし年や行けん小晦日『千宜日記』寛文二年
杜若にたりやにたり水の影『続山の井』寛文七年

この二句において、「や」は基本的に上五、中七の末にあり、ときには座五の末に来る場合もある。大野晋は短歌の文中にある「や」について、「体言を承けて主格に立ち、下に疑問を従える形、用言の連用形、已然形、副詞などを承ける形（下の用言は連体形で終結する）、また、歌の一句として音数律がととのわないときに間投詞的に投入する用法[①]」などがあると述べている。これを発句に応用すると、例えば、「春やこし年や行けん小晦日」、「杜若にたりやにたり水の影」の二句はそのようである。「春やこし」は『古今集』にある在原元方の歌「年の内に春は来にけり一年をこぞとやいはむ今年とやいはむ」という歌を見做して詠まれたと言われるが、歌において「や…む」の形で音律数を整えるだけでなく、疑問を強調する役割も果たしている。芭蕉の句にある「や」の用法から見れば助詞の使い方までも在原元方の歌を真似している。また「杜若にたりやにたり水の影」の「や」は一句の音律数を調整し、「口合のや」の好例である。ただし、これらの「や」は切字にはならないと考える。元禄十年に刊行された『真木柱』という俳諧作法書には右のように、「やの七体」というのが示されている。具体的に言えば、「口あひのや、切や、捨や、中のや、はのや、すみのや、こしのや、呼出や」である。しかし、このような分類の中で「切や」と「捨や」（時々「はのや」も）のみが切字の機能を持っている。次に、「や」が切字の働きを果たしている芭蕉の句に踏み入ってみよう。

---

① 『係り結びの研究』．大野晋．岩波書店．一九九三．第二六九頁．

名月や海にむかへば七小町『初蝉』元禄三年

六月や峰に雲置く嵐山『笈日記』元禄七年

　布袋の絵讃

物ほしや袋のうちの月と花『続別座敷』　元禄七年

芭蕉発句における「や」を調べると、「や」が用いられる場合、座五は体言止めになるケースが最も多い。右記の三句では、いずれも上五の末に「や」が用いられ、つまり初句切れの句形となっている。その結果、上五と中七の間に停頓が読み取れる。「名月や」の句では「や」で名月を提示し、美しい名月の夜だなあと感嘆の意を匂わせている。そして、具体的にどのような月夜なのかについて、切字「や」の後ろで説明を付け足している。「七小町」は謡曲にある小野小町の生涯を表す山本・草紙洗・通・卒都婆・関寺・鸚鵡・清水という小町物を指す。芭蕉は一句において琵琶湖にこの七小町が浮かんでいるかのように、素晴らしい湖月の風景を称賛した。名月に対する写実描写から空想の世界に移り変わり、また幻想を通して実物の美しさを強調している。要するに、「や」の後ろにある内容は上五をより具体的に説明するものとなり、「や」は上五を提示するのみならず、後半の内容にもよく関わっている。切字「や」によって「名月」と「七小町」という関係の薄いもの、不調和であるものが一句の中で取り合わせられ、お互いに交感しあうようになった。

また、「六月や」の句では、「や」によって「六月」という語が強く打ち出されている。杉風宛の書簡などによると、「六月」は「ろくがつ」と読むことが分かる。そして、『俳諧古今抄』に綴られている「人もしみな月と訓に唱えば、語勢に炎天の響きなからんとぞ、これらは音訓の妙用といふべき也」という解釈から見ると、一句では熱い真夏の景色が詠み出されている。そして、「や」の後ろに嵐山の白雲のかかっている様子を率直に詠み上げることを通し、翠滴る連山、炎暑のことを髣髴させながら、「六月や」という上五の季節感をよく具現している。山本健吉が「詩人的認識の在り場所を冒頭確かに教え、続く七五は、上五の具象化・反復・細叙であり、取り合わせではないが、この上五と七五のいわば二重映しの上には微妙なハーモニイがある[①]」と述べているように、「や」の後ろに来る内容は上五と深く関わり、上五の情景をより具象化させるものである。

更に「物ほしや」の句では一層このことが見られる。上五は物が欲しいと感慨の心持を言い出し、ただ具体的に欲しがっているのは何であるのかについては、「や」の後ろ

---

① 『純粋俳句』，山本健吉，創元社，一九五二．

の内容で説明している。それは布袋和尚の袋にある「月と花」という風雅の種となるものであると上五と対応しながら補足し、上五の感嘆の意を更に深めた。もし「や」を「は」などに置き換えると、感嘆の意がなくなるのみならず、「ほしいものは布袋和尚の袋にある月と花」というように、陳述の文になり、一句にある、「できれば宝物ではなく、風流のもととなる月と花をもらえればいいなあ」との感慨や、芭蕉が風雅に対する愛着の念が見て取れなくなる。

このように、上五の末尾にある「や」は上五の内容を提示しながら、その上五の情景と関係している風景（目の前の景色及び連想させられる景色）、比喩表現などを引き出し、上五の表す風情の具象化された景色として例示的に取り挙げ、上五の言葉を具体的に説明し、あるいは増幅して表現する。本節の最初に取り挙げた「象潟や雨に西施が合歓の花」の「や」もこの類に属すると考えられる。このようなことは切字「や」が中七の末尾にある場合も見られる。

うらみの瀧にて

しばらくは瀧に籠るや夏の始『鳥の道』 元禄二年

暫くはこの清浄な裏見の瀧のあたりに籠っていることとなるよと感嘆の意を述べながら、それは夏籠りの始めだからであると理由を付けている。上記の上五末にある「や」

と同様に、ここの「や」も上下の内容を緊密に結び付け、また両方に感嘆の意を加える役割を果たしている。これは芭蕉発句における切字「や」の一つの特徴とも言えよう。

更に、次の句を見てみよう。

神前

此松のみばへせし代や神の秋「鹿島敬」貞享四年

須磨寺やふかぬ笛きく木下やみ『笈の小文』貞享五年

竹の子や稚き時の絵のすさみ『猿蓑』元禄四年

「此松の」句は鹿島神社に詠まれた句である。秋の鹿島神社の神々しさを褒め称えているが、率直にその厳粛さを吟じたのではなく、境内に繁々である松を借り、其の松は実生した遠い昔を連想しながら、由緒正しく社頭の荘厳さを言い出している。切字「や」の前は昔を偲ぶ内容となり、下五は今の様子を言い出している内容となる。昔を通して今を讃頌しているが、一句の主体は今現在にある。ここから見れば、芭蕉発句における切字「や」は一句に切れ目を入れながら、昔を偲ぶ内容を受け、空間を大きく転換させる働きも備えている。

「須磨寺や」の句では須磨寺に参詣した際に、このお寺に保蔵されている宝物「青葉の笛」を思い出し、木々の下闇に涼しさを享受すると、その笛の美しい音が聞こえるような心持までした。故事を踏まえて詠んだ一句であるが、敦盛の事を偲び、懐古の情が「きく」という語からしみじみと感じられる。「や」は地名である須磨寺を提示し、社頭の現在の様子を吟詠しつつ、「無弦の琴」と同じく、吹かれていないがその笛の音が聞こえ、まさに遥かな古に立ち戻ったかのように嘆いている芭蕉の懐旧の思いを引き出した。現在と過去との対比、時間の推移はこの「や」に作られた切断によって一句の中で実現できたのである。浅野信は地名の後ろにある「や」は切字ではないと述べているが、この句のように、地名にくっつく「や」にしても相変わらず一句の中で切字の役割を果たしていると言えよう。

また「竹の子や」の句も同様であるが、竹の子を見て幼い時に竹の子の絵を描いたことを思い出し、昔のことを懐かしく偲ぶ作者の心持が感じ取れる。この「竹の子」は今と昔を結び合わせる媒介となっているが、「や」に賦与させられた感嘆の意によって、より一層作者の心情が伝わってくる。そして「や」によって、一句が二章に分けられ、一句の空間もより広く拡大され、今昔の風景が句中でより緊密に結ばれるようになった。ここの「や」も同じく「は」などに置き換えられない。もし「は」である場合、一句の句意が「幼い時に竹の子の絵を描いた」という意になり、一句にある今と昔の対応、時間の移り替わりなどが一瞬消えうせてしまうのである。

要に、芭蕉発句における切字「や」は多くの場合、昔を偲ぶ内容と結び付ける。今昔の感を叙するとともに、「や」で形成された一句二章の形で今昔の内容が一句の中でお互いに働きかけ、句意や一句の空間性も「や」によって拡大させられたのである。

　行く春や鳥啼き魚の目は泪『奥の細道』　元禄二年

　此の道や行く人なしに秋の暮『其便』　元禄七年

『三冊子・（黒冊子）』には、「発句の事は行きて帰る心の味也。たとへば、山里は万歳おそし梅の花、といふ類なり。山里は万歳おそしといひはなして、むめは咲けりといふ心のごとくに、行きて帰るの心、発句也。山里は万歳遅しといふばかりのひとへは、平句の位なり」という一文がある。このように、二章一句の句においても、前後の関連性が非常に大事である。そして、『三冊子』にある「行きて帰るの心」は多くの場合、切字によって実現されている。

杜甫の「感レ時花濺レ涙、恨レ別鳥驚レ心」と同じ意趣を有する「行く春や」の句ではやがて春が過ぎ行ってしまうことを嘆きながら、啼く鳥と目に涙を宿っている魚を通し、親しい人々との別れを悲しみ、嘆き出している。「行く春や」の「や」は上五と後半の内容の間に切れを作り、暮春に対する感嘆の意を深める一方、後半の作者自身の内心活動を暗示し、心内の悲しみなどをより現実的に描き出している。切字「や」は短い一句の内容を二章に分け、行く春に対する未練がましさを嘆き出すことによって、親しい人々と別れる時の悲しみがより痛切に伝わってくる。このように、芭蕉発句における「や」は一つの事象（ここでは行く春）を受けて自身の気持ちや内心の動きを引き出す役割も備えている。

元禄七年の「この道や」の句も同様である。この道は実景であるかどうかは判断しがたいが、俳諧の真髄を追求しようとする芭蕉の人生の道で解釈しても読み過ぎではないと考えられる。きっと寂しさの溢れる道であろう。それに対して感慨を発した後、道連れとなってくれる人一人もいないと悲しく吟じ上げたのである。「秋の暮」は暮秋のことであろうか、それとも秋の夕暮れであろうか、いずれにしても人影が少なくなる寂寥たる季節感を暗示している。そして、「や」という切字は「この道」に感慨の念を加えた上、更に後半の共に行く人がいないという物悲しい内容を引き出し、切に一句の寂寞感を写し出している。

上記のように、芭蕉発句における切字「や」は主に一句全体に感嘆の意を加え、また一句を二章に分け、句意を更に豊富にし、一句を重層的に作り上げる役割を持っている。そして、その「や」の後ろにくっつく句の意味は前の言葉と関連する内容、懐古の内容、あるいは作者心内の嘆きや動きになる内容などに分けられる。これらの内容は

「や」によって引き出され、また「や」によって前半の内容と緊密に結び付けられている。これが芭蕉発句にある切字「や」の働きと特色と言えよう。引き続き、「や」と同じく多く用いられた「かな」を論じる。

第三節　「かな」について

第一節で述べたように、川本皓嗣は座五の末に来る「かな」は切字として認めるべきではなく、一句の切断は中七と座五の間にあると指摘した。このことに対し、井上弘美は大いに批判した。

応々翁方山は『俳諧暁山集』において、「かな」をその意味から「落着の哉」、「願の哉」、「うきたる哉」、「しずむ哉」、「現在の哉」というように五つに分けて述べている。それに対し、浅野信は『俳諧講座9・研究』の中で接続用法から、用言連体形に続く「かな」を「浮き哉」、助詞に続く「かな」を「沈む哉」と分類した。しかし、いずれの分け方においても発句における「かな」は文を切る役割を持ち、切字の機能を果たしていることがはっきりと認められている。浅野氏が指摘した「浮き哉」に関して、貞門、談林の句集からはその用例がほとんど見られないが、芭蕉発句にも次の一句しか確認できない。

狂句木枯の身は竹斎に似たる哉『野ざらし紀行』貞享元年

古来からこの句に関する解釈がかなり多いが、基本的にその冒頭の二文字「狂句」に重点を置いて論じられている。『冬の日』に載せられているこの句の前書き、「むかし狂歌の才士、此国にたどりし事を、不図おもひ出て申し侍る」によると、一句は木枯らしに吹かれ、狂句を詠みながら旅を続けてきた自分は昔この国までさすらった狂歌の才士竹斎に似ているという意になる。「哉」止めで豊かな余情を醸し出している。もし「哉」を「なり」などのきっぱりと言い切る言葉に置き換えると、一句の広がりがなくなり、断定し過ぎると、逆に感嘆の意を弱めることにもなる。ここの「哉」は上五、中七、そして下五の「似たる」を同時に受けているため、句中に切断が見て取れない。従って、以下、体言に続く「かな」の役割を中心に見ていく。

さまざまの事おもひ出す桜かな『笈の小文』貞享五年

酒のみ居たる人の絵に
月花もなくて酒のむひとり哉『阿羅野』元禄二年

病雁の夜さむに落て旅ね哉『猿蓑』元禄三年

「病雁の」句に関して上述ではすでに触れたが、川本晧嗣の切れ目が「落て」の後ろにあるという説に同意し、井上弘美は「旅ね」の一語が深い詠嘆的感慨をもって響くのは、「落て」の後ろにある切れ目と切字「かな」によると述べている。そして、浅野信がいう一句一章の句、つまり切字が座五にある場合は一体句中で何を切断しているのかという疑問に対し、井上氏はそれを論じることは無意味であると言い述べた。そして、「さまざまの事おもひ出す桜かな」について、井上氏は「座五の『切字』は、一句の内容と深く関わって、一句を柔らかく受け止めたり、強く言い放ったり、しみじみとした余韻を残したり、またこのような相反する働きを同時に行うなど、絶妙な働きをする」[1]と示唆し、句末の「かな」の切字としての働きを強く認めている。

「かな」について、『日本国語大辞典』は「体言および活用語の連体形に付く終助詞。詠嘆の意を表す」と説明している。しかし、この詠嘆は字面通りに簡単なものではないはずである。朝妻力は「〈かな〉と言い切ることによる断定の強さ、それによって生まれる余情が終助詞『かな』の最大の効果というべき」と説明しているように、座五の末にくる「かな」は余韻を引き出す力を有している。ここから見れば、「病雁の夜さむに落て旅ね哉」における「哉」は井上氏の言う通り、一句の中で余韻を残す役割を果たし

---

①「蕉句、切れの構造—川本皓嗣の『切字論』の検証を通して—」. 井上弘美. 『連歌俳諧研究』一〇九号. 二〇〇五. 第三頁.

ている。とすれば、「旅ね」の後ろに付く「哉」は「旅ね」が内包している作者の心情を仄めかしていると考えられる。「旅ね哉」は体言文節であるため、「連体形」を受けることが一般であるが、「夜さむに落て」は連用形となっている。このように、この句の中七と下五の間には少し齟齬が生じるかもしれないが、実に「落て」の後ろには情景を説明する内容が省略されている。そして、その省略および「哉」に強く提示された「旅ね」の間には空白が感じ取れ、面白さを受け取ることができるのである。これが川本氏が言う切れ目が中七の後ろにあるということであろう。しかし、この切れ目ができた理由は、「哉」という切字の提示作用にあるのではないかと考える。堅田で病で倒れた芭蕉の哀愁が「旅ね哉」という五文字から強く読み取れる。そして、この嘆きを引き出し、或はこの愁いを強めたのは夜寒に飛び続けることができなく、群れを離れた落ちてきた一羽の病雁である。「哉」は句末にあるが、下五にある作者の嘆きを強く表出しているのみならず、漂泊の思いを誘発した事象にもかかっている。「旅ね」に対する嘆き、病雁を目にした際の感嘆などはすべて「哉」によって示唆されている。そして、「哉」は「旅ね」を強く提示していることによって、病雁の姿を描く「上五・中七」と「下五」の間に自然に切断が形成された。要するに、句末にある「哉」は切字と見られるべきであり、中七末における切断は「落て」という動詞連用形によるだけでなく、体言を受ける「哉」という語の接続用法、そして句全体に感嘆の意を賦与する「哉」の意味合いなどとも深く関わっている。

それに対し、右に挙げたほかの二句、「さまざまの事おもひ出す桜かな」、「月花もなくて酒のむひとり哉」、の中七は全部連体形で終わっている。東海呑吐は『芭蕉句解』において、「年々歳々花相似、歳々年々人不同」と劉希夷の「代悲白頭翁」の詩句を引いて「さまざまの」の句を解釈している。嘗ての主人蝉吟のお宅に招待され、その庭先の桜を見ると、昔蝉吟に仕えたときのことをいろいろと思い出した。「かな」で「桜」を提示しているが、一句に感嘆の意を付き添えている。そして句末の「かな」で「桜」を強調し、一句においては桜は置き換えられないものとなる。その桜は単なる季節を表すものだけでなく、昔のことを髣髴とさせ、また喚起させる媒介ともなっているのである。朝妻力がいう「かな」による「断定の強さ」によって、緊密に繋がる一句一章の句にしても、中七と下五の間に切れが感じ取れる。しかし、それは意味上で句を二部に分けるためではなく、「桜」の特別性を強調し、作者の感慨を如実に再現するためである。更に、「月花もなくて酒のむひとり哉」の句も同様であるが、信天翁信胤は『笈の底』において、

此吟は至て深々の意有べし。今案に、是は聖賢は其独を楽むと云義を云出たる也。

則一句は月花もなくて楽む独かなと云吟なれども、夫にては俳諧もなくまた余情もなし。依て画に随て酒飲と云出たる也。此酒は楽と云字と見るべき也。此月花は一句の模やうにて有と見れば有り、無と見ればなし。此酒の水共酒とも唯天地の万物と見るべし。此吟は唯楽しむ独かなと云句意也。

と解釈している。前書き「酒のみ居たる人の絵に」から、この句は絵賛句であることが分かる。そして、絵に画かれている独りぼっちで酒を飲んでいる人の姿を見ると、芭蕉は月を見ているのでもなく、花を見ているのでもなく、ただ一人酒を楽しんでいると賛を加えた。『笈の底』によると、一句は決して寂しい気持ちで詠んだわけではなく、むしろ何事にも煩わされず、一人の時を楽しむ人のことを尊く詠み上げているのではないかと考えられる。それは芭蕉が憧れている姿でもある。「哉」で「ひとり」を受け、「ひとり」という言葉の大事さを強調している。この「ひとり」は絵に忠実して吟じた「ひとり」の姿のみならず、芭蕉が望む「ひとり」の有り様、楽しむべき「ひとり」の境地というのである、それをもし二人以上にすると、これほど高い境地が感じ取れなくなり、一句の深みも消え失せてしまうのであろう。

このように、発句下五末にある「かな」は発句の中で切字としての働きをよく果たしている。下五の言葉に感嘆の意を加えながら、中七と下五の間に切断を産み出し、句全体に感慨の気持ちを賦与させているのである。このような機能は芭蕉発句に限らず、ほかの俳人の句からも読み取れるが、上記のように、芭蕉発句における句末の切字「かな」は多くの場合、自分自身の気持ち、自分の境遇を提示する言葉にくっつき、そして心内の動き、嘆き、哀愁などが「かな」によってより一層如実に具現されている。このことはまた次の「別れ」の句からも窺える。

花を宿にはじめ終りや二十日程

このほどを花に礼いふわかれ哉『蕉翁全伝』 貞享五年

麦の穂を便りにつかむ別かな『有磯海』 元禄七年

芭蕉は発句の座五の「わかれ」に対し、ほとんどの場合、「哉」で言い切っている。このようなことは蕉門ほかの俳人の句からも窺える。文法的に言うと、同じ完結の役割を持つ「けり」などに置き換えられるが、なぜ芭蕉は「かな」を多く用いたのであろう。仙田洋子は「かな」と「けり」に対して、

「かな」は最も柔らかくまろやか、云わば女性的な響きの切字である。一方、一番男性的なのは「けり」だ。ローマ字表記すると、「かな」は「KANA」、「けり」は「KERI」。「かな」の場合、Kの音には緊張感があるけれども、Aの音がのびやかなので、さほどきつい感じがしない。NAの響きが更にいっそうまろやかだ。「けり」に

なると、同じ母音であっても、EやIはAほどのびやかではない。いきおい、同じカ行で始まっても、「かな」に比べて「けり」は断定的なきつい響きになる。[①]

と言い述べた。仙田洋子は俳句実作者であるが、研究者ではないため、論の中には多少主観的なところが見られるが、「けり」と比べて「かな」のほうは「けり」よりそれほど強い語感を持っておらず、断定的な響きも「けり」よりはまろやかであることは仙田氏の論述から分かる。すると、芭蕉はなぜ別れの場において、強烈な語感を持つ「けり」で悲しい気持ちを表現しようとしないのであろうか。「このほどを花に礼いふわかれ哉」の句は伊賀上野の瓢竹庵から吉野へ旅立つ時に、「花」をその宿、更にその主人に比し、庵主に贈った挨拶吟である。「このほどや」で滞在中大変お世話になったことを言い出し、そして、この瓢竹庵の主人を美しい花と見做し、別れを告げたのである。しかし、一句には別れの悲しみより主人に対する感謝の意が強く読み取れる。「哉」で「わかれ」に感嘆の意を加えながら、上五中七の内容を引き受け、花に語りかける口調を表現している。もし「かな」を「けり」に置き返すと、厚く招待していただいた主人にお礼を言って別れたなあという意になってしまい、主人に対する謝意が消え失せてし

---

①「『かな』の使い方」．仙田洋子．『俳句』五十三号（四）．二〇〇四年三月．第八十頁．

まうのである。そして、「麦の穂を」の一句は故郷への旅に出たときに、川崎まで送ってくれた人たちに贈った送別吟である。頼りにもならない麦の穂を掴め、力と頼むところから、芭蕉の心細い気持ちがありありと伝わってくる。「かな」で別れの悲しみを強調しつつ、持病を持つこの身で再びこの人たちに会えるのかと哀傷の気持ちも読者に連想させる。もし句末の「かな」を「けり」に換えると、別れの悲しみは減ることはなく痛切に伝わってくるが、上五と中七との関連性が薄くなり、別れに面した際の様々な複雑な感情が見て取れなくなる。

このように、芭蕉は座五の「別れ」に対して全部「かな」で言い切っている。別れの寂しさ、悲しみを強めるとともに、別れに面した時の複雑な心境を「かな」で示唆している。別れのみならず、座五の体言が季語、心情を表す言葉である場合、芭蕉は多く「かな」で一句を結び、「かな」を通して季語の本意などを表わそうとしている。それに対し、滑らかなリズムで吟詠した「道のべの木槿は馬にくはれけり」では、「私意」を離れ、道端に咲いた木槿が馬にぱくっと食べられた実景を描写し、またその風景を目にしたときの驚きや心の動きを言い出している。句に「けり」で強く一句を締めくくっている。「けり」という語の力を借りてごく自然に木槿と馬がなしている風景を調和的、均衡的に詠出している。「かな」とは違い、「けり」は一句の中七と下五の間に切れ目を作る機能が弱く、スムーズに、如実に目にした風景を表出するのである。

上記のように、芭蕉は切字に対してかなり意識しながら使い分けている。切字も単なる一句の中で切断を作るだけでなく、句意や余韻などにも深く関わっている。従って、翻訳において、発句の三大要素の一つである切字に対する把握も大きく要求される。

第四節　切字の翻訳

以上、芭蕉発句における切字「や」と「かな」の働きやその特徴を検討してきた。一句にある切字は感嘆の意を付き添えるだけでなく、句に切れ目を入れることによって、短い一句の意味を重層的に作り上げ、また作者の心情をありありと語り出す役割を備えている。特に「切字なくては、ほ句のすがたにあらず、付句の体也。切字を加はへても付句のすがたある句あり。誠にきれたる句にあらず。又、切字なくても切るゝ句あり。その分別、切字の第一也」（『三冊子・白双紙』）と記されている芭蕉の言葉から、切字、あるいは「切れ」は発句にとっていかに大切なものであるかは看取できる。従って、翻訳の段階では、切字に対する考慮も非常に大事である。本節では上記の芭蕉発句における切字の特徴をめぐってその翻訳方法を検討する。

芭蕉は「『哉』で句を結ぶ」、「〇〇や〇〇」などの形式を多用している。切字「や」

は、言葉にならぬほどの感動や余韻や言い差しを表現しようとして使われ、「哉で句を結ぶ」場合、詠嘆は句の終わりにあり、句の奥ゆかしさを存分に表現できる。次から中国語に多く翻訳された芭蕉の発句を例に、このような深意を持つ切字の翻訳について論じる。

たとえば、芭蕉の名句「古池や蛙飛こむ水のをと」が挙げられる。「古池」という言葉で静かさを表し、また小さな蛙が飛び込み、水音がした。しかし、長く響かずに、すぐもとの静寂の境地に戻った。「古池や」という上五から見れば、切字の「や」はここで二つの世界を作り出している。つまり、一つは「古池」が示している冬や、静寂の世界。もう一つは「蛙が水に飛こむ」が体現する春や、躍動の世界である。従って、翻訳の段階に至って、どのようにこの冬から春へ、また静寂から躍動への変化を訳し出すかが肝心である。この句に対する従来の翻訳は次の通りである。

古池塘呀、青蛙跳入水声響。（林林訳）

古池幽且静、沈沈碧水深。青蛙忽跳入、激蕩是清音。（檀可訳）

蛙躍古池内、静潴伝清響。（彭恩華訳）

古池碧水深、青蛙「撲通」躍其身、突発一青音。（陸堅訳）

静寂的池塘、青蛙驀然躍進去，水的聲音呀！（謝六逸訳）

謝六逸は原文の五七五の形式に適応させ、五七五という形に訳したが、口語的な表現であり、音律の面では、原文よりリズム感が弱くなっている。そして、最後に「啊」と言う感嘆語と感嘆符を用いている。宗像衣子は「感嘆の語と感嘆符、この連続がさらにかえって軽すぎる感を与え、感嘆をむしろ弱めないだろうか」[①]といったように、感嘆符と感嘆語の使用はある意味で感嘆の意を弱めてしまった。そして、原作は静から動へまた静に立ち返る美を重んじ、句の斬新さは「蛙の飛込む」という所にあるが、翻訳作品では、句の中心が水の音になってしまっており、その斬新さが失われている。また、林林も同じく、切字の「や」を「呀」という字にしている。切字を訳出することによって、原句のように二つの世界を作り出したのであるが、リズム、或いは音楽性を欠いている。また、檀可、彭恩華は五言詩の形で翻訳を行っている。原句の意味精神を最大限に再現し、またリズムに富んでいて、中国人の習慣に合っている。しかし、切字に対する感覚が乏しく、感嘆の意があまり読み取れない。陸堅は韻を踏んで韻によって詠嘆の感覚をある程度表現しているが、五つの翻訳では陸堅の翻訳が最も優れているといえよう。「撲通」という擬音語で蛙が水に飛込んだ有様を生き生きと再現し、また「深」と

---

① 「言葉と文化——俳句の翻訳とハイカイ」，宗像衣子，Harmonia，二〇〇五（三五）．

いう字で古池の静けさ、古さを両方とも訳出したと筆者は考えている。しかし檀可、彭恩華と同じく、「や」が具現している詠嘆の感覚は翻訳作品にはない。

現代中国語、あるいは五言詩、七言詩には切字のような役割を有する文字がほとんど存在しないが、漢文、特に四言詩を代表とする古体詩には感嘆の意、停頓などを表す「助詞」が数多く確認できる。例えば、『詩経』に収録されている『采葛』がその一例として挙げられる。

挑兮達兮、在城闕兮　挑たり達たり、城闕に在り
一日不見、如三月兮　一日見ざれば、三月の如し　『詩経・鄭風・子衿』

四言詩では実際に意味のない「兮」、「焉」、「哉」などの感嘆語が多く用いられる。そこで、筆者は『古代漢語虚詞通釈』[1]を参考に、『詩経』に用いられる助詞、特に語気助詞の役割を次のように分類してみた。

【語気を強調する】矣、耳、焉、以、而、斯、思
例：鶏既鳴矣、朝既盈矣（『詩・斉風・鶏鳴』）
【疑問を表す】也、乎、与、夫、矣、哉

---

①『古代漢語虚詞通釈』：何楽士、王克仲、敖鏡浩、麦梅翹、王海棻[共著]：北京出版社・一九八五・

例：悠悠蒼天、此何人哉（『詩・王風・黍離』）

【感嘆を表す】乎、哉、夫、焉、兮、斯、思

例：是究是図、亶其然乎（『詩・小雅・常棣』）

【停頓を表す】也、矣、者、兮、之、焉、与

例：夫也不良、国人知之（『詩・陳風・墓門』）

【断定を表す】也、焉、与、夫、耳、尓

例：俾予靖之、後予極焉（『詩・小雅・菀柳』）

【音節を補足する】之、如、其、于、維、載、有、以、式、曰、思、斯、薄

例：薄汚我私、薄浣我衣（『詩経・周南・葛覃』）

このように、四言詩において助詞などが多く用いられることが見られる上、それぞれの助詞が詩中における役割は切字の機能と重なるところもあることが上記から窺える。語気助詞を多用することによって、作者の心境がありありと表出される上、リズム感、音楽性もより強められている。そして、句と句との間に停頓を入れる部分も、正に切字とよく似ている。その上、語気助詞などを用いることで意味を持つ字数がより一層制限されるため、拍節リズムだけではなく、発句を「四四四」にすると、原句の意味内容を拡大することを免れることができ、余韻を保つことができると考えられる。以上を以

て、筆者は一句を、

古池幽兮、蛙縦其中、水之音響（筆者訳）

に、上五の「や」を「兮」で再現しながら翻訳している。「兮」は一句の語気上における停頓を表す役割を備える上、感嘆の語感を加える機能もある。従って、「古池幽兮」は静かなる古い池という景を強調しながら、後ろの内容との間に停頓、あるいは切れを入れることを通し、原句の静と動の組み合わせによって織り出されている空間性を如実に再現している。もう一つの例を見てみよう。

よくみれば薺花さく垣ねかな『続虚栗』貞享三年

この句に対する現存の中国語訳は次のようである。

細看牆根下、竟開白白薺菜花、幽然似奇葩。（陸堅訳）

細看牆根下、居然開薺花。（林林訳）

寂寂牆根下、依稀生緑苔。注目細察看、却有薺花開。（檀可訳）

「かな」で句を結ぶ場合、読むとき最後の音をほとんど伸ばさず、「体言止め」の場合、ものによって伸ばすことがある。また、「体言止め」の句を詠んだとき、意味上としても音声上としても急に終わった気がしばしばする。それに、「かな」はストレートに感情を表出しようとする姿勢を見せ、情景が継続している印象をうけるのに対し、

「体言止め」は情景を強調する語感がある。冬の終わりを告げる小さな薺の花を見て、そこから生命の躍動を感じ、自然万物が自分の所を得て自得している様子を感じた心の動きもこの句から読み取れる。まさに「静まり返った冬～咲き始めた薺の花～揺り動かされた心」というように、静から動へと変化している。このような感動、心の動きは言うまでもなく「かな」という終助詞によって表出されている。

三つの中国語の翻訳作品とも脚韻を踏んでいて、リズム感が強い。そして、原句は「哉」によって晩冬に咲いている薺の花を見かけた瞬間の感動を表し、訳文ではそれぞれ「竟」、「居然」、「却」という言葉で「かな」が表している驚きを具現している。

「竟」：副詞、表示出于意料之外。（副詞で、思いがけないことを現す。筆者訳）

「却」：副詞、表示転折。語気較軽。（副詞で、意味転じの役割がある。語感は柔らかい。筆者訳）

「居然」：副詞、表示出于意料之外。常表示预期和结果相反。（副詞で、思いがけないことを現す。常に予想と違う結果が出ることを現す。筆者訳）[①]

上記のように、陸堅の「竟」と檀可の「却」はそれぞれ思いがけずという、驚嘆の意

---

①「浅析『居然』和『竟然』的異同」．楊姗姗．科教文匯（上旬刊）一期．二〇一二．

味を再現している。林林は「居然」を通じて、作者が予期せぬことを目にし、驚いた感覚だけ再現したのではなく、一種の喜び、思わぬうれしさも読者に伝えている。従ってはこの点に関しては、林林の訳がやや勝っているといえよう。しかし、「かな」という言葉が驚きの意を表出しているだけではなく、感動、感嘆の意も同時に備えている。季語が「薺」で、日本人がそれを読むと、「薺」が具現している情景が浮き上がるが、中国人はそのように冬がもうすぐ去ってゆくことを深くは感動しない。三つの訳文では、長い冬を経て、咲いている花を見た瞬間のうれしさを訳出しているが、大自然への敬服、季節が移り変わることへの驚嘆が読み取れない。

四言詩では「哉」などの感嘆を表す言葉が多く用いられる。例えば、『詩経』に収録されている「終南」がその一例として挙げられる。

終南何有、有條有梅。君子至止、錦衣狐裘。顔如渥丹、其君也哉。

（『詩経・秦風・終南』）

終南何か有る、條有り梅有り。君子至る、錦衣狐裘す。顔渥丹の如く、其れ君なるかな。

詩の語尾にある「哉」は詩のリズムを補い、一句二拍のリズム単位としての要件を満たす一方、感嘆の意を表し、また作者の喜びも生き生きと反映している。この「哉」は

芭蕉の発句に使われている「かな」という切字によく似ていると思われる。従って、筆者はこの句を、

細看之時、薺花軽開、於垣下哉（筆者訳）

というように訳し、ふとした驚き、小さな薺の花を見た瞬間の感嘆を「哉」によって再現しようとした。そして、「哉」で垣根を強調することによって、「軽開」の後ろに語気の停頓も感じられる。切字「かな」の役割を訳出している。

次に、芭蕉の「夕顔や秋はいろいろの瓢哉」（『阿羅野』元禄元年）という「や」と「かな」が同時に用いられている句の訳について考察する。

古くから、この一句における季の問題と切字併用の問題をめぐって、多く論じられている。『阿羅野』では一句は夏の部に入れられているが、『泊船集』、『伊達衣』では全部秋の部に収録されている。とすれば、解釈によって、「夕顔」を詠んだ夏の句も捉えられるが、「瓢」を主題と詠んだ秋の句にも捉えられる。しかし、『千鳥掛』にある「初秋中一、此所に遊びて」という前書によると、一句を秋の句と認識したほうが適切であろう。それのみならず、支考も許六も一句の「や」を「疑いのや」と指摘し、秋の句だと判断している。鳴海の知足亭で吟じたこの句は、秋の句であろうか、夏の句であろう人によってそれぞれの認識も異なってくるが、前書のある場合、秋の始めに、夕顔の花は

まだ多少残っているが、大部分は既にいろいろな形をした瓢となったと、人生の流れを嘆いた句だと捉えられるが、前書のない場合、夏の句として、きれいに咲き乱れている夕顔も秋になったら瓢になるだろうと愁嘆を発した句と捉えても構わないと考えられる。

ところが、ここの「や」は「疑いのや」であろうか。支考の『俳諧古今抄』や許六の『宇陀の法師』に対し、六平斎亦夢は『俳諧一串抄』において、「五文字のやは歌に「さゝ波や志賀」、「おふみのや鏡の山」などの如く夕貌を呼出したるのみなり」と指摘している。もし亦夢の説に従えば、「や」は体言を提示する「や」になり、深い意味を持たなくなる。服部畊石は『芭蕉句集新講』に、

先づ此句は『夕顔や』と眼前に白く咲ける花そのものを見て、さて今はかくただ一様に何の差別もなく白き花なれど、晩秋には或は大に、或は小に、或は丸く、或は長く、それぞれさまざまの形をなす瓢なるかなと、将来に就て詠嘆したので、換言すれば、白き糸も染めれば様々の色となるのを悲しんだかの墨子と同じ想によるものである。

と言い述べている。このように、芭蕉の句には人生への深い詠嘆が潜んでいる。その感嘆は座五の「かな」によって表現されているのみならず、「や」のところにも同じく感

嘆の意が読み取れる。目の前に少し残っている夕顔、もしくは過去に咲き乱れた夕顔を思い出しながら、「や」でその姿を提示、強調しながら、今現在様々な形の瓢となった景色を嘆き出した。「や」はここで近い過去を連想させ、「かな」は服部氏が指摘しているように、人生に対する感慨を表出している。ここから見ると、「や」は「疑いのや」と見るのはやや違和感を覚え、切字を二つ併用していると理解したほうが一句の句意もより豊かになると考えられる。そこで、筆者はこの句を次のように訳した。

夕顔灼兮、立秋化瓢、其形異哉　（筆者訳）

「兮」で「や」を再現し、句に切れを入れながら、夕顔に対する作者の感慨を具現している。また「哉」で「かな」を置き換え、原句の「いろいろ」に含まれている芭蕉の人生に対する嘆きを強調した。翻訳では夏の句なのか、秋の句なのかと明記せず、「立秋」という「秋になると」という表現を用い、原句のように、読み手に想像の空間を与えている。五言七言とは違い、切字とよく似通っている役割を備える語気助詞を多用した四言詩の形で芭蕉発句を訳せば、原句にある切字の機能、そして切字が内包する感情を再現することができる。

物事を借りて、感情を述べるのも発句の特色の一つである。詩人が感情を表そうとする際、言葉に頼らざるを得ない。とはいえ、十七文字だけで感情を言い切ることはできず、そのため、文に切字を使い、読者に文字以上の高次の世界を作り出すのである。切字によって表出される詠嘆、感嘆、それらをどのように再現するかは翻訳において重要なことである。

芭蕉は発句を吟じる際に、切字をより慎重に使ったことは上述から窺える。そして、それぞれの切字にかなり豊かな機能を賦与させている。「や」を通して感嘆の意を強調し、また懐旧の念を引き出し、あるいは自分の心情を匂わせる。「かな」で自分自身の感慨を言い述べ、また心内の動きを仄めかす。従って、このような特徴、つまり芭蕉における切字を翻訳で再現することはその句意、余韻の再現と深く関わっている。

七言、五言ではあまり使用されていない語気助詞は四言詩において頻繁に用いられている。よって、本章では、芭蕉の発句に多く用いられた「かな」、「や」など詠嘆のニュアンスを持つ言葉を考察した上、四言詩にある語気助詞で翻訳を試みた。切字は音声上にしても、意味上にしても重要な役割を果たしているが、句の余韻も大きく示唆している。従って、翻訳においては、これらの切字の翻訳に対しても十分に吟味する必要がある。

参考文献

①阿部喜三男・『校本芭蕉全集』第一巻及び第二巻・角川書店・昭和三十七年・

②川本皓嗣・「切字論」・(『芭蕉解体新書』・雄山閣)所収・平成九年・
③井上弘美・「蕉句、切れの構造―川本皓嗣の『切字論』の検証を通して―」・『連歌俳諧研究』一〇九号・二〇〇五・
④浅野信・『切字の研究』・桜楓社・昭和三十七年・
⑤大野晋・『係り結びの研究』・岩波書店・一九九三・
⑥山本健吉・『純粋俳句』・創元社・一九五二・
⑦井上弘美・「蕉句、切れの構造―川本皓嗣の『切字論』の検証を通して―」・『連歌俳諧研究』一〇九号・二〇〇五・
⑧仙田洋子・「『かな』の使い方」・『俳句』五十三号(四)・二〇〇四年三月・
⑨宗像衣子・「言葉と文化――俳句の翻訳とハイカイ」・Harmonia・二〇〇五(三五)・
⑩何楽士、王克仲、敖鏡浩、麦梅翹、王海棻[共著]・『古代漢語虚詞通釈』・北京出版社・一九八五・
⑪荻野清、大谷篤藏・『校本芭蕉全集』第一巻、第二巻(発句篇)・角川書店・昭和三十八年・
⑫阿部筲人・『俳句』・講談社学術文庫・二〇〇〇・
⑬楊伯峻・『古漢語虚詞』・中華書局・一九八一・
⑭楊姍姍・「浅析『居然』和『竟然』的異同」・科教文匯(上旬刊)一期・二〇一二・

第四章　季語の翻訳

花鳥風月、いわゆる風雅を楽しむ俳人たちは、常に自然風物の醍醐味を正確に捉える力、つまり物に対する感覚の鋭さを身に付けている。この感覚には、視覚的なもの、聴覚的なもの、身体的なもの、それに嗅覚的なものなどが含まれている。これらの能力を巧みに運用することによって、俳人たちは森羅万象を言葉で表出することができた。

物事の本質を洞察した上で自分の洒落の心持、滑稽諧謔の面白みなどを文字、言葉で表出するのは俳諧である。そういった中、欠くことのできない要素、時として一句の基調を決定する季語、これを把握、運用がとりわけ大事にされている。季語、もしくは季の詞は一句のなかに季節感を持ち込む媒材となっているだけでなく、一句の美的情調、根本精神も季語に結晶されているといえよう。例えば、

春雨や蜂の巣つたふ屋ねの漏『炭俵』元禄七年

という句のように、和歌にも数多く取り上げられる春雨は一句の美の基準を定めている。「許野消息」に記されている「此の蜂の巣は去年の巣の草庵の軒に残りたるに、春雨のつたひたる静さ、面白くいひとりたる、深川の庵の体そのまゝにて幾度も落涙致

候」という一文によると、一句は深川の草庵で詠んだことが分かる。ぼつぼつと降る春雨の雫は蜂の巣を伝って落ちてきて、春の長閑さ、静寂さがしみじみと感得できる。それに、雅なことである春雨と「蜂の巣つたふ屋根の漏」という素朴な草庵を描く言葉との組み合わせで、新鮮な捉え方である一方、身近なものを通して春雨の美をより強める。もしここの季語を「夏の雨」、「秋雨」などの置き換えると、柔らかく降り続く春雨が織り出している徒然なる心境、周囲の淋しさなどが読み取れなくなり、一句の内容精神、あるいは雰囲気がすっかりと変わってしまうのである。

芭蕉は一句にある季語を非常に大事にしていることも右記の例から見られるが、季語が時として一句の主題となるケースも少なからずある。『三冊子』にある「かりにも古人涎をなむる事なかれ。四時の押移如く物あらたまる、皆かくのごとしとも云り」という一文から、芭蕉は季語に対し、古人が書いたものの真似ばかりをすることを批判し、自分自身で自然を感じ、四時の景物を習得するべきだと強く主張していることが分かる。要するに、発句を吟じる際、読む際、季語の本意を突き詰めることはいかにも重要であり、避けられないことである。更に翻訳の段階に至って、原句の意味内容、美的情緒をより正確に訳出するために、原句にある季語を徹底的に追及することは極めて大事である。

一九七〇年代から中国において芭蕉発句の翻訳、研究などは盛んに行われてきたが、今になってもマンネリに陥り、形式をめぐる激論は依然として続いている。その上、芭蕉全句は未だに訳されておらず、各学者は自分の好みで幾つかの句を取り出して翻訳作業を行ってきたが、いずれの翻訳著作から一句一句の意味や句風への探求はほとんど見当たらない。とりわけ季語に関して、基本的に季節を表す言葉として扱われているが、その本意、あるいは伝統から受け継がれてきた深意への把握が不十分である。

従って、本節において、芭蕉発句に多く詠まれていた花々、特に花の香を主に、その花々の奥に潜んでいる本意を探り、また芭蕉が伝統をどのように受け継ぎ、そして句ではどのように反映しているかを検討する。

今までは翻訳を中心に検討してきたが、第四章は第二、第三章とは違い、まず芭蕉発句における季語、特に「花橘」、「梅」を検討し、芭蕉のオリジナルさ、季語の本意などを深く掘り下げてから、季語の翻訳について論じる。第五章では第四章と同じく、俳言の大事さや句における独特さを考察したうえで翻訳を考える。季語である花々を中心に論じる理由は、それぞれの花は和歌や漢詩などにも多く吟じられ、季語の伝統性、本意をより鮮明に表明することができると考えるからである。それのみならず、従来の詠み方が芭蕉の句においてどのように受容、或は変容されたかについてもこの花々の句からはっきりと見て取れるのである。

第一節　芭蕉「花橘」考

一－一　古典における「花橘」

初夏の季語である花橘は古くから詠まれている。『日本書紀』には「九十年春二月庚子朔、天皇命田道間守、遣常世國、令求非時香菓。香菓、此云箇倶能末。今謂橘是也。（九十年の春二月の庚子の朔に、天皇、田道間守に命せて、常世國に遣して、非時の香菓を求めしむ。香菓、此をば箇倶能未と云ふ。今橘と謂ふは是なり。）」という一文があり、これが橘に関する最初の記録である。『古事記』にも似通っている内容が綴られている。また、次のように、『枕草子』には、橘の美は濃緑の葉、白い花、黄金の実という色のコントラストにあると述べられている一文がある。

四月のつごもり、五月のついたちのころほひ、橘の葉の濃く青きに、花のいと白う咲きたるが、雨うち降りたるつとめてなどは、世になう心あるさまにをかし。花の中より黄金の玉かと見えて、いみじうあざやかに見えたるなど、朝露にぬれたるあさぼらけの桜に劣らず。ほととぎすのよすがとさへ思へばにや、なほさらに言ふべうもあらず。

右記に示されている内容から、橘は古くより庭木として植えられるようになり、馴染みのある植物であったことが分かる。また、「ほととぎすのよすが」という表現から見ると、橘はほととぎすとはかなり緊密に関係しているものであることも見て取れる。詩歌に目を転じてみると、『万葉集』には花橘を詠んだ歌が六十六首もある。例えば、

（巻八・1481）我が宿の花橘に霍公鳥今こそ鳴かめ友に逢へる時　大伴家持

（巻十・1990）吾れこそば憎くもあらめ吾がやどの花橘を見には来じとや　読人不知

（巻十九・3920）十六年四月五日、獨居平城故宅作歌六首

鶉鳴き古しと人は思へれど花橘のにほふこの屋戸　大伴家持

（巻十八・4112）橘は花にも実にも見つれどもいや時じくになほし見が欲し

「大伴家持」

（巻十九・4169）為家婦贈在京尊母所誂作歌一首

霍公鳥来鳴く五月に咲きにほふ花橘の香ぐはしき親の御言朝暮に聞かぬ日まねくあまざかるひなにしをればあしひきの山のたをりに立つ雲をよそのみ見つつ嘆くそら安けなくに思ふそら苦しきものをなごの海人のがづき取るとふしらたまの見がほしみおもはただ向かひ見む時まではまつかへの栄えいまさね尊きあが君

「大伴家持」

これらの歌のように、『万葉集』では花橘を夏の到来を告げる霍公鳥とセットで詠んだ歌が非常に多く、夏の景物として古くから好まれていることが窺える。そして大伴家持の歌「我が宿の」のように、庭木として取り扱われ、花橘を借りて友人などを招く歌も少なくない。一九九〇番の歌のように、「私の事を嫌いなのだろう、我が庭に咲き乱れる花橘さえ見たくないと言っているのだろう」と愛しい人を自分の宿へ招いても来ようとしない切ない気持ちを詠み上げている。そして、四一一二番の歌の如く、花と実を同時に詠む例も見られる。このように、『万葉集』において、花橘は庭木として、ほととぎすと組み合わせて吟じられることが極めて多い。

また、『古今集』にある次の一首、

さつきまつ花橘の香をかげば昔の人の袖のかぞする（読人不知・『古今集』）

が花橘を詠んだ代表作として屡々取り挙げられる。『万葉集』にある「古し人」と住み離れている「親の御言」などの表現から、また「花橘の香をかげば昔の人の袖のかぞする」が言うように、花橘は昔の事を想起させるものとしてよく用いられ、昔の人あるいは故事への心情と結び付けて詠まれるケースが多いことが読み取れる。小松英雄は『徒然草』十九段の「花橘は名にこそ負へれ、なほ、梅の匂ひにぞ、いにしへのことも、立ち返り恋しう思ひ出でらるゝ」という文に対し、「『花橘』といえば、その『花橘』で知られる、あの『昔の人』を、そして、その人との思い出を懐かしんだ和歌がすぐに思い出される、という意味であるなら素直に理解できる[1]」と解釈している。つまり、「花橘」といえば、『古今集』にある上記の名歌が思い出され、またその香に懐旧の念を引き起こす力が宿っていることが連想させられる。このように、「花橘」の香で昔のことを偲ぶ歌は他にも多く確認できる。

屋戸近く花橘はほりうゑじ昔を恋ふるつまと成りけり（花山院・『新撰朗詠集』）

霍公鳥花橘に香をとめて鳴くはむかしの人や恋しき（読人不知・『新古今和歌集』）

「屋戸の近くに昔の人を恋しく思い浮かぶきっかけとなる花橘を植得ることをやめよう」と悲しく詠んだ『新撰朗詠集』の歌も、「ほととぎすは花橘の香を求めながら鳴くのは昔の恋する人を懐かしく思うから」であると詠んだ『新古今集』の歌も、「花橘の香」は懐旧の念を引き起こす力を有することに基づき、作られたのである。このような読み方は『古今集』から確実に見られるが、『万葉集』の恋の歌、例えば前出の「吾れこそば憎くもあらめ吾がやどの花橘を見には来じとや」などの歌の意趣とも関連してい

---

① 小松英雄・「和歌表現の包括的解析—『さつき待つ花橘』の和歌を対象にして」・『駒沢女子大学研究紀要』・第三号・一九九六・第八八~八九頁・

ると思われる。人を恋しく思うきっかけとなる花橘の香から、人を偲び、昔の事を懐かしく思う香へと昇華させたのではないかと考える。

しかし、同じく花橘を多く吟詠した漢詩にはこのような表現手法が看取できない。田中幹子は「中国漢詩では主に実を詠み、和歌においては平安以降、専ら花を詠んでいるという[1]」と述べている、漢詩における橘の取り扱い方は和歌とは異なることが分かるが、実際にどのようになっているのであろう。そのことを究明するために次の漢詩から踏み入ってみよう。

①盧橘子低山雨重、栟櫚葉戦水風涼（唐・白居易・「西湖晩帰回望孤山寺贈諸客」・『和漢朗詠集』）

（盧橘子低れて山雨重く、栟櫚葉戦ぎて水風涼し）

②酔別江楼橘柚香、江風引雨入船涼。憶君遥在湘山月、愁聴清猿夢裏長（唐・王昌齢・「送別魏二」）

（酔うて江楼に別るれば橘柚香しく、江風雨を引て船入って涼し。憶君が遥はるかに湘山の月に在りて、愁へ聴かん清猿の夢裏に長きを）

③人烟寒橘柚、秋色老梧桐。誰念北楼上、臨風懐謝公（唐・李白・「秋登宣城謝朓北楼」）

（人煙橘柚寒く、秋色梧桐老ゆ。誰が念ふ北楼の上、風に臨みて謝公を懐ぶ）

---

① 田中幹子・「公任の『和漢朗詠集』の編纂方法私見」・『京都語文』八号・二〇〇一・第三〇頁・

④荒庭垂橘柚、古屋畫龍蛇（荒庭橘柚垂れ、古屋龍蛇を画く）唐・杜甫・「禹廟」
⑤野店臨西浦、門前有橘花（野店西浦に臨み、門前橘花有り）唐・張籍・「宿江店詩」
⑥一年好景君須記、正是橙黄橘緑時（宋・蘇軾・「初冬作贈劉景文詩」）
（一年の好景君須らく記すべし、正に是れ橙は黄に橘は緑なる時）

右記に挙げた六つの例から見ると、漢詩においては、橘の花より実が多く詠まれているが、⑤番の漢詩のように、花橘を詠まないことはない。そして、②番王昌齢の詩と③番李白の詩では「橘」が「故人を偲ぶ」内容と組み合わせて詠まれている。とりわけ王昌齢の詩では嗅覚を生かして「橘柚」の香をうまく描かれているが、これは『古今集』などにおける「花橘」の捉え方とよく似通っていると考える。つまり、漢詩においても橘の香で懐旧の念を惹き起こす表現手法が見られる。しかし、王昌齢が言う香は橘の花が放った芳しい匂いではなく、その実の香りである。それに、王昌齢の詩に限らず、「橘柚」という言葉が数多く使われているが、これは「橘と柚子」を指しているのではなく、ミカン類の総称として用いられている。

要するに、漢詩においても和歌においても「橘」が多く吟じられているが、「花橘」、

---

① 番の白居易の詩以外は、『全唐詩』及び『全宋詩』から引用してきたものである。

又は「花橘の香」を主として読む和歌とは違い、漢詩で多くの場合、その実を吟詠している。しかし、和歌における「花橘の香」も漢詩における「橘柚の香」も同時に昔時のことや往昔の人を偲ばせる力が賦与させられている。次節からこのような「花橘」の本意を踏まえつつ、俳諧、特に芭蕉発句における「花橘」について検討する。

一―二　芭蕉における「花橘」

連歌、俳諧の世界に至っても、前節で述べた「花橘」の伝統は絶えることなく継承されている。例えば、

橘とアラバ、故郷。昔。五月待つ。袖の香。郭公。五月雨。風。軒ば。かげ踏む道。常世の国。(『連珠合璧集』文明八年)

橘に昔の袖のかほりを詠むことは、かの某が常世に至りて香果求め来し起り、曲夫が涙の故事などよりとかや。(『山の井』正保五年)

などが挙げられる。連歌寄合集『連珠合璧集』と俳諧季寄せ『山の井』は共に「昔」を「橘」の付け合い語として記している。そして、二書に綴られている「橘」に関する内容から見れば、和歌と一致している詠み方が見られ、連歌、俳諧においても「橘」に関する扱い方は和歌とほぼ同様である。例えば、次の貞門俳諧集に収められている実例を見てみよう。

橘付花柚

月待に

お月まつ花橘は香炉かな　　保友（『続山井』）

袖の香とかくや昔をとこよ花　　為申（同上）

柚の花をすひ口にする小蝶哉　　一貞（同上）

保友は花橘の香を香炉の香の如くに比喩し、その清らかな香を描写したのに対し、為申は完全に古典にある花橘の本意を踏まえ、袖、昔などを付けている。そして、注意しなければならないのは、「橘」の薫香や潔白さによく似通う「柚の花」も詠み始めたことである。これは漢詩に常に用いられる「橘柚」という言葉に影響されたのではないかと考えられるが、和歌に詠まないものを取り入れることは俳諧の特殊性、内容の幅広さを示している好例である。しかし、一貞の句のように、「柚の花」の香が詠まれているが、そこには「花橘」と同様の寓意、つまり昔を偲ばせる働きが見て取れない。

はなたちばなむかしの人や宗祇の髭　　心色（『江戸蛇之鮓』）

談林期に入っても、やはり和歌以来の伝統を受け継ぎ、「花橘」を「むかし」と組み合わせて吟詠している。ここから見れば、初期俳諧においては「花橘」に対する詠みぶりは基本的に和歌以来の伝統を踏襲しているが、「花橘」に類似している「柚の花」が登場し始めた。さて、貞門から談林に移り、また談林調を乗り越えて自ら新たな俳風を切り開く芭蕉の句においては「花橘」はどのように扱われているであろうか。

橘やいつの野中の郭公　（『卯辰集』）元禄三年／四年

六平斎亦夢は天保元年に刊行された『俳諧一串抄』において、

これ橘の句なり。時鳥の部とすべからず。句意郭公は程遠きの義、いつの野中は『古今集』に「いにしへの野中の清水」とよみし野中なり。此二つの程遠きいにしへもてむかしを忍ぶ橘の本情を喩したるなり。

と一句を解釈した。『古今集』にある「さつき待つ花たちばなの香をかげば昔の人の袖の香ぞする」と「いにしへの野中の清水ぬるけれどもとの心をしる人ぞしる」という二首の歌を下敷きに一句を詠んだと従来の注釈書に指摘されている。とすれば、亦夢が述べている通り、昔を思い出させる働きを持つ「花橘」を一句のモチーフと捉えたほうが適切である。昔を偲ばせる力を有する花橘の香に浸っていると、ほととぎすの声が聞こえてきた。このような美しい情景はいつか昔のどこかの野中でも見たことがあるような気がする。回顧的な気持ちを以て句を吟詠したが、季語の本意を十分に生かし、『万葉集』から「花橘」の付添物としての「郭公」を付け、より鮮明に昔時のことを連想させられる。一句に用いられている言葉もすべて歌語であり、頗る古典的情趣を醸し出した句である。この句から見ると、芭蕉発句における「花橘」は古歌と同様に、薫香を放ち、昔を偲ばせる花として詠まれている。

駿河路や花橘も茶の匂ひ　芭蕉『炭俵』

この句は芭蕉最後の西上の旅（「後の旅」）の途次、駿河国島田の宿に到るまでの道中吟である。真蹟懐紙と『芭蕉翁真跡集』に「駿河の国に入て」という前書が付けられている。芭蕉はこの年五月十一日に江戸を立ち、十五日に島田に着き、また十九日までは如舟亭に滞在した。『校本芭蕉全集』では、「あたかも名産の茶を製する時節で、橘の花も、新茶の匂いに紛れてしまって、茶の匂いがするようだ[①]」と解している。また加藤楸邨はこの句から「駿河の国島田の宿の如舟への挨拶の心[②]」が読み取れると指摘している。これに対し、山本健吉は著書において「茶の匂を讃えたのではなく、茶も花橘もこめて駿河路への讃辞である[③]」と述べている。駿河に何度も足を運んだ芭蕉にとって、親しみのある所に違いない。それで、新茶の匂に託して、宿を貸してくれた如舟に謝意

① 荻野清、大谷篤藏・『校本芭蕉全集』第二巻（発句篇下）・角川書店・昭和三十八年・第八九頁・
② 加藤楸邨・『芭蕉講座』（発句篇）・三省堂・一九四三・
③ 山本健吉・『芭蕉全発句』・講談社学術文庫・二〇一二・

を表すと同時、この駿河全体を褒め称えたのであろう。挨拶の句であれば、決してお茶の香を嗅いだ際の喜ばしさを表す表面的な意味に限らず、更に奥ゆかしい心持を表出していることは言うもでもない。よって、その謝意と賛美は一体この十七文字どこにあるのであろうか。

牧藍子はこの「句の背後には『五月待つ花橘の嗅げば昔の人の袖の香ぞする』が踏まえられていよう[①]」と言っている。とすれば、一句における花橘の香も単なる芳しい匂いではなく、昔を連想させる働きも果たしている。花橘が備える伝統性を念頭に置きつつ、この句を詠んだと考えられる。さすがに茶所である駿河の事だよ。昔の風景を想起させる花橘の香も折柄の新茶の匂に紛れそうになる。芭蕉がこのように巧みに駿河の国を称賛している。嗅覚を大いに駆使し、香の高い花橘も打ち負かした駿河路のお茶の香を率直に詠み上げ、今目のあたりの風景、つまり現在の風景を代表する「茶の匂ひ」を際立たせ、昔を表す「花橘」を裏に添え、今現在を大いに褒め称えた。古雅な香が「茶の匂」に溶け込み、華やかである昔より更にきらびやかになる今現在、今昔の融合、呼応が一句の中に潜んでいる。従って、花橘の香はここで昔を誘い出す傍ら、目下の風景

---

① 堀切実、田中善信、佐藤勝明・『諸注評釈 新芭蕉俳句大成』・明治書院・二〇一四・

を褒め称える役割も同時に備えていると考えられる。
この句から見れば、芭蕉は季語の本意、具体的に言えば「花橘」の深意を巧みに句の中で運用している。特に挨拶吟などにおいて、その香、もしくはその香が有する昔を髣髴させる力を借りて往昔を偲びながら、現時点の風景と比較し、目の前のことを高く褒めそやす。このような詠みぶりは貞門や談林の句集には見られないが、芭蕉ならではの才能が看取できる口調とも言えよう。更に、芭蕉は元禄四年に「柚の花」の句も吟じた。

柚の花やむかししのばん料理の間（『嵯峨日記』）元禄四年

『嵯峨日記』では、一句の前に、
落柿舎は、むかしのあるじの作れるまゝにして、処々頽破す。なか／＼に作りみがゝれたる昔のさまよりも、今のあはれなるさまこそ心とゞまれ。彫せし梁、画る壁も風に破れ、雨にぬれて、奇石・怪松も葎の下にかくれたる竹縁の前に、柚の木一もと花かうばしければ

という文が綴られている。つまり、一句は去来の落柿舎にいる時に詠んだものである。大名屋敷の料理などを扱ったこの部屋はいかなる様子であろうかと、縁の先に咲く柚の花の香にその懐旧の念が惹き起こされた。漢詩ではミカン類の総称として「橘柚」とい

う語が使われるが、貞門俳諧から「花橘」と同じ高い香りを持つ花として句に詠まれ始めた。柚は花も実も香が高く、しかも料理に使うため、この句は「柚の花」の香をモチーフとして吟詠するのも料理の間とよく対応していると考えるが、芭蕉はその香に更に「花橘」と同様の働きを持たせ、昔のことを偲んでいた。潁原退蔵はこの句に対し、「花橘の香に昔をしのぶは和歌の趣である。それを柚の花の匂にかへたのが俳味である。しかも昔を偲ぶのが柚の香でなく、料理の間をもつて来た所に、一層俗談平話の特質が発揮されて面白い」[1]と述べているように、和歌にはない「柚の花」を句に詠みこむことは俳諧らしいところであるが、それを「花橘」と同じく、懐旧の花として取り扱うのは芭蕉の工夫と言えよう。芭蕉は季語の本意をしっかりと把握し、そして『三冊子』でいう「四時の押移如く物あらたまる、皆かくのごとしとも云り」のように、自ら景物を鑑賞し、自分が自然から悟り得たものを巧みに運用し、季語、あるいは季語の本意を拡大させせつつある。

このように、和歌以来の「花橘」の捉え方を受け継がれている芭蕉は、自分の発句において、その本意をうまく生かし、挨拶吟などにも駆使したのである。それのみなら

① 潁原退蔵・『芭蕉俳句新講』・岩波書店・一九五一・

ず、芭蕉は「花橘」の代わりに、類似している「柚の花」を用い、「花橘」が備える「昔の思い出させる」役割を賦与させた。そのようなことは俳味に富む言葉、あるいは季語の趣旨をより深め、俳諧文芸を一つの遊びから文学へと昇華させることとも関わっている。

芭蕉発句における季語からこのような取り扱い方は頻繁に見られるが、次節から中日文学において大量に詠まれた「梅花」について検討していく。「梅花」を取り扱った文学作品は量だけでなく、名文、名詩であるものも少なからずある。従って、「梅花」を検討することは、より芭蕉オリジナルであるところが看取できるのではないかと考える。

参考文献

①小松英雄・「和歌表現の包括的解析ー『さつき待つ花橘』の和歌を対象にして」・『駒沢女子大学研究紀要』・第三号・一九九六・
②田中幹子・「公任の『和漢朗詠集』の編纂方法私見」・『京都語文』八号・二〇〇一・
③荻野清、大谷篤藏・『校本芭蕉全集』第二巻（発句篇下）・角川書店・昭和三十八年・
④加藤楸邨・『芭蕉講座』（発句篇）・三省堂・一九四三・

⑤山本健吉・『芭蕉全発句』・講談社学術文庫・二〇一二・
⑥堀切実、田中善信、佐藤勝明・『諸注評釈 新芭蕉俳句大成』・明治書院・二〇一四・
⑦潁原退蔵・『芭蕉俳句新講』・岩波書店・一九五一・
⑧東聖子・『蕉風俳諧における〈季語・季題〉の研究』・明治書院・平成十八年・
⑨横沢三郎・『俳諧の研究』・角川書店・昭和四十二年・
⑩岩田九郎・『諸注評釈 芭蕉俳句大成』・明治書院・昭和四十二年・

第二節　芭蕉「梅花」考

二―一　詩歌における「梅香」

嗅覚を怡悦させるものとして、千々の花の「香」が愛好され、しばしば詠まれている。しかし、この「香」は単なる嗅覚の満足にとどまらず、「香」に対する関心の深まりと相俟って、「香」の含意も膨らみつつある。短小な詩形を持つ俳諧において花の香が至極巧みに表現され、時には一句の余情もこれら人間の心を奪う香気に寄せて表出している。本論では、芭蕉発句で薫香を放つ「梅花」をめぐって、更に言えば芭蕉俳諧における梅の句を分析し、芭蕉における梅の捉え方、嗅覚の生かし方などについて検討する。

中国から日本に渡来した植物としての梅は、花に気品があって香りが高いため、庭木として古くから愛好されてきた。また「歳寒三友」の一つとしての梅は、中国人にも愛好されている。その上、風流を極める遊びとしての「九九寒梅図」、あるいは「学に親しめば梅開き、疎かにすると梅開かず」と語り伝えてきた晋の武帝の物語などから、梅は中国人にとって超俗的で、風雅に富む孤高の高士ともいえる存在であることは言うまでもない。また日本では、『万葉集』において花といえば「梅」というのは無論、梅園としては屈指の規模を誇る京都北野天満宮、富岡鉄斎の絵にも登場する月ヶ瀬梅渓など、梅花の観光名所は随所に見られる。このように、中日の人々に愛しまれた梅は、文学作品に屡々姿を現す。しかし、両国の人々はどのように梅を楽しんできたか、ないし梅を称賛する見方は完全に一致しているのかについては疑問を抱かざるを得ない。

渡瀬淳子氏が「唐以前の詠梅詩は詩の中の〇・二三％（二六首）、唐詩では〇・一六％（九〇首）だったものが、宋代になると詩の一・八五％（四七〇〇首）となり、前時代に比べても爆発的増加となっている」[1]と述べているように、「梅」は漢詩において多く用いられ、しかも色、形、香など様々な面から梅が吟じられるようになった。例えば、

疏影横斜水清浅、暗香浮動月黄昏。（「山園小梅」・林逋）

梅須遜雪三分白、雪却輸梅一段香。（「雪梅」・盧梅坡）

（梅は須らく雪に三分の白を遜るべし　雪は却って梅に一段の香りを輸すべし）

帰来試把梅梢見、春在枝頭已十分。（「探春」・戴益）

（歸り來りて試みに 梅梢を把って見れば 春は枝頭に在りて 已に十分）

などの詩句が挙げられる。盧梅坡は雪と梅を対比しながら、色と香という両面から梅を吟詠したのに対し、梅妻鶴子と呼ばれる林和靖は闇の中から漂ってきた梅の香を際立たせて朗詠した。そして、戴益は視覚の面から梅の咲く景色を讃美している。このように、漢詩では、梅を大事な風物として、いろいろな面から取り扱っている。ところで、古くから梅を愛でてきた日本文学、特に和歌では梅はどのように詠まれているのであろ

① 「林逋の詩と梅の歌——室町時代の詠梅歌の変化と宋詩」．渡瀬淳子．『中世文学』58号．二〇一三．

うか。

『伊勢物語』第四段に「又の年のむ月に、むめの花ざかりに、去年を恋ひて行きて、立ちて見、ゐて見見れど、去年に似るべくもあらず」と咲き乱れる梅に「去年」を偲ぶ一文がある。また、『徒然草』十九段にも「なほ、梅の匂ひにぞ、いにしへの事も立かへり恋しう思ひいでらるゝ」と、「梅の匂ひ」に「懐古」の思いを惹き起こしつつ心情を語り出している一文がある。このような類似は必ずしもたまさかではなく、梅、特に梅の香に往昔を慕わしく思う気持ちが誘い出されるのは多くの先行作品および研究から確認できる。しかし、いつから梅にこのような機能が賦与されるようになったのかが疑問に思われる。本章では、和歌における「梅」に内包されている意味を検討していく。

『万葉集』には梅を詠んだ歌が百十九首収録されている。そのうち、「咲く、散る」、「折る、取る、かざし、かつら」、あるいは「雪」とセットで詠み出された歌のほうが圧倒的に多い。本章最後に添付している付録の統計結果によると、百十九首のうち、「折る、取る、かざし、かつら」と結び合わせて吟詠された歌が二十二首、「咲く、散る」と関連付けて詠まれたのが三十七首、「雪」に譬えられ、もしくは「雪」と共に詠じ出された歌が三十二首である。例えば、

（0822）我が園に梅の花散るひさかたの天より雪の流れ来るかも　大伴旅人
（0828）人ごとに折かざしつゝ遊べどもいやめづらしき梅の花かも　丹治比麻呂

などが挙げられる。しかし、漢詩にもこれらとよく似通っている風景が描かれている。
春近く寒さ転じたと雖も、梅舒て雪尚漂ふ。（「詠雪里梅詩」・陰鏗・『玉台新詠』）
自ら梅花を折て鬢端に挿す。（「立春絶句二首」・朱淑真）

梅の盛りの折節に雪がひらひらと舞い落ちてくる景色、あるいは折り枝を美人の頭に挿すという意趣は、いずれも『万葉集』の世界と同工異曲の妙を得ている。また、『万葉集』巻五に収録されている大伴旅人の作とされる三十二首梅花の歌の序文、「若非翰苑、何以攄情。詩紀落梅之篇。古今夫何異矣。宜賦園梅、聊成短詠（もし翰苑にあらずは、何をもちてか情を抒べむ。詩に落梅の篇を紀す、古今それ何ぞ異ならむ。よろしく園梅を賦して、いささかに短詠を成すべし）」からすると、『万葉集』における梅花の捉え方は漢詩からかなり大きな影響を受けていることが読み取れる。その上、「梅の香」を詠んだ歌は、巻二十に収録されている市原王の歌「梅の花香をかぐはしみ遠けども心もしのに君をしぞ思ふ」しか確認できない。

このような状況は『新撰万葉集』から少しずつ変わっていくとも考えられる。菅原道真によって編纂されたと言われている『新撰万葉集』の上巻を調べたところ、梅に関する例は左の通り、二組の和歌と漢詩の組み合わせが確認できる。

散ると見てあるべきものを梅の花うたて匂ひの袖にとまれる

春風触処物皆楽、上苑梅花開也落。淑女偷攀堪作簪、残香匂袖払難却。

花の香を風のたよりにまじへてぞ鶯さそふしるべにはやる

頻遣花香遠近賒、家々処々連中加。黄鶯出各無媒介、睢可梅風為指車。

「散砥見手」の一首について、山本登朗氏が論の中で「梅の花の香りが袖に残って消えないことを『うたて』と言う、（中略）その香りを男性の薫香と誤って人が、『とがめる』点にある[1]」と述べ、梅の香を男の残香にも似ているという比喩的表現でとらえている。二番目の例では、「花の香」が風の便りに添え、鶯をいざなう案内として送るというように描かれている。更に付け添えられている漢詩にある「梅風」も、「梅の香を帯びる薫風」のことであろうと推測できる。このように、『万葉集』ではあまり詠まれていない「梅の香」は、九世紀末期より多く吟じられ始めたことが見て取れるのである。

---

① 「うたて匂ひの袖にとまれる－『新撰万葉集』と『古今和歌集』」．山本登朗．『短歌と国文学 110号』．

ある。

更に、『古今集』に至って、一変して梅の香をモチーフとして詠んだ歌が圧倒的に多くなっていく。

色よりも香こそあはれと思ほゆれ誰が袖ふれし宿の梅ぞも　読人不知

春の夜梅花をよめる

春の夜の闇はあやなし梅の花色こそ見えね香やは隠るる　凡河内躬恒

右の『古今集』の歌がいうように、梅花の色より、その香りのほうによほど趣があり、高く梅香を褒め称えている。これこそ日本詩歌に一般化した「梅の花」のイメージとよく対応していると言える。また凡河内躬恒の歌では、花の姿が闇に隠されて見えないが、その香りは隠れはしないと、梅の香が主題として詠み上げられている。このように嗅覚の視点から梅花を吟詠する歌は、『古今集』以来非常に数多くなった。

『古今集』以降の勅撰集を集計したところ、「梅に鶯」、「梅に雪」という定番の組み合わせのほか、その花色よりは花香に極めて比重を置くようになった（本章末尾の付録一参照）。梅の色を詠む際に香が付き添う例も少なからずある。そして、『新古今和歌集』に至っては梅の香がより一層大事にされつつある。例えば、

大空は梅のにほひにかすみつつくもりもはてぬ春の夜の月　藤原定家

梅が香に昔をとへば春の月こたへぬ影ぞ袖にうつれる　藤原定家

などのように、月夜の梅香がありありと描写され、直ちに読者の前へ漂ってくる感じさえする。その上、「梅が香に昔をとへば」という定家の歌のように、本節冒頭の『伊勢物語』並びに『徒然草』と等しく、「梅の香」に「昔」を偲ばせる力が添え加えられている。要するに、『万葉集』において梅を詠む際に「梅の香」を際立たせて吟詠する意識がまだ存在しておらず、風物に対して視覚、あるいは直観的なセンシビリティから着目することが一般的である。このような捉え方は『古今集』に至って大きく変わり、色などから梅を詠んだ例もなくはないが、香を中心に詠じるのが圧倒的に多くなった。『古今集』以来の梅の詠み方は段々定着し、後の詩歌の主調として踏襲されている。

梅花の姿を多角的に描き尽そうとする漢詩と比べ、室町後期の三条西実枝が『初学一葉』の中で、「梅は取りわき匂を賞する物なれば、幾度も其の心を詠ずべし」と言っているように、和歌において、特に九世紀以降の和歌集が表している通り、嗅覚を働かせて吟詠することにかなりの比重を置き、「梅香」に大きな関心が払われている。そのうえ、『新古今』にある定家の歌のように、梅香に昔、あるいは故人を偲ぶ役割も付け加えた。その詠みぶりが俳諧に至っても受け継がれたのである。次に、梅の本意を踏まえながら芭蕉発句を幾つか取り出して検討し、梅の捉え方について考察してみる。

二—二　「盛なる梅」と「神ひさうの梅」

連歌論書の『梵灯庵袖下集』では、「梅は、匂ひ草・かへはへ草、色香草、この花草、香取草、五種草」と、梅の異名を書き記している。これらの異名から梅花の薫り高さが読み取れる。また『山の井』では、「かほる、匂ふ、ずはえ、難波、北野、太庾嶺付」などを梅の付合語として掲出している。梅の香、梅の名所という順番で言葉が羅列されており、梅の色などの付合語は確認できない。つまり、連歌、俳諧連歌に至っても和歌からの伝統を受け継いでいたことが窺える。しかし、俳諧は時代、流派などによってその作風が随分変わってくる。従って、本節では具体例から、貞門や談林、そして初期芭蕉発句における梅について論じる。

貞門の四大撰集の一つである『崑山集』に、

　香をさして梅といふ夜や真の闇　毎延

　梅の花最第一のにほひかな　長頭丸

などの句がある。毎延が句で闇夜に梅の香を鼻にし、歌とよく似通った風景が作り出されているのに対し、長頭丸は明白に香こそ梅花の一番大事なところだと主張している。そして、同じ貞門の俳諧集に次のような句が挙げられる。

　遠近へ香をやり梅の嵐かな　望一　『望一千句』

色よりも香こそあつたら梅の風　独友　『続山井』

望一の句は古典を踏まえながら、「香をやり」から「やり梅」にかけて詠み上げている。言葉遊びという貞門のよく用いる作風を表出している。また独友が、前出の『古今集』の歌「色よりも香こそあはれと思ほゆれ誰が袖ふれし宿の梅ぞも」を下敷きにし、梅の香さえあれば春を十分に楽しめると詠んでいる。このように、梅の香を際立つ伝統的な詠み方が発句にも受け継がれていることが分かるが、いずれもの句からも和歌の面影が読み取れ、ユニークさが乏しいのである。言い換えれば、梅の伝統的な本意を突出させるよりは古典を滑稽的に捩ることを基本としている。

寛文二年、藤堂良忠（俳号蟬吟）に召し抱えられた芭蕉は、宗房という俳号を以て蟬吟と共に季吟に従い、俳諧の道を歩み始めた。そして、良忠が亡くなった翌年寛文七年に次のように初めて梅の一句を詠み上げた。

盛なる梅にす手引風もかな（『続山井』）寛文七年

貞門時代の句であるが、幸田露伴は『芭蕉俳句研究』の中で、この句に対してよく分からない、難解である句だと指摘していながらも、

笛の曲に落梅の曲といふのがある、それを琴の手へもつて来たのでせう。琴の手には本手、替手など云ふのがある。落梅ではなく盛りの梅、笛ではなく琴三弦にして

興じ、その花へ吹く風を、うるさく搦んで吹かずにスラリとやさしく、即ち花を落し散らさぬほどの風が吹けといふ意を『素手ひく風』と云つたのかと思ひます。[1]

と解釈を加えている。また『続芭蕉俳句評釈』の中で菱花は、

咲き誇つてゐる梅にそよ〳〵と花が散らぬ様に吹きかゝる風があつたらば好からう、言替へれば、素手引く即ち無意義な風が吹いては呉れまいか、そして其香りを送りくれよと、花の香を望んだ句意であらうと思ふ、かなは哉でなくもがなである。[2]

と解いている。露伴は笛曲を踏まえ、「す手引風」を「花を散らさぬ風」というようにを説明している。また菱花は「風も哉」は「風もがな」で願望を表す言葉であると指摘し、一句を前節で述べた梅の本意、即ち「梅香」を取り入れて解釈したのである。『続無名抄』では「す手引」は「得る所なくして空しく手を引く。空手で帰るの義」と注釈されているが、この意から見れば、右記の両氏のように、「花を散らさぬ」風と理解したほうが最も適切である。

---

① 『芭蕉俳句研究』・幸田露伴・岩波書店・大正十一年・
② 『続芭蕉俳句評釈』・寒川鼠骨・大学館・明治四十六年・

その上、貞門時代のこの句に対して、芭蕉は「す」に梅の「酸」を利かしていると潁原退蔵が述べている。是誰が表した『玉櫛笥』には「やさしきを体として、をかしきを用とす」という貞門の俳諧観をまとめた文句がある。芸術的止揚を考えず、和歌や連歌にはない俳言を用いて滑稽を具現するのは貞門の特徴と言えるが、『玉櫛笥』がいう「をかしき」とは機知的な言葉の洒落に過ぎない。つまり、古典を弄びながら、生活との関わりによる卑俗な駄洒落という詩的表現を多用するのは貞門の特色である。このようにすると、「盛なる」一句の滑稽味は正に「す」という掛け言葉にあり、貞門の作風をよく表出している一句である。この句からはまだ芭蕉なりの「梅花」に対する捉え方が読み取りにくいのである。

そして、談林俳諧集でも同じく梅の香が多く詠まれている。例えば、

梅が香に立寄る人や兵部卿　定貫『ゆめみ草』

梅の花後家が軒端の東風ふかば　常矩『俳諧雑巾』

などが挙げられる。『兵部卿物語』を踏まえながらできた定貫の句では、梅の香に惹かれて立寄る人の姿がありありと表出されている。また正村の句に香という文字が使われていないが、梅の花を触れた長袖にその香りが残っていることを連想させる。更に常矩の句でも香という字が見られないが、香が東風によって表出されている。一句は『拾遺

集』にある「こち吹かば匂おこせよ梅の花あるじなしとて春を忘るな」という菅原道真の歌を踏まえながら、「後家」で「あるじなし」を利かせ、古典をもじったのである。後家の色香を諧謔的に詠み上げるあたりから談林の風調が強く感じられる。

田中善信氏が論文「俳諧における寓言論の発生について」において、「貞徳は季題のもつ伝統的な概念——本意——に即して発想しているのに対し、宗因はそれとは関わりのない場において想を得ている[①]」と、貞徳と宗因が季題に対する態度の違いから、貞門と談林の俳諧観の相異を指摘しているが、貞門の発句を参考にしたところ、ここの「本意」はまだ言葉遊びの段階に留まっている。貞門俳諧とは違い、談林俳諧はより一層自由奔放的になり、軽妙さに富むことがその特色である。例えば、謡曲などの慣用句を下敷きにして句を詠むなり、矢数俳諧、破調の句を多く作るなり、いずれも貞門の俳風や堅苦しい作法から抜け出した談林調の自由さを表出している。また、『俳諧蒙求』に、「是かの大小をみたり、寿夭をたがへ、虚を実にし、実を虚にし、是れなるを非と

① 「俳諧における寓言論の発生について」: 田中善信・『初期俳諧の研究』に収録・新典社・一九八九・

し、非なるを是とする。荘子が寓言これのみにかぎらず、全く俳諧の俳諧たるなり」という、惟中によって系統化された談林寓言説の深意を解き明かしている文句がある。常識をひっくり返したところから生み出された滑稽味こそ俳諧の本質であるというように、談林俳諧がより庶民的になり、一句一句の発想もより斬新奇抜になっている。

引き続き、延宝年間、宗因一派の作風に憧れ、貞門から談林に目を向けた芭蕉の作品では梅の花はどのように詠まれているのかについて踏み込んでみよう。

我も神のひさうやあふぐ梅の花（『続連珠』）　延宝四年

延宝四年に詠まれたこの句は天満宮で作られていたと考えられる。この句に対して、山本健吉は『芭蕉全発句』の中で、「妻妾も御秘蔵というから、梅の花を天神の思いものに見立てたエロティシズムが微かに匂う」[1]と評し、貞門風の語調が強く感じる一句であると主張している。しかし、この当時は談林の盛んな時期であるため、一句にはただの機知的な言葉遊びより何かの趣向が潜んでいるはずである。潁原退蔵は『芭蕉俳句新講』で、この句は道真の漢詩「万事皆夢の如し、時々彼蒼を仰ぐ」を踏まえ、「ひさう」いわゆる「秘蔵」に「彼蒼」をかけていると指摘している。加藤楸邨は『芭蕉講座

---

①『芭蕉全発句』．山本健吉．講談社．二〇一二．

発句篇』において、一句の「ひさう」は謡曲「鉢木」に出てくる「秘蔵」を言いかけて詠んだと述べている。いずれにしても一句の趣向はこの「ひさう」という言葉にあるに違いない。天神の秘蔵である梅の花は、今日この私も仰ぎ見ることができたといった一句には、梅の深意が言及されていない。天和年間に入っても、その梅の句からまだ梅の香、あるいは古を偲ばせるという梅の深意を突出させる工夫、そして梅に対するオリジナルな見方は見て取れない。

要するに、機知的な言葉遊びを主とする貞門から自由な作風を持つ談林に変えたとしても、その頃の芭蕉発句からは、やはり梅という季題に対する芭蕉オリジナルな取り扱い方、あるいは芭蕉なりの視点が見て取れないのである。言い換えれば、この時の芭蕉の作品と言えば、まだ貞門や談林の枠から抜け出していない。しかし、このようなことは蕉風開眼とされる貞享期に入ると一変する。次節から貞享期以降の芭蕉の梅の句をめぐって、幾つかの具体例を分析しながら芭蕉における梅の捉え方について論じる。

二―三　「梅白し」と「梅花一枝」

貞享元年、芭蕉は『野ざらし紀行』の旅に出た。蕉風開眼とも言われるこの旅をもとに、芭蕉の作風もかなり変わった。そして、梅を吟詠した句も前の時代の句と比べれば、ユニークさが看取できるようになった。また、「芭蕉の『梅』の句は全部で三十一句あるが、写実的あるいは写生的に梅を詠んだ句は少なく、多くは寓意を伴っている。従って挨拶吟が多い。それほど『梅』の本意の拘束力は強固であったということであろう[①]」と乾裕幸が言うように、芭蕉は挨拶吟において「梅」を多く用いたことが分かる。貞享・元禄期の蕉門句集を調べたところ、これほど挨拶吟において梅の花を多く詠み込むことはあまり見られない。例えば、『あら野』巻二にある一連の句を見てみよう。

鷹居て折にもどかし梅の花　鴎歩
むめの花もの気にいらぬけしき哉　越人
藪見しれもどりに折らん梅の花　落梧
梅折てあたり見廻す野中かな　一髪
華もなきむめのずはいぞ頼もしき　冬松
みのむしとしれつる梅のさかり哉　蕉笠
網代民部の息に逢て
梅の木になをやどり木や梅の花　芭蕉

①『芭蕉歳時記』．乾裕幸．富士見書房．一九九一．

右の一連の梅の句が表しているように「梅を折る」、「咲き乱れる梅の花」、「花はまだつけていない梅の枝」などが描かれているが、前書きを付けて挨拶吟として明記されているのは芭蕉の句だけである。また、蕉門句集を調べたところ、次のように、

上臈の山荘にまし／＼けるに候し奉りて
梅が香や山路猟入ル犬のまね　去来『猿蓑』

という「梅が香」を通して詠んだ挨拶吟があるが、五句にも足りず、表現手法も芭蕉と随分異なっている。『本朝文選』において、この句に「ある時は摂家親王の御館に候し」という前書きが付けられている。仄かに漂ってくる梅の香を頼りに山路に分け入る自分は、正に獲物を探している犬の如く、謙遜の気持ちで挨拶の意を表したのである。しかし、右の「梅の木に」の句と比べてみれば、芭蕉における梅の詠みぶりとはかなり違っている。

元禄元年の「梅の木に」一句は芭蕉が伊勢神宮を参拝した時、網代民部雪堂亭に招かれて詠んだ挨拶吟である。網代民部に関して、許六は『歴代滑稽伝』において、「伊勢足代民部弘氏は神職の人なり。談林の時上手の名あり」と紹介している。談林派の俳人として当地に名を馳せた弘氏を咲いている梅に、その息子である雪堂を梅の老木で譬えて挨拶の意を表した。この句に対して、『過去種』では、

『家語』曰、不レ知二其子一視二其父一、不レ知二其人一視二其友一、不レ知二其君一視二其所一レ使一、不レ知二其地一視二其草木一云々、この句意は此語を以て可レ弁也。（中略）此吟子息を誉たる詞の内に、自ら称したる趣意あり。其故は梅に梅の寄生と云、是父子共に其色香艶にて似たるとの義也。

というように注釈している。『孔子家語』の文句を踏まえているかどうかは句自体からは見い出し難いが、その発想は「不レ知二其子一視二其父一」という文句の趣旨とよく似ている。梅の木に寄生木は恰も親子如く、民部も風雅で徳のある人であるが、その子もまた親譲りで、風流の人であると比喩的に挨拶の意を述べた。この時、網代民部はすでに亡くなっており、息子はその名網代民部を襲い、雪堂と号した。芭蕉は、宿り木によって、名を受け継いだだけではなく、その父親の風流心も受け継いだと称賛し、俳諧を好むところはその父親と変わりはないということも述べている。清らかな梅の花は正に父子の風雅な心を表している。このように、漢籍の典故を用い、梅花を用いて挨拶吟（追悼の意も入っているが、追悼句における用法は二-五に譲る）を詠み上げるのは芭蕉における梅の一つの特徴と言えよう。次の句からこのような特徴がより明白に見られる。

竹内一枝軒にて

世にゝほへ梅花一枝のみそさゞい（『住吉物語』）貞享二年

「世にゝほへ」の句は貞享二年、芭蕉が故郷の伊賀に滞在したとき、医師明石玄随を訪れた際に詠んだ一吟である。

良医玄随子ハ三度肘を折て、家を医し、国を医す。其居を名付て一枝軒といふ。是彼桂林の一枝の花にもあらず、微笑一枝の花にも寄らず。南花真人の所謂一巣一枝の楽ミ、偃鼠が腹を扣て、無何有の郷に遊び、愚盲の邪熱をさまし、僻智小見の病を治せん事を願ふらん。

右記の『夏炉一路』にこの句と併記されている一文からすると、当時隠棲生活を送っている名医玄随の「一枝軒」という庵号は、『荘子』にある「鷦鷯は森林に巣へども、一枝に過ぎず」、「偃鼠河に飲むも満腹に過ぎず」などの文句によるものであることが分かる。芭蕉も玄随の貪らなく、無為の仙郷を逍遥する心に関心し、同じく『荘子』を踏まえ、挨拶を句によって表した。

『日本古典文学大系』では一句が「知足安分している玄随の生活、鷦鷯に比し、折からの梅花によせて、玄随の高風が、梅が香とともに世に匂うであろう」と讃美の意を述べた挨拶吟だと解釈されている。「一枝」は玄随の庵号を表している一方、「梅」の縁語でもあり、下五の「みそさゞい」を引き出す役割も同時に備えている。芭蕉は森林に住んでも一枝にしか住まない鷦鷯の故事を下敷きにし、自分の分をよく悟り、またその分に安んじながら、心を仙郷に遊ばして安らかに住んでいる玄随の人柄を褒めそやしている。また、上五の「世にゝほへ」という命令形を用いて、薫香を放つ梅の如く、玄随の高徳もこの世に匂い立たせてほしいという願望をありありと語り出している。このように、梅の薫香を生かし、漢文などを踏まえながら挨拶の意を表している。また、次の名句からもこのような表現手法が窺える。

京にのぼりて三井秋風が鳴滝の山家集をとふ。

梅林

梅白し昨日ふや鶴を盗れし（『野ざらし紀行』）貞享二年

よく知られている「梅白し昨日ふや鶴を盗れし」の句も同様である。梅と隠遁との関係をいえば、嘗て西湖に隠棲していた「梅妻鶴子」と称えられる林和靖のことが思い出される。また、中国元の時代の隠者呉鎮は自ら「梅花道人」と名乗り、いずれも梅の清らかで馥郁たる香りに託して、隠棲する高尚心、高潔さを表現しようとしているのである。芭蕉は『野ざらし紀行』の途中に、三井秋風の別居を訪問した時、この「梅白し昨日ふや鶴を盗れし」と名句を詠み残した。

三井秋風は三井財閥の創始者、三井高利の甥にあたる。家業を継いだ後に家業に実を入れず、京都西郊上京区の御室川に面して鳴滝に、「花林園」とも称される別荘を構え、贅沢の限りを尽くした。晩年零落し、江戸で没している。しかし、この秋風は貞門の梅盛に俳諧を学び、また宗因と常矩など談林の俳人とも親交していた。その俳諧に専念し、風雅の世界を逍遙する心は芭蕉に敬われ、『野ざらし紀行』の旅に「花林園」を訪れた際、「梅白し」一句のほかに、「樫の木の花にかまはぬ姿哉」という句も詠み、庭にある一本の樫の木は、咲き乱れぬ花と関わらず、飾らぬ姿で聳え立っているというように賛美の意を述べた。

高柳克弘はこの句について、「梅の白さから導き出されてくる鶴のイメージは、眼前にないにも関わらず、異様なまでの存在感を放っている[①]」と解説しているが、白梅の鶴を導き出し、言い換えれば一句が踏まえている林和靖の故事を誘導する役割を備えていると指摘されている。しかし、隠逸と深く関わる梅への関心は見られにくい。また麦水は『芭蕉翁発句解・説叢大全』の中で、「当吟、梅林と前書に見ゆれば、白梅の咲たる主を林和靖によそへたり。さらば鶴の有べきにと虚実にわたりて、昨日や鶴は盗れし物ならんかと、姿を眼前に得給ひしならし」と、芭蕉はここで白梅の鮮やかな色で秋風の別宅の清潔さを褒め称えると同時に、秋風の人格を称揚しているといえよう。そして

① 『芭蕉の一句』．高柳克弘．ふらんす堂．二〇〇八．

『芭蕉俳句評釈』において望東は「殊に白梅は高潔なる山家の隠士に対し、又齢目出たき鶴に対して、頗る配合のの妙を得ている。[1]」と述べている。ここから見れば、林和靖の故事は一句の中で非常に重要な役割を果たしていることが窺える。その上で、潔白である梅の花で秋風を賞美している。

要するに、梅と隠逸のかかわりに基づき、隠棲する高士の清高さを称賛するときに、芭蕉は梅花を多く用いた。ここの梅花は単なる風景写生ではなく、その精神面も強調されている。貞門談林時代の言葉遊びの枠から抜け出し、梅花を通して隠者、高徳である人を称えるのが貞享期の芭蕉における「梅」の特色である。正に乾裕幸がいう芭蕉における梅は多くの場合、深意を伴っていることと一致し、また蕉風の変化にも関連していると考えられる。ところが、漢籍の典故などのこれらの句における働きを等閑視してはならない。季語「梅花」が詠み込まれているが、句意、あるいは挨拶の気持ちはやはりそれらの漢文の典故によって表出されている。「世にゝほへ」一句では梅の香は描かれているにもかかわらず、「荘子」にある話は主役を担当している。とすれば、芭蕉は梅の本意をどの程度認識し、あるいは生かしているのであろうか。

---

①『芭蕉俳句評釈』：内藤鳴雪：大学館：明治三十七年

二－四 「北の梅」

前節では、漢籍を踏まえ、梅を挨拶吟に詠み込む芭蕉のオリジナルな詠み方についてみてきたが、それのみならず、梅の本意、いわゆる梅香を巧みに生かすことによって、挨拶の気持ちを表現した句もある。

暖簾の奥ものふかし北の梅（『笈日記』）元禄三年

『菊の塵』に収録されたこの句は元禄元年の吟であり、『笈日記』、『蕉翁句集草稿』、『蕉翁句集』には「園女亭」という前書があり、『泊船集』には「いせにてその女亭」という前書が付けられている。そして、宝永三年に刊行された園女の自作『菊の塵』の序文に、

わが此道に入し初は元禄二年の冬なり。あけの年の如月かの翁こゝの人曾良などひきゐきたらせしに、しか／＼とつけたりければ、翁よろこびて、いかならむことをもつゞりてよとおほせたるに、花までは時雨て残れ檜笠といひ出ければ、やがて脇の句付てたうへて、さらに、「のうれんの奥物ふかし北の梅」といふ発句をさへきこえられしぞかし。

という文章がある。これらの前書と園女の自序によって、本句は芭蕉が園女のお宅を訪れた時の、園女への挨拶吟であることが分かる。しかし、園女の自序によれば、この句

は元禄三年の作だと見られる。これについて、潁原退蔵は真蹟を踏まえ、「本句は『笈の小文』の道中吟であり、園女の覚え違いであろう[①]」と指摘している。また貞享二年に刊行された『明烏』にすでに編者一有の妻である園女の作が入っていることから、園女が俳道に入ったのは元禄二年ではなく、貞享頃だと推測できる。とすれば、「暖簾の」一句は元禄二年より前に詠まれた一句と見たほうが妥当であると考える。

「暖簾の」一句について、江戸時代から多くの俳人、学者によって解釈されている。例えば、一筆坊鴎沙が『過去種』の中で、

徒然の南東に応じて北の梅一入おもしろし。春北に向へるにや、猶幸の余情なり。北の字は北野にもひゞき有、云心はその女が心計りかたくおくらしてゆかしの心也。

と「北」一字は梅の付合語「北野」を髣髴させ、余韻の溢れ、情趣に富む一句であると評価している。また、『芭蕉翁発句集蒙引』にある「北庭の梅を女に比し、そのきよらかにしてしかも浅略ならぬを誉たる挨拶なり。すまゐのもやうまでみるが如し」という一文の如く、作者杜哉は「北庭の梅」は女の比喩だというように主張しているが、その

①『芭蕉の門人たち』．中里富美雄．渓声出版．一九八七．

理由について説明していない。ところが、明治期に入って出版された『芭蕉句集講義』において、菱花は、「北の梅といふは、婦人の謙遜の美質を顕はす為に、陰なる北の字を遣つたものであろう」というように、陰陽五行説の「男は陽、女は陰」に基づき、「北」は陰を象徴することから、本句において「女」を暗示していると偶々『芭蕉翁発句集蒙引』の主張の裏付けとした。しかし、同じ『芭蕉句集講義』の中で望東は、

菱花君は暖簾は比喩で実際あつたものではないと言はれるが、私は園女亭が実際さう云ふ家であつて、梅なども咲いて居た、其現実を捕へて句にしたものであらうと思ふ。北の梅は園女が其当時人の妻となつて居つたので、此の字を遣つたものかも知れぬ。[1]

と梅は実際に目に見えるものであり、如実に園女宅の様子を描写することを通し、園女の人品の清らかさを誉めそやしたと言い返している。その上、「北」一字は「北政所」という平安時代正室を指す言葉と共通し、すでに人妻となった園女のことを表していると述べ立てている。

①『芭蕉句集講義』春之巻．角田竹冷．博文館．大正四年．

従来の解釈をまとめてみたところ、大体は「北」の字に重点を置きながら、梅を借りて園女を称賛した挨拶吟であると解き明かしている。しかし、一句の季語である「梅」は一体どのような役割を果たしているのか、また「梅の花」は実際に見えているかどうか、更に「暖簾」と「奥」と「梅」とは一句の中でどのように関連し、作動しているのかは疑問に思いつつある。

一句を考える前に、まず暖簾の役割を考える必要がある。『古事類苑』によれば、暖簾とは「塵ヨケ、日ヨケ等の為め、布、板、蓆等にて造り、商店の軒先にかけ、その上に屋標、即ち第○大○越等の如き標しを書きたるものをいひ、軟纏より転音せるものなるべし[①]」と記している。つまり、暖簾は多く商家に使われるものであると見られる。園女の夫斯波渭川は眼科を以って常の業としているため、うちには商家用の暖簾があることも考えられるが、一家の奥にある北庭を連ねる廊下にかかっている暖簾であれば、商売用のものとは想像しにくい。谷峯蔵氏は「平安貴族がこの豪華で絢爛な几帳を座居の周辺に造型、使用していたということは、庶民の家々で暖簾を利用していたことも当

①『古事類苑』．神宮司庁編．古事類苑刊行会．一九〇八～一九三〇．

然と、肯定せざるを得ない」[1]と述べている。要するに、目印を入れた暖簾の商家用価値よりは光、人目を遮蔽するのは暖簾の」最も一般的な役割である。とすれば、人目を防ぐための暖簾のかかっている通路、そしてその奥に梅が咲いている風景は目にする、あるいは一瞥できることは考え難いのである。そのため、暖簾は芭蕉の句において嗅覚をより目立たせる役割があるのではないかと考えられる。そして、『万葉集』に収録されている額田王の歌「君待つとわが恋をればわが屋戸のすだれ動かし秋の風吹く」から、簾は風とよく関連していることが見て取れる。「暖簾」は俳言である故、和歌には詠まれないが、俳諧においてはどのように詠まれているのであろうか。

暖簾に東風吹く伊勢の出店哉　蕪村『蕪村句集』
蝶遊ぶまがきの竹に培ひて　蘭洞『御忌の鐘』
風なつかしくのれんかけたり　李蹊　同右
丸ごしで遠くは行じ夏の月　月渓　同右

① 『暖簾考』．谷峯蔵．日本書籍．一九七九．第二十三頁．

右記の発句や連句から見れば、語源が禅語の「ノウレン」[①]である暖簾は、漢語として歌には詠まれないが、俳諧において「暖簾」を風、特に「東風」と結び合わせて吟じるケースが多い。従って、芭蕉の句にある暖簾は「目に見えない」、「風を引き出す」役割を同時に備え、嗅覚の働きを強めていると筆者が考える。

そして、北の意味を従来の解釈書に基づきもう一度検討する。島田青峰氏は『芭蕉名句評釈』の中で「北を女の住処とし、北の方といふ尊称もあることから、園女の為に特にこの語を置いた点もありはしないか」[②]と指摘している。平安時代、貴族の邸宅には、正殿の「寝殿」とは別に、北に「北対」という私的な居住棟があり、そこでは主の正室である北方が家政の諸事万端を決裁していた。これによって、「北」の役割として人妻である園女のことを暗示しているかもしれないが、決してこの意味に限らない。白楽天の「早春即事」にある「北檐梅晩白、東岸柳先青」という一句のように、北の

---

①『講座日本風俗史』別巻八・遠藤武・雄山閣・一九六〇・原文：「暖簾の語源は禅語のノウレンよりでたもので、僧堂内で風気を防ぐ意味からさげたものであるが、わが国では古来より日よけ的意味ををもった布帛を幌、つまりトバリといゝ、蔀をあげた際の日除け的なものであり、時には障子的な役割をさえはたしていたようである」。

②『芭蕉名句評釈』・島田青峰・非凡閣・一九三四・

梅といえば、まず咲遅いイメージがある。芭蕉は「北の梅」を用い、園女のお宅であるからこそ、咲遅い北の梅もこの寒い中に匂ってきて、奥ゆかしい限りで、誠に園女その人と同じく清雅なのだという趣旨を述べたのであろう。そして、芭蕉の句に対し、園女が「松ちりなして二月の頃」と脇を付けた。芭蕉の讃美に対して、松の葉が散り放題で何の風情もないと謙遜の気持ちを込めて返した。従って、「北」は単なる人妻であることを表しているのではなく、挨拶の気持ちを増やすものとして詠み込まれているのである。

梅について前節では既に論じたが、日本文学における梅を鑑賞する際に、その香を大事に分析しなければならない。そして、芭蕉の句にある梅も例外なく、香りを目立たせながら詠まれているケースが数多くある。右で「暖簾」と「北」の意味や役割について検討したが、「暖簾の奥ものふかし北の梅」一句では、梅は実際に目に見えたものではなく、忽ち暖簾の隙間から吹いてきた風を通し、その香りを携えてきたのである。元禄七年園女亭で句会が行われ、それに際し、芭蕉が「白菊の目に立てゝ見る塵もなし」と詠み上げた。清らかである白菊に託して、園女の風流と清浄さを讃えたのである。「白菊」の句は視覚を中心に詠まれた句と言っても過言ではないが、「香」、「匂」の字がなくとも「暖簾の」句は視覚より、嗅覚の働きが強いと思われる。

園女への句において暗喩的に梅の花、あるいは梅香を借り、挨拶の意を表出したのである。一句は「暖簾のかかっているところであるため、奥の庭に咲き乱れている梅が見えるわけにはいかない。そこで風を暗示する暖簾という言葉で、風に添えて漂ってきた清雅なる梅香を連想させる。鼻にした花の香で北の庭には梅が咲いていることを察知し、奥ゆかしい限りで心が惹きつけられ、薫香を放つ梅は正に園女その人のように床しく、風雅な心を持っている」と解釈したほうが適切であろう。濃厚たる梅の香、いわゆる梅の本意を生かし、挨拶の気持ちを醸し出していると考える。

そのため、芭蕉は「梅」を視覚的に捉えるよりは、常に目に見えない香そのものを詠出している。上記のように、梅花は挨拶の気持ちの担い手として用いられているケースもある。漢籍の典故を踏まえて詠むケースもあるが、日本文学に貫く梅の本意を大事にし、挨拶の意を梅の清雅なる香を通して匂い立たせている句もある。これも芭蕉における梅花の句の特徴だと言えよう。

二-五　追悼の「梅花」と懐古の「梅香」

元禄十年に出版された『浜のまさご』という有賀長伯の歌学書にある「梅は色よりも匂ひを賞翫するよし也」という文が示しているように、「梅」が放つ薫香に関心を寄せることこそ詩歌における「梅の本意」であるが、第二節で述べたように、この香には古、故人を思い浮かばせる力もある。このような力は芭蕉発句においてどのように表現され、あるいは生かされたのかについて本節で検討する。

蒟蒻のさしみもすこし梅の花（『小文庫』）元禄六年

『蕉翁句集』では元禄六年のこの句に対して「去来へ遣ス」という前書が付されている上、「此句ハ無人のこと抔云ついでと云り」という注記も付けられている。前書が言っているように、この句は故人への追善句であり、亡くなった去来の妹、千子を偲ぶ念が一句からしみじみと感じられる。八亀師勝は挨拶吟について、「挨拶・謝意・祝賀・歓迎の心を詠んだ句。広義の挨拶の句（追悼句、留別吟なども含む）とはやや違う[1]」と述べている通り、ここの追悼吟は挨拶吟のジャンルに数えられない。

潁原退蔵はこの句を「梅は咲いたけれども、春もまだ肌寒い。その梅を手折り蒟蒻を供へて、ひそやかに故人の追福を修するさまを、かうして去来に言ひ送ったのだ[2]」と解釈している。また『芭蕉全句』は一句の意味を「亡き人の忌日とて、蒟蒻の刺し身も少し添え斎膳を供えた。庭前には、余寒の中に梅の花が咲き出て故人を偲ぶ心にふさわ

---

① 「芭蕉の挨拶の句」八亀師勝・『アカデミア63』・一九六八・

② 『芭蕉俳句新講』・潁原退蔵・岩波書店・一九五一・

しい」と注し、咲いている梅は故人を偲ぶのに相応しいと梅花に賦与された懐古の意を示唆している。それに対して、『新編日本古典文学全集七〇 松尾芭蕉集（一）・全発句』では、本句が「仏前にこんにゃくの刺身を少しと梅の花を供えやってくれよ、と去来に頼んでいる句と取ったほうがいいかもしれない」というように解読されている。それ以降の解釈書ではほぼ『新編日本古典文学全集』と同じ解釈がなされているが、梅の本意まで言及していない。

一句において、「蒟蒻のさしみ」という俗語、いわゆる俳言と「梅の花」という歌語との組み合わせに俳諧性が感じ取れる。『蕉翁句集』の注によると、「蒟蒻のさしみ」とは故人の仏前への供え物であるが、そこに梅の花を付け加えることによって、俗っぽい「蒟蒻のさしみ」に清雅さ、慎ましさも同時に加えられたのである。とすれば、「梅の花」は本句において故人を偲ばせる役割のほか、一句の俳諧性を産み出す働きも同時に備えている。

潁原氏は梅を手折って「蒟蒻のさしみ」と一緒に亡き人へ供えると指摘しているが、梅そのものよりは梅の香もその奥に潜んでいると筆者は考えている。まず梅はどこに咲いているのであろうか。元禄六年の春、芭蕉は江戸に滞在し、三月二十九日から四月三、四日まで許六亭に逗留した。また『蕉翁句集』などにある前書「去来へ遣ス」からすると、この句は去来へ送った手紙に書いてあったことが判断できる。とすれば、去来に頼み、「蒟蒻のさしみ」と「梅の花」を仏前に供えってくれという『新編日本古典文学全集 松尾芭蕉集（二）・全発句』の解釈はいかにも不自然であり、梅の花を折るよりは、古を偲ばせる力のある香を借りて故人を供養するという意で取ったほうが適当だと考える。一句は正に今日は故人の忌日とて、今出来上がりの「蒟蒻のさしみ」を少し仏前に供えて、故人の事を思い出しているという芭蕉自身の様子を詠み出している。そして、咲き乱れる梅の花の清らかな香を嗅いで、故人を偲ぶ気持ちがより一層膨らんできた。蒟蒻を大好物である芭蕉の事をよく知っている去来は、きっと温かい気持ちでこの句を詠み、恩師の心を受けたのであろう。

よって、梅の香と「蒟蒻のさしみ」の香が溶け込んでいる様が一句に詠まれ、香の意が一句の中に潜んでいると考える。庭に咲く梅の香でもともと精進料理である「蒟蒻のさしみ」の上に更なる清らかな香を立ちのぼらせ、これを故人に供えようという芭蕉の思い、また亡くなった友人への追悼の念は梅の香によってより明白に窺えると考えられる。従って、この句も梅の本意を巧みに生かした上で、「蒟蒻」という俗語を配することを通して新しみを醸し出した一句である。『俳諧問答』にある、

惣別おもき軽きといふ事、趣向又は詞つゞき容易なるをかるきとおぼえ侍りて、上を

ぬぐひたるやうなる句、此ごろいくばくか侍る。それはうつけたるといふものにて、かるきといふものにはなし。（中略）かるきといふハ、発句も附句も求ずしてたゞに見るがごときを言ふ也。詞の容易なる趣向の軽き事をいふにあらず、腸の厚き所より出て一句の上に自然とあり。

という一文からみれば、芭蕉が晩年追及している「軽み」とは作意によらず、素直に物事を詠み上げることであり、貞門談林の機知なる言葉遊びとは違い、「新しみ」を恣意的に作り出すことではなく、自然と感じたものと目にしたものを吟ずることである。つまり、「蒟蒻の」一句は目にした風物、嗅覚の刺激、俳言と雅語をうまく調和し、自然に気持ちを言い出しているのである。この「軽み」という芸術境界を追求することによって、芭蕉が「梅」に対する取り扱い方もより率直に、「古人や古代を偲ばせる」という梅の本意を巧みに活用するようになってきた。

このように、芭蕉も和歌以来の流れを汲み、梅香に含蓄されている趣旨を生かして幾つかの句を吟詠していたのである。要するに、芭蕉における梅の句を検討する場合、薫香あるいは嗅覚を活用して考察せねばならない。元禄期は蕉風俳諧がより高次な世界へと昇華する一番重要な時期である。『奥の細道』の旅をはじめ、「不易流行」、「かるみ」などの理念が打ち出され、芭蕉俳諧は今までとは違い、より素直に物事を取り扱うよう

になった。『去来抄』「修行教」の部に、

不易を知らざれば基立がたく、流行を弁へざれば風あらたならず。不易は古によろしく、後に叶ふ句なれば、千歳不易といふ。流行は一時一時の變にして、昨日の風今日よろしからず、今日の風明日に用ひがたきゆへ、一時流行とは云はやる事をいふなり。

という一文があるが、普遍的な「梅の本意」を用い、そこに時代によって変化してきた新みを書き加え、心情を陳べることは正にこの「不易流行」の論とよく適していると考えるのである。また、このようなことは元禄に詠まれた次の一句からも見られる。

梅が香に昔の一字あはれ也（『笈日記』）元禄七年

『笈日記』「文通」の部にある「何某新八去年の春みまかりけるを、ちゝ梅丸子もとへ申つかはし侍る」という一文によれば、この句は元禄七年、美濃大垣の梅丸の息子新八の一周忌に際して、梅丸に宛てた追善句であることが分かる。また『笈日記』では、この句の後ろに「一歳の夢のごとくにして、猶俤立さらぬ歎のほど、おもひやりける斗に候。二月十三日、梅丸老人」という内容が綴られている。この一文から悲しみに駆られる芭蕉の気持ちが強く感じられる。東海呑吐は『芭蕉句解』において、

当吟は或人追悼の句也。句意は梅が香を詠ぜし事の誠に昨日の様なれども、早其人は

なく成て、昔と云一字のみ残れり。然ばむかしの一字哀也と心を添て聞時は、其跡も人に語りがたし。

と一句を解釈している。また、『芭蕉講座発句篇』は「昔の一字」は業平の歌「月やあらぬ春や昔の春ならぬ我身一つはもとの身にして[①]」を踏まえていると指摘している。「昔」の一字の由来に対する説が幾つかもあるが、呑吐がいった「昔の一字」は悲しみを表出していることは言うまでもない。

芭蕉が亡くなる元禄七年に詠まれたこの句は梅が香に故人を偲ばせるという本意を生かしつつ、品高い梅の香りで梅丸の子を偲ぶ追善句の品格を高めた。咲く梅の香りに対して、「昔」の一字はあはれに感じる。また梅は変わらずに香り高く咲いたが、その梅のごとき人がすでに散ってしまった。「昔の一字」は無論一句の中で詠嘆の意を強めたが、梅の香も一句においてかなりの働きを果たしている。梅の本意、つまり「古を偲ばせる」香りをうまく活かして追悼の念を詠み上げている。

芭蕉の梅の句は全部で三十一句あるが、明らかに梅の香を生かして吟詠した句は半分以上もあり、芭蕉の梅の句において最も多いのである。要するに、芭蕉は梅の馥郁たる

---

①『芭蕉講座発句篇（上）』：加藤楸邨・三省堂・昭和十八年・

香を通し、古典美へ立ち返りながら、現世界における自分人心の心境をありありと言い出している。

このように、芭蕉の梅の句は「梅の本意」を最大限に生かし、古典美を髣髴させることによって、現実の世界と自分の内心をうまく調和させ、芭蕉晩年に重んじる「軽み」もこれら梅の句から読み取ることができる。更に言えば、旅を栖とし、新風を開創した芭蕉は常に伝統を単なる受け継ぐのではなく、発展という延長線の上に立ちながら伝統をより豊かに彩るのである。

「色よりも香こそあはれと思ほゆれ誰が袖ふれし宿の梅ぞも」という『古今集』の歌のように、日本文学において、梅は香を賞翫するものである。和歌や漢詩を受け継ぎながら、独自の文化を創り出そうとする俳諧にも、梅の香にかなりの比重を置くことが数多くの例から看取できる。

芭蕉には梅の発句が三十一句あるが、年代によって句作りの特徴も変わってくる。寛文から元和の時期の句からは、まだ貞門談林の余臭が感じられ、言葉遊びや洒落の段階に立ち止まっている。貞享期に入ってから、漢籍などを踏まえ、梅の香を巧みに吟詠し、梅を挨拶吟の中に詠み込み始めた。また元禄期に入った芭蕉はより一層梅の本意に心がけ、その伝統的な取り扱い方を生かし、古典美を髣髴させつつ、実世界における自分の内心を如実に表出するようになった。その上、「軽み」、「不易流行」などへの追及に伴い、一句一句に俳言を取り入れ、オリジナルな捉え方がより明らかに看取できるようになった。

千年不変の香り、古を偲ばせる香気を放つ花々はほかにも花橘、柚の花などが挙げられる。中日詩歌ともに愛でられているが、その詠み方がそれぞれ違うように見られる。人間の五感を巧みに生かす俳諧は極めてこの香を目立たせることによって奥ゆかしい世界を作り出している。そのため、この香の本意、またその中に内包されいる時間性と空間性を究明することは非常に大切である。このような考察は、芭蕉俳諧ではなく、日本文学あるいは美学に貫く根本的なもの、独特性などを探求することにも深く関わっている。

参考文献

①渡瀬淳子・「林逋の詩と梅の歌——室町時代の詠梅歌の変化と宋詩」・『中世文学』58号・二〇一三・

②山本登朗・「うたて匂ひの袖にとまれる—『新撰万葉集』と『古今和歌集』」・『短歌と国文学110号』・

③幸田露伴・『芭蕉俳句研究・』岩波書店・大正十一年・
④寒川鼠骨・『続芭蕉俳句評釈』・大学館・明治四十六年・
⑤田中善信・「俳諧における寓言論の発生について」・『初期俳諧の研究』に収録・新典社・一九八九・
⑥山本健吉・『芭蕉全発句』・講談社・二〇一二・
⑦乾裕幸・『芭蕉歳時記』・富士見書房・一九九一・
⑧髙柳克弘・『芭蕉の一句』・ふらんす堂・二〇〇八・
⑨内藤鳴雪・『芭蕉俳句評釈』・大学館・明治三十七年
⑩中里富美雄・『芭蕉の門人たち』・渓声出版・一九八七・
⑪角田竹冷・『芭蕉句集講義』・春之巻博文館・大正四年・
⑫神宮司庁編・『古事類苑』・古事類苑刊行会・一九〇八～一九三〇・
⑬谷峯蔵・『暖簾考』・日本書籍・一九七九・第二十三頁・
⑭遠藤武・『講座日本風俗史』別巻八・雄山閣・一九六〇・
⑮島田青峰・『芭蕉名句評釈』・非凡閣・一九三四・
⑯八亀師勝・「芭蕉の挨拶の句」『アカデミア63』・一九六八・
⑰頴原退蔵・『芭蕉俳句新講』・岩波書店・一九五一・
⑱『芭蕉講座発句篇（上）』・加藤楸邨・三省堂・昭和十八年・

⑲『芭蕉の恋句』．東雅明．岩波新書．一九七九．
⑳『芭蕉—その鑑賞と批評』．山本健吉．飯塚書店．二〇〇六．
㉑「芭蕉と梅の花（上）」佐藤圓．『解釈10』．解釈学会．一九七四．／「芭蕉と梅の花（下）」佐藤圓．『解釈3』．解釈学会．一九七五．
㉒『花の変奏——花と日本文化』．中西進．ぺりかん社．一九九七．
㉓「梅が香」乾裕幸．『俳句研究56（2）』．俳句研究社．一九八九．
㉔『発想と表現』．「季の詞——この秩序の世界」山本健吉．角川書店．昭和四十五年．

第三節　芭蕉季語の中国語訳

闇に吹きいる風に添い、枕元まで伝えてくる花々の香、姿は見えなくとも、朧月夜に幽かに漂う梅の香、昔の事を思い出させる花橘の香、このように、薫香を放つ花々は古来より文人墨客に愛好され、頻りに文芸作品の中に登場してくる。従って、このように古の事を偲ばせる香は翻訳において如実に再現されているのか、またどのように表現しているのかを引き続き見てみよう。本節では、芭蕉発句で薫香を放つ花々を問題点としてとり挙げ、従来の翻訳作品とは異なり、単なる視覚的表現としてではなく、嗅覚的表現として取扱い、その花の香の裏にある感情を掘り下げ、中国語で再現する方法を探究してみた。先ず第一節で論じた花橘の句を見てみよう。

駿河路や花橘も茶の匂ひ（『炭俵』）元禄七年

この句に対する中国語訳は次のようである。

長長駿河路、処処是芬芳。行人難分辨、茶香抑橘香？（林林・『日本古典俳句詩選』）

駿河路長長、処処撲鼻茶芬芳、勝於橘花香。（陸堅・『日本俳句与中国詩歌』）

しかし、林林は「茶香抑橘香」というように、「茶の匂」か「橘の香り」か全く見当がつかないと訳した。完全に実際の風景描写になる。原句にある助詞の「も」を考慮に入れれば、「茶の匂」なのか「橘の香り」なのかという弁明できない意味にはなりかねる。しかも、「茶の匂」が表す目下、橘の香りが象徴する昔との対応、駿河の国を称賛する挨拶としての意味を訳文から読み取りにくい。また、陸堅は「処処撲鼻茶芬芳、勝於橘花香」というように訳出している。「勝」という字で、お茶の匂を強調しながら、橘の香がお茶の香りに覆い隠され、原句の意味に近いが、やはり挨拶、讃美の詩であることが訳文から感じられない。そして、芭蕉の梅の句はどのように訳されているのであろうか。

漢詩においても梅は決して馴染みのないものではないが、それに対する捉え方は日本詩歌、特に芭蕉の梅とは異なるところが少なからずある。このような文化、感受性の違いをどのように異言語で再現するかは発句を翻訳する際に注意すべき点である。芭蕉の発句において梅を詠んだものが全部で三十八句あるが、第二節で述べたように、芭蕉における梅は花自体よりは更なる深い意味を持っている。芭蕉全句の中国語訳がないため、本論において口語訳の代表者林林、及び定型訳を主張する陸堅と檀可の訳を中心に検討する。

三人の梅の句に対する翻訳状況は下記の通りである。（●は翻訳あり、✖は翻訳なし）

	林林	檀可	陸堅
（貞享二年）梅白し鶴は昨日ふや盗れし	●	●	●
（貞享四年）忘るなよ藪の中なるむめの花	●	●	✖
（貞享四年）さとのこよ梅おりのこせうしのむち	●	●	✖
（貞享五年）のふれんの奥物ぶかし北の梅	●	●	✖
（元禄四年）梅若菜まりこの宿のとろゝ汁	✖	✖	●
（元禄五年）人も見ぬ春や鏡のうらの梅	●	●	●
（元禄五年）かぞへ来ぬ屋敷くの梅やなぎ	●	●	✖
（元禄七年）むめがゝにのつと日の出る山路かな	●	●	✖

現時点で確認できる芭蕉梅花の句における中国語訳はこのぐらいしかないが、すべては『野ざらし紀行』以降に詠まれたものであり、つまり貞門、談林を経て、蕉風開眼あるいは蕉風創立後の作品である。

梅が香にのつと日の出る山路かな（『炭俵』）元禄七年

元禄七年のこの名作は『笈日記』、『泊船集』、『けふの昔』などの句集に収められている。其角は『旅寝論』において、「師の『のつと』は誠の『のつと』にて、一句の主也」と言っている。初春の明け方、梅の清々しい香りに招かれて山路を辿っていると、折しも山の端から旭日が顔を出したという一句は、其角の言う通り、「のつと」は主眼となっている。井本農一氏もまた「『のつと』は『朝日の大きさ』『その勢い』に対する作者の驚きの表現であるとともに、『梅が香との調和』を目指す柔らかなほんのりとした表現でもある」[①]と指摘している。つまり、「のつと」という俳言は視覚としての「旭日」と嗅覚の担い手「梅が香」を結び付け、交響させる役割を果たしている。翻訳の段階では、「のつと」という語に関心を寄せることは言うまでもないが、梅という伝統的な本意をそのまま吟出しているところにも目を払わなければならない。この句に対し

---

① 井本農一・『芭蕉の世界』・小峯書店・一九六八・

て、林林と檀可は左記のように訳している。

梅花山路漂香、朝陽猛然出現。（林林訳）

梅花処処香、忽地出朝陽。行於山間路、不覚遠道長。（檀可訳）

一目瞭然で、林林は散文体、檀可は五言絶句の形を用いて訳したが、二人の翻訳作品を確認したところ、翻訳対象として選び出した句はほぼ同じであり、しかも訳語も文体にかかわらずよく似通っている。二人とも梅の香を訳出しているが、「梅花山路漂香」という山路に咲き乱れる梅の花が香を放っている様子、また「梅花処処香」という所々に梅が薫り高く咲いている様、視覚の感受性を強調し過ぎ、香がその派生物になってしまっている。それのみならず、林林が「猛然」という副詞で「のつと」を置き換えたが、驚愕した感が強くなり、「のつと」が持っているわくわく感と悠揚さを弱めたのである。なぜ訳文から、梅を詠む際にその香を称賛するという日本文学を貫く伝統的な本意が強く感じられないのであろう。

「我も神のひさうやあふぐ梅の花」という延宝期の句のように、『菅家後集』にある「家を離れて三四月、落涙百千行、万事皆夢の如し、時々彼蒼を仰ぐ」という詩を踏まえ、「彼蒼」を掛詞として用い、洒落の趣向に富む句と比べれば、蕉風開眼の後に詠まれたこれらの句より明らかに芭蕉における梅花の含意、もしくは芭蕉が梅に賦与している寓意が読み取れるのであろう。従って、本節では、日本文学、なかんずく季語として用いられる「花々」を考察した上で、中日美的見地の相違に基づき、芭蕉発句を貫く千々の「香」の深意を掘り下げた上、芭蕉発句に対する現存の翻訳作品を分析しながら、これらの発句に対応する翻訳作品のよしあしを最も大きく左右する要素を探ってみようと考える。

今まで、発句の中国語訳について、主に形式をめぐって論争しているが、詩歌である発句を翻訳する場合、形式だけではなく、いろいろな面に着目しなければうまく訳せないと考えられる。また形式、表現などが翻訳の場合重要視されるのは、発句の最も肝心なところ、いわゆる「余情」と深く関わっているからである。しかし、芭蕉はかつて荷分の発句「蔦の葉は残らず風の動哉」に対し、情景を説明し尽くし、余情がないと評をつけた。「発句はかくの如く、くまぐま迄謂つくす物にあらず（『去来抄・先師評』）」といったように、余情は発句の精神であり、発句の深意はすべて余情に含まれている。余韻を直接に言い出すと、また発句の芸術性がなくなるため、翻訳においても、すべてを言い尽くすことは避けるべきだと考えられる。劉勰がかつて「功在密附」という四文字で文章創作の基本をまとめ、発句翻訳においてまさにこのようなことが求められる。とすれば、前節で検討していた梅の句をどのように訳せばいいのだろうか。

まず、日本文学における花々の本意を等閑にしてはならないが、花々が詠まれた句を翻訳する際に、その「香」を際立たせて訳出する必要がある。その上、芭蕉における花々の寓意性、あるいは挨拶としての役割を筆者は「畳語」を用いて訳してみようと思う。

漢詩では畳語、あるいは双声畳韻を使う現象が多くあらわれる。漢字は一字の中に一つあるいは複数の語彙が内包される表意文字であり、一字を重ねて二文字の言葉に仕上げることにより、その音声効果と相まって、頗る余韻に富んだ世界を作り出している。たとえば、「関関雎鳩」、「蒹葭萋萋」などがその例である。「関関」という言葉で一対の鳥（雄と雌）が共に鳴く声を生き生きと表現し、原詩に音声美を加えるだけではなく、詩が描こうとする画面をも具現していると言える。また「萋萋」で葦が繁茂している有様を描き出し、また整然となる感覚も詩句に与えた。劉勰は『文心彫龍・物色』において畳語に対し、「灼灼、状桃花之鮮。依依、尽楊柳之貌。（中略）兩字窮形」（『灼灼』で桃の花色を存分に表出し、『依依』で箱柳などの姿を生き生きと再現し…（中略）、重ねた二文字で物事の姿を描き尽くした。筆者訳）と語っている。

その上、畳語は詩歌の内容を豊富に、また音声美を加えているのである。言葉を積み重ねることにより、感情の起伏、変化もありありと表出することができる。畳字という概念は日本にも古くから存在していたが、『畳字訓解抄』、『枝葉訓解』、『畳字訓解』などの注釈書も出版されている。たとえば、白雲居士は『畳字訓解』の中で、

天文類　蒼々　天ノ至高ナルヲ望バ其色アヲ／＼ト見ルヲ指

溶々　月ノサヤカナルヲ云又雲ノタナビク皃

……

のように、天文、時令、虫魚など十六種類に分けて、漢文の畳語を解釈していた。そして、一二世紀に刊行された『伊呂波字類抄』において「畳字」という部門が立てられている。ただし、『伊呂波字類抄』では、「紛紛、悠悠」などの双声畳韻語が「重字」という部に書き入れられ、「畳字」の部では漢字二文字からなる言葉が編集されている。例えば「安堵、徒然」などが挙げられる。ここで、本章でいう畳語は中国側の意味に基づき、主に同じ文字を積み重ねる言葉を指すことをここで明記しておく。

以上述べたように、畳語は景色描写に相応しく、また作者の心情もまた畳語によって現されている。中国の詩歌における畳語の役割は以下のようにまとめることができる。

①様態を表す　例：紛紛雪積身：（紛紛）雪など舞い落ちる様子を表している。

②音声を表す　例：啾啾常有鳥：（啾啾）鳥の鳴き声。

③感情を表す　例：行行重行行：（行行）草臥れる感情を表出している。

このように、畳語は詩歌の内容を豊富に、また音声美を加えているのである。言葉を積み重ねることにより、感情の起伏、変化もありありと表出している。従って、言葉を重ね、また双声畳韻を用いて訳すと、余韻を明示せずに句を理解する方向を提示することができ、主題を強調することもできると考えられる。

そこで、筆者は前節で取り上げた句を左のように訳してみた。

駿河路や花橘も茶の匂ひ　（『炭俵』）元禄七年

駿河之路、橘花馥馥、浸融茶香（筆者訳）

「浸融」で漂ってきた花橘の香もお茶の匂を携え、むしろお茶の香りの方がもっと芳しいという原句の内容を再現した。

梅白し鶴は昨日ふや盗れし（『野ざらし紀行』）貞享二年

白梅幽々、莫知昨日、鶴被盗哉（筆者訳）

「幽幽」という言葉で白梅が静かに咲いている様子とその香の悠遠さを表出している。「哉」という「かな」のニュアンスによく似ている文末の語気を表す語気助詞を用い、問いかけの意思を表しつつ、芭蕉が秋風への称賛の気持ちを言い出している。白梅の咲き乱れるこの屋敷には鶴がいないといえども、清雅なる香の漂う山荘はいかにも風流心を持つ秋風に相応しい。余韻を率直に打ち明けず、檀可のように「惜しい」気持ちではなく、一句を軽く疑問をかけるかのように、挨拶の意を重要視しながら訳してみた。

のふれんの奥物ぶかし北の梅（『笈日記』） 貞享五年

暖簾之内、幽深清寂、北梅襲襲（筆者訳）

筆者はここで「襲々」という畳語を用い、蕉翁の句を翻訳してみた。「襲々」というのは匂など絶えずことなく漂ってくるの意で、『西廂記』の巻七には「愁欹単枕，夜深无寐，襲襲静聞沈屑」という文句がある。従って、翻訳の中で、梅の香を原句のまま打ち明かさず、畳語「襲々」によって花の香を表出し、また「暖簾深処、北梅襲々」という四言三句の形を取り、なるべく原句の意味を拡大させないようにしている。

梅が香にのつと日の出る山路かな（『炭俵』） 元禄七年

梅花之香、朝日驟出、山径之上（筆者訳）

これは挨拶の吟ではないため、無理矢理に畳語を使っていないが、「梅花之香、山径之上」という梅香の満ちる山路という意味で、特に梅は目にしているかどうかは関係なく、梅の香りを強調することができる。それに「驟」という字で朝日が「忽ち」と昇ってくるという様子を再現している一方、芭蕉が梅の香りに誘われ、それに浸っているところに日の出を思いがけずに見かけたときのうれしさも表出している。

総じて、芭蕉における花々の句を翻訳する際に、伝統から受け継がれた季語の本意をまず訳文の中で強調する必要がある。なぜなら、中国詩歌にはない日本文学の特徴、つまり季語が内包している深意を異文化読者に伝えることが求められているからである。また、芭蕉は花橘や梅香に託して、挨拶の意を表すケースが多いため、「畳語」という漢詩に親しんでいる表現方法を通し、その清雅なる香の裏にある挨拶の気持ちを暗示することも芭蕉を翻訳する際の肝心かなめなところである。

本節では、芭蕉発句で薫香を放つ花々を問題点としてとり挙げ、単なる視覚的表現としてではなく、嗅覚的表現として取扱い、その花々の香の裏にある感情を掘り下げた。その上、日本詩歌あるいは日本文学を貫く「香」の深意に基づき、現存の翻訳作品を分析しながら、漢詩漢文によく用いられる「畳語」を利用し、この「香」の裏に潜む奥床しさを異言語で再現することを試みた。

和歌や漢詩を受け継ぎながら、独自の文化を創り出そうとする俳諧にも、花々の香にかなりの比重を置くことが数多くの例（付録に参照）から看取できる。更に、芭蕉の句において写実的あるいは写生的に花々を詠んだ句は少なく、寓意を伴いながら、花橘や梅花、就中その清らかな香りは挨拶の気持ちの担い手として用いられているケースが多い。そこで、本節は香を通して挨拶の気持ちを表す句に着目し、従来の翻訳作品においいて実景描写として扱われている花橘、梅とは異なり、その香、さらにその暗示作用に重点を置きながら、双声畳韻を用い、花々の香の役割を強調しながら訳してみた。

千年不変の香り、古を偲ばせる香気を放つ花々はほかにも数多く挙げられる。中日詩歌ともに愛でられているが、その詠み方がそれぞれ違うように見られる。五感を巧みに生かす俳諧は極めてこの香を目立たせることによって奥ゆかしい世界を作り出している。そのため、この香の本意、またその中に含意されている時間性と空間性を中国語でいかに表現すればいいのかを究明することは非常に大切である。このような考察は、日本文学の真髄を異言語話者に共有させることにも深く関わっている。

参考文献

①乾裕幸.『芭蕉歳時記』.富士見書房.一九九一.
②井本農一.『芭蕉の世界』.小峯書店.一九六八.
③八亀師勝.「芭蕉の挨拶の句」.『アカデミア63』.一九六八.
④宗像衣子.「言葉と文化――俳句の翻訳とハイカイ」.Harmonia.二〇〇五(三十五).
⑤永田英理.『芭蕉と蕉門の俳論・松尾芭蕉』.東京:ひつじ書房.二〇一一.
⑥秦恵民.『中国古代詩体通論』.武漢:華中科技大学出版社.二〇〇一.

⑦林林．『日本古典俳句選』．人民文学出版社．二〇〇五．
⑧檀可．『日本古典俳句詩選』．花山文五出版社、一九八八．
⑨関森勝夫、陸堅．『日本俳句与中国詩歌：関於松尾芭蕉文学比較研究／』．杭州大学出版社．一九九六．
⑩深沢眞二．「梅花三題」．『近世文学俯瞰』．長谷川強編．汲古書店．一九九七．
⑪乾裕幸．「梅が香」．『俳句研究56（2）』．俳句研究社．一九八九．
⑫宮本三郎、今栄蔵、井本農一、大内初夫．『校本芭蕉全集』．富士見書房．一九八八．

付録一：和歌における「梅花」の詠み方

『万葉集』	百十九首	番号	例歌	作者
梅に鶯	十四首	827	春されば木末隠りて鶯ぞ鳴きて去ぬなる梅が下枝に	小典山氏若麻呂
梅に春雨	四首	792	春雨を待つとにしあらし我がやどの若木の梅もいまだふゝめり	藤原久須麻呂
折る／かざし	二十二首	821	青柳梅との花を折りかざし飲みての後は散りぬともよし	笠沙弥
梅に雪	二十二首し	844	妹が家に雪かも降ると見るまでにここだもまがふ梅の花かも	小野国堅
咲く／盛り／散る	三十七首	851	我が宿に盛りに咲ける梅の花散るべくなりぬ見む人もがも	大伴旅人

続表

『万葉集』	百十九首	番号	例歌	作者
梅が香	一首	4500	梅の花香をかぐはしみ遠けども心もしのに君をしぞ思ふ	市原王
その他	十九首	453	我妹子が植ゑし梅の木見るごとに心咽せつゝ涙し流る	大伴旅人
『古今集』春	十七首	番号	例歌	作者
梅に鶯	三首	⑤番	梅がえにきゐる鶯春かけてなけどもいまだ雪はふりつゝ	読人しらず
		㉜番	折りつれば袖こそにほへ梅花ありとやこゝにうぐいすのなく	読人しらず
梅色	二首	㊲番	よそにのみあはれとぞみし梅花あかね色かは折りてなりけり	素性法師
		㊳番	きみならで誰にかみせん梅花色をもかをもしる人ぞしる	紀友則
梅が香	十一首	㉝番	色よりもかこそあはれとおもほゆれたが袖ふれしやどの梅ぞも	読人しらず

続表

『万葉集』	百十九首	番号	例歌	作者
		㊵番	月夜にはそれとも見えず梅花かをたづねてぞしるべかりける	凡河内躬恒
		㊵番	春の夜のやみはあやなし梅花色こそみえねかやはかくるゝ	凡河内躬恒
		㊽番	ちりぬともかをだにのこせ梅花こひしき時の思ひいでにせん	読人しらず
その他	二首	㉞番	やどちかく梅の花うへじあぢきなく松人のかにあやまたれけり	読人しらず
『後撰集』春	十八首	番号	例歌	作者
梅に春雨	二首	㉜番	春雨のふらばの山にまじりなん梅の花がさありといふなり	読人しらず
梅折る	四首	⑯番	なほざりに折りつるものを梅花こきかに我や衣そめてむ	閑院左大臣
梅色	三首	㊹番	紅に色をばかへて梅花かぞことごとににほはざりける	凡河内躬恒

続表

『万葉集』	百十九首	番号	例歌	作者
梅が香	三首	㉚番	梅花香をふきかくる春風に心をそめば人やとがめむ	読人しらず
その他	六首	㉖番	わがやどの梅のはつ花ひるは雪よるは月とも見えまがふかな	読人しらず
『拾遺集』	三十首	番号	例歌	作者
梅に雪	六首	⑧番	春立ちて猶ふる雪は梅の花さくほどもなくちるかとぞ見る	凡河内躬恒
折る／かざる	五首	1005	あかざりし君がにほひのこひしさに梅の花をぞけさは折りつる	後醍醐院
梅色	二首	㉚番	匂をば風にそふとも梅の花色さへあやなあだにちらすな	能宣
梅が香	四首	1006	こちふかばにほひおこせよ梅の花あるじなしとて春をわするな	道真
その他	十三首	㉙番	あさまだきおきてぞ見つる梅の花夜のまの風うしろめたさに	元良親王

続表

『後拾遺集』春	十六首	番号	例歌	作者
梅色	一首	54	梅の花香はことごとににほはねど薄く濃くこそ色は咲きけれ	清原元輔
梅が香	十三首	52	春の夜の闇にしあればにほひくる梅よりほかの花なかりけり	藤原公任
その他	二首	64	たづねくる人にも見せむ梅の花散るとも見つになかれさらなむ	読人しらず
『金葉和歌集』春	十首	番号	例歌	作者
梅に鶯	五首	⑮番	けふよりや梅の立枝に鶯のこゑさとなるるはじめなるらむ	春宮大夫公実
梅が香	四首	㉖番	むめがえに風やふくらん春の夜はをらぬ袖さへにほひぬるかな	前太宰大弐長房
その他	一首	㉘番	けふここに見に来ざりせば梅の花ひとりや春の風にちらまし	大納言経信
『詞花和歌集』	二首	番号	例歌	作者
梅が香	二首	⑨番	吹き来れば香をなつかしみ梅の花散らさぬほどの春風もがな	源時綱

続表

『後拾遺集』春	十六首	番号	例歌	作者
		⑩番	梅の花にほひを道のしるべにて主も知らぬ宿に来にけり	藤原定家
『千載和歌集』	十六首	番号	例歌	作者
梅に雪	二首	⑮番	咲き染むる梅の立ち枝に降る雪の重なる数を十重とこそ思へ	藤原俊忠
折る／かざし	一首	⑳番	むめの花をりてかざしにさしつれば衣におつる雪かとぞ見る	徳大寺公能
梅が香	九首	㉔番	春の夜はのきばのむめをもる月の光もかをる心ちこそすれ	藤原俊成
その他	四首	⑲番	今よりはむめ咲くやとは心せん待たぬに来ます人も有りけり	大納言師頼
『新古今集』春	十六首	番号	例歌	作者
梅に雪	一首	㉘番	梅が枝に物うき程に散る雪を花ともいはじ春の名立に	源重之

続表

『後拾遺集』春	十六首	番号	例歌	作者
梅に鶯	一首	㉚番	梅が枝に鳴きてうつろふ鶯の羽しろたへに淡雪ぞふる	山邊赤人
折る	一首	50	「二月雪落衣」といふ事をよみ侍りける 梅ちらす風もこえてや吹きつらんかをれる雪の袖にみだるゝ	康資王母
梅が香	八首	㊵番	大空は梅のにほひに霞みつゝくもりもはてぬ春の夜の月	藤原定家
		㊹番	梅の花にほひをうつす袖の上に軒もる月の影ぞあらそふ	藤原定家
		㊺番	梅が香に昔をとへば春の月こたへぬ影ぞ袖にうつれる	藤原定家
その他	五首	52	詠めつる今日は昔になりぬ共軒ばの梅は我を忘るな	式子内親王

付録二：芭蕉における花橘、柚の花、梅の発句を左のように全部訳してみた。

橘やいつの野中の郭公　（『卯辰集』）元禄三年／四年
（**橘花漂香、昔日嘗聞、田間郭公**）

柚の花やむかししのばん料理の間　（『嵯峨日記』）元禄四年
（**柚花之香、誘思昔時、庖厨之堂**）

盛なる梅にす手引風もがな　（『続山井』）寛文七年
（**盛梅芬々、唯願逆風、切莫催之**）

此梅に牛も初音と鳴つべし　（『江戸両吟集』）延宝四年
（**此梅之誘、神苑之牛、初次哞鳴**）

梅柳さぞ若衆かな女かな　（『武蔵曲』）天和二年
（**香梅若柳、謙謙君子、窈窕淑女**）

ほとゝぎす正月は梅の花咲り　（『虚栗』）天和三年
（**杜鵑何処、正月梅花、依旧已開**）

初春先酒に梅売にほひかな　（『真蹟』）貞享二年
（**早春熙熙、梅下売酒、酒惹梅香**）

世にゝほへ梅花一枝のみそさゞい　（『住吉物語』）貞享二年

（**梅香満世、鷦鷯所居、不過一枝**）

るすにきて梅さへよそのかきほかな　（『栞集』）貞享三年

（**造訪無人、満籬梅花、也為別家**）

忘るなよ藪の中なるむめの花　（『初蝉』）貞享四年

（**願君勿忘、灌棘之中、梅花之盛**）

さとのこよ梅おりのこせうしのむち　（『栞集』）貞享四年

（**稚児莫要、尽折梅枝、充牛之鞭**）

梅つばき早咲ほめむ保美の里　（『猫の耳』）貞享四年

（**梅花玉茗、揚其早発、保美之郷**）

先祝へ梅を心の冬籠り　（『阿羅野』）貞享四年

（**今先祈祝、蟄伏正如、破寒之梅**）

香を探る梅に蔵見る軒端哉　（『笈の小文』）貞享四年

（**尋香而来、梅傍猶見、富庶之家**）

あこくその心もしらず梅の花　（『三冊子』）貞享五年

（**貫之之心、焉不可知、梅香幽幽**）

手鼻かむ音さへ梅のひ哉　（『卯辰集』）貞享五年
（**盛梅之香、沈浸其中、擤鼻之音**）
梅の木に猶やどり木や梅の花　（『笈の小文』）貞享五年
（**古梅之上、猶添若枝、梅花飄香**）
御子良子の一もと床し梅の花　（笈の小文』）貞享五年
（**神饌佼娘、一樹梅花、舒燎香雅**）
香にゝほへうにほる岡の梅の花　（『有磯海』）貞享五年
（**香気馥馥、掘炭之岡、梅花盛開**）
紅梅や見ぬ恋作る玉すだれ　（『其木枯』）元禄四年
（**依々紅梅、隠々閨情、垂々玉簾**）
梅若菜まりこの宿のとろゝ汁　（『猿蓑』）元禄四年
（**香梅若菜、鞠子之驛、山芋之羹**）
山里は万歳おそし梅の花　（『笈日記』）元禄四年
（**山中之郷、梅花開時、春歳来晩**）
月まちや梅かたげ行小山伏　（『蕉翁句集』）元禄四年
（**待月宴傍、修行少郎、載梅而過**）

梅が香やしらゝおちくぼ京太郎　（『忘れ梅』）元禄五年
（**梅香悠々、遥想伊人、読書之姿**）
人も見ぬ春や鏡のうらの梅　（『続猿蓑』）元禄五年
（**鮮有人観、明鏡之後、梅花之容**）
かぞへ来ぬ屋敷〳〵の梅やなぎ　（『韻塞』）元禄五年
（**屋宅櫛比、梅花漂香、若柳萌芽**）
打よりて花入探れうめつばき　（『句兄弟』）元禄五年
（**衆人斉聚、探嗅花樽、香梅茶花**）
春もやゝけしきとゝのふ月と梅　（『続猿蓑』）元禄六年
（**春景漸漸、盎然生機、朧月香梅**）
蒟蒻のさしみもすこし梅の花　（『小文庫』）元禄六年
（**蒟蒻之上、附與梅花、襲染梅香**）
梅が香に昔の一字あはれ也　（『笈日記』）元禄七年
（**梅香憶古、昔之一字、猶是哀凄**）
梅がゝや見ぬ世の人に御意を得る　（『続寒菊』）元禄年間
（**梅香漫々、塵世貴人、得見尊顔**）

むめが香に追も度さるゝ寒さかな　（『荒小田』）元禄七年

（梅已飄香、乍然寒気、復来侵兮）

第五章　俳諧性の再現

『三冊子』には次のような一文が綴られている。

又いはく、春雨の柳は全躰連歌也。田にし取烏は全く俳諧也。

春雨の中に靡く青柳というのは優美な歌の世界で取り扱われる情景で、それに対して田螺をほじくる烏などを詠むのは雅な範疇から除外された俳諧の独擅場である。優雅に薫る和歌の世界から遊離し、田んぼで田螺をとる烏には一種の滑稽さがあり、このような諧謔こそ俳諧なのである。俳意もこの滑稽さに内包されている。従って、俳諧の発句を論じる場合、根底となる「滑稽性」を等閑視するわけにはいかない。

「俳諧」、あるいは「諧謔」が一つのモチーフとして発達を遂げたのは『古今和歌集』に遡ることができる。確かに『万葉集』の第十六巻には一部の戯笑歌が収録されているが、明確に「誹諧歌」という部立を設立して編纂されるのが『古今集』からである。つまり、『古今集』が諧謔文芸の淵源といえるのであろう。後に会席する数名が共同で一巻の作品を読み上げる「連歌」形式の流行、とりわけ庶民大衆が中心となる「地下連歌」——身近な生活に根ざす滑稽や諧謔を中心的題材とする——の出現が、諧謔味に富む文芸の発達に大きく拍車をかけた。やがて連歌の主体者が庶民層となりつつ、こうした面白みのある連歌に脱皮することを目指している中に登場したのが松永貞徳の「貞門俳諧」なのである。「貞門俳諧」は貴族の間で遊びとして行われた連歌に俳言を取り込み、言葉も素材も庶民生活に近づけ、活発な俳諧の世界を作り出した。しかし、これまで雅な世界を中心とした連歌より多少斬新さがみられるものの、次第に俳言などの取り扱い式目が厳しくなった「貞門俳諧」が、まもなく西山宗因の率いる、より自由を標榜する「談林俳諧」に取り替えられる。しかし、あまりに低俗に落ちた「談林俳諧」もまた短期間に衰えを見せた。このような俳諧の衰退状態から抜け出たのが松尾芭蕉である。貞門と談林の時代を経て、積極的に風雲の中に入り込んだ芭蕉が独自の俳風を切り開き、俳諧文学をより高次な世界へと昇華させた。「花に鳴鶯も、餅に糞する縁の先と、まだ正月もおかしきこの比を見とめ、又、水に住む蛙も、古池にとび込む水の音といひはなして、草にあれたる中より蛙のはいる響に、俳諧を聞付たり、見るに有。聞に有。作者感るや句と成る所は、則俳諧の誠也①」という文章から、いままでなかった新しい領域に立脚した蕉風俳諧の新鮮み、身近な生活から「俳意」を汲み取ろうとしたこ

① 穎原退蔵．『去来抄・三冊子・旅寝論』．東京：岩波書店．二〇〇七．

とが分かる。
山本健吉が『俳句私見』の中に「『古池や』の句は、対者に微かに笑みかける境地を持っている。純化された滑稽感を汲み取った古人がいた。十七音形式の真の意味がここで始めて発見されたのである。談林の笑いは傍若無人な庶民の笑いである。だが『古池』の笑いは、ものを慎重に考え、判断する庶民の笑いである。市井に隠れた賢者の笑いである。この場合微笑は理性の最高の標識として、笑いの完成として現れる。この句の精神の深いところから生まれている。この句の秘密は、把握の、断定の、あまりに的確な見事さの中にある。判断の見事さが、対者に向かって会得の微笑をさそいかけないではいられない。この句の笑いが、提出された判断のしるしが、もっとも高い意味での精神を示すのだ。[1]」

ここに触れたのが蕉風俳諧の滑稽性の核心なのである。伝統性を受け継ぎながら飛越し、卑俗でありながら闊達な活力を表出している。従って、発句に含まれる滑稽性は数多くの様相、もしくは意味内容を持っている。これによって、句の意味が広く、豊かになるのである。翻訳の段階においては、発句の根底ともなる滑稽性をどのように取り

① 山本健吉．「俳句私見」．『文芸春秋』．昭和五八．一号．

扱うべきかも肝心である。しかし、従来の翻訳作品においては形式などを中心に論争されているが、この滑稽性を話題にするのが極めて少ない。その上、既に訳された芭蕉発句を見てみると、各学者は名句及び歌語、つまり俗言はあまり使用されていない句を中心に取り上げて翻訳を行ったが、滑稽性を示す俳言などを問題視にせず、あるいは意識的にそれらの句を避けようとしたと考えられる。

『増山井』に記されている「俳諧は即百韻ながら俳言にて賦する連歌なれば」と言っているように、俳諧には俳言を持ち込むことが基本で、俳言は俳諧が俳諧として成立することの肝心なモメントであり、一句の滑稽性、俳諧性を担う土台でもある。また、『笈の小文』にある「見る処花にあらずといふ事なし、おもふ所月にあらずといふ事なし」という名文のように、芭蕉は現実生活の奔流にあらがい、旅という風雅な、離俗の世界に生き、「俳諧の誠」を自ら探し出した。そこで芭蕉が悟り得たのは完全に俗を離れることでなく、俗であるものの通俗性とその裏にある寓意性の相互関係を体得したのである。日常生活にあるものの本意、本情を拡大させ、それらを閑雅な詩的世界へと持ち込む。

今まで、音韻、切れ字および季語などの再現に関してすでに触れたが、本章では、芭蕉発句における「蚤、虱」という俳言を例にとり挙げ、芭蕉における俳言の特徴を検討し、そして、発句の滑稽性の再現について考察しようと考える。

第一節　芭蕉「蚤、虱」考

「花に鳴く鶯、水に住む蛙の声を聞けば、生きとし生けるもの、いづれか、歌を詠まざりける」（『古今集』仮名序）というように、あらゆる生き物は歌を詠み、また歌の対象として歌人に詠まれている。俳諧に至って、さらに物事を幅広く吟詠し、常に小さなものの中に大きなものを読み取ろうと身構えている俳人は「蚤、虱」などさえモチーフとしてよく詠み上げるようになった。

芭蕉発句にも「蚤、虱」の句が三句あり、しかも各句が詠まれた時期がそれぞれ違っている。延宝四年に作った「不二の山蚤が茶臼の覆かな」一句から、元禄年間の『奥の細道』（1694）に収められている「蚤虱馬の尿する枕もと」という一句まで、芭蕉の心境がどのように変わったのか、また「蚤、虱」という俳言が各時期の芭蕉俳諧においてどのように捉えられているのか検討する必要がある。本論では、「蚤虱」の習性や文学性に従って、付合、俳言の本意などの面から、芭蕉における「蚤、虱」、それに芭蕉のオリジナル性について検討する。「蚤」と「虱」は本来分けて論ずるべきであるが、芭蕉は発句において「蚤虱」を同句に詠み込む例もあり、本論では俳言として働き、また習性のよく類似している二者を同時に論ずることにする。これを考察した後、第二節で俳言を中国語に翻訳の方法を検討する。

一―一　茶臼を覆う「蚤」

『枕草子』（清少納言著）は「おほかた、人の家の男主ならでは高く鼻ひたる、いとにくし。蚤もいとにくし。衣の下にをどりありきて、もたぐるやうにする」[①]と蚤が忌み嫌われるものと断を下しているように、近世以前の文学作品、なかんずく和歌において憎むべきものである蚤、虱の登場は見られない。また井原西鶴の『日本永代蔵』巻五には「しかれどもこの人、形に似せぬ心入れ、仏の道にかしこく、身をせせる蚤を殺さず、足下の蚓を踏まず、正直の頭ばかりは恐ろし」[②]という一文がある。明白に虱が忌むべきものであるとは言っていないが、文脈から見れば『枕草子』にある蚤のイメージと同様である。

ところが、同じく西鶴の『西鶴諸国ばなし』「蚤の篭ぬけ」には、このうちに十三年になる虱、九年の蚤なるこれを愛して、食物には、我が太腿を食

① 『新編日本古典文学全集』十八巻・『枕草子』第二十六段、小学館・一九九七・第六九頁・
② 『新編日本古典文学全集』六八巻・『井原西鶴集』（三）、小学館・一九九六・第一六九頁・

はしける程に、すぐれて大きになり、やさしくもなつきて、その者の声に、虱は獅子踊をする、蚤は篭ぬけする。[1]

という読者を笑わせる一節がある。このように、近世に入ってから、西鶴の蚤などのように、多くの文学作品においては、蚤は厭わしい生き物でありながら滑稽性に富むものとして屡々取り挙げられるようになり、なかんずく俳諧がその代表例である。

延宝四年、芭蕉は郷里へ旅立ち、六月二十日頃に伊賀に着き、七月二日まで逗留していた。その時友人との俳交の中で次の一句を詠んだ。

不二の山蚤が茶臼の覆かな『銭龍賦』延宝四年

『芭蕉翁全伝』（川口竹人著）はこの句に対し、「延宝四辰のとし故郷に帰るとて」と前書きを付け、「山の姿蚤が茶臼の覆かな」という形で収録している。また、宰陀は「蚤辞幷序」において、

富士のけぶりの行衛しれぬも、歌によみ絵に写す。そもや背中に茶臼をおうて、其山を越えたりし蚤とかやいふものは、雪舟雪村の手にものらず、宗祇西行の歌にも

①『新編日本古典文学全集』六二巻・『井原西鶴集』（二）、小学館・一九九六・第七九頁・

聞こえず云々。[①]

と書き綴った一文によると、富士山を「茶臼を背負っている蚤」と譬えるのが極めて斬新な表現手法である。また宰陀に対する支考の注釈「倭語拾芥ノ童謡ニ『蚤が茶臼をせたら背負うて、富士のお山をちょいと越えた』とは農民の子の天下を始めたる其比の風言なりとぞ」によると、豊臣秀吉が天下を掌に張り巡らされた事を諷する上記の童謡が当時かなり流行っていることが分かり、芭蕉もこの童謡を踏まえて一句を吟じたと考えられる。「蚤が茶臼を覆う」とは不可能で分不相応の望みを持つという意味を指す諺であるが、芭蕉の句における「茶臼」を背負っている蚤にはそのような深い意味が内包されていることは見て取れにくい。従って、支考の注釈のように、童謡を下敷きにし、富士山の形を茶臼に読みかけたと捉えたほうが適当だと考えられる。

更に『芭蕉俳句新講』[②]はこの句について、

さて芭蕉の句は勿論「不二の山ちよいと越えた」の童謡をふまへた作意で、富士山の形が擂鉢に似て居る連想をも働かせたのであらう（中略…）延宝時代の作である

---

① 支考編・『和漢文操』・関西大学総合図書館蔵書・一七二七年刊・

② 潁原退蔵・『芭蕉俳句新講』・岩波書店・一九五一・第一四五頁・

からそれだけの洒落にすぎない。

と指摘している。従来の俳諧、特に貞門や談林における蚤や虱の句に踏み入ってみよう。「蚤」は一句の中で季語の役割を果たしている一方、滑稽味を生み出す働きも備えている。童謡では蚤が茶臼を背負って富士山を越えていくというが、旅の途中につくづくと眺める富士山は、恰もあの茶臼を負っている蚤を擂鉢ででも覆っているように見える。しかし、このような詠みぶりは洒落を重んじる談林調の枠から抜け出していない。

次の貞門や談林の句集における蚤虱の付句に踏み入ってみよう。

①尻にくひつき思ひはらさん

せめて君のゆぐの虱と生ればや

いく夜かねつるさん用をせん『犬子集』（松江重頼編／一六三三年刊）

②涼み所にかやの夕影　宗恭

蚤の息空にあがれば雨の跡　未学

爪の先にて鞠やけぬらん　西花・『天満千句』（編者未詳／一六七六年刊）

貞門俳諧集『犬子集』にある①番の句は、「尻にくひつき」という男色を連想させる前句に対し、君の腰巻にくっつく虱になりたいと巧みに女色に転じ、読者を笑わせる卑俗な詠みぶりである。また、談林に至って、その捉え方がより奇抜になる。「そもそもいきとしいけるもの、心なくんばあるべからず。蚤の息も青雲天上にのぼり、蚊のほそ声は貴人の頭上にとゞまる」と「蚊柱百句」（西山宗因著／一六七四年刊）の序文がいうように、談林では「蚤の息も天に上がる」という慣用句などをよく下敷きにし、蚤を詠み上げている。『俳諧類舩集』では蚤の付合語として爪を挙げているが、『天満千句』における蚤の句に対する脇の付け方もそれに沿っている。趣向の違いは言うまでもないが、貞門にしても談林にしても「蚤、虱」が笑い草、あるいは庶民的な滑稽味を備えるものとして取り扱われていることは明らかである。

このように、古典などを自由奔放に改作し、俳諧性を求める談林の作風は上記の芭蕉「不二の」句と同工異曲の妙を得ていると言えよう。『俳諧蒙求』[①]に、

是かの大小をみたり、寿夭をたがへ、虚を実にし、実を虚にし、是れなるを非とし、非なるを是とする。荘子が寓言これのみにかぎらず、全く俳諧の俳諧たるなり。

という、惟中によって系統化された談林寓言説の深意を解き明かしている文句がある。常識をひっくり返したところから生み出された滑稽味こそ俳諧の本質であるというよう

---

① 惟中著・『俳諧蒙求』・延宝三年刊・談林派の寓言説を論じた俳論書。上巻に俳諧の定義、式目観などを記し、下巻に談林の秀作と宗因点の自作の百韻を掲げている。

に、談林俳諧がより庶民的になり、一句一句の発想もより斬新奇抜になっている。芭蕉の句もこのように富士山の姿を比喩的に描写しながら、「茶臼」を背負っている蚤から面白みを汲み取ろうとしている。貞門の俗っぽい表現よりやや工夫が見られ、また上記に挙げている談林の句と比べればかなり新鮮味、発想の奇妙さが感じられるが、言葉の洒落を重んじる談林調の枠から踏み出していない。

要するに、談林の趣向をそのまま踏襲し、芭蕉は童謡を踏まえ、実際に見た富士山の様子を「蚤や茶臼」を上から覆いかぶせる形であるかのように比喩的に吟出しているが、夏の季語である「蚤」は滑稽味の担い手、あるいはユーモアを強める素材に過ぎず、俳言の裏にある深意はまだこの句から見て取りにくい。言い換えれば、延宝期の芭蕉発句は談林調の色合いをかなり有しており、「蚤」の句がその好例として挙げられ、同時期の他の俳人の句と比べて確かに発想の斬新さが読み取れるが、詠みぶりにおいてはオリジナル性が感じ取れないのである。

一-二 「虱」をりつくさず

貞享年間に入った芭蕉は談林調を乗り越え、発句の趣旨が一変したが、その句における「蚤、虱」の姿も前時代の句と随分異なってくる。蕉風開眼の切っ掛けとなった『野ざらし紀行』の旅の終わり、深川の草庵に舞い戻った芭蕉は、「卯月の末、庵に帰りて旅のつかれをはらすほどに」と記しているように、草臥れた体を癒そうとする間に、次の一句を詠んだ。

夏衣いまだ虱をとりつくさず『野ざらし紀行』貞享二年

『和漢三才図会』[1]にある虱の項目には「人物皆有レ虫但形各不レ同虱始由ニ気化一而生」という一文がある。ここから見れば、虱は基本的に人間の体より生ずるものであることが分かる。また、『大日本百科事典』[2]にある「単孔類、貧歯類、翼手類、クジラ類を除く哺乳動物に寄生し、吸血して生活する。卵生で、卵は寄主の体毛の根元近くに分泌物で膠着させる」という説明によると、寄生虫である虱は常に人間の身体に付いて成長し繁殖する。つまり、哺乳類の身体などから離れるとすると、長生きできない。とすれば、芭蕉の句における「とりつくさず」虱も長い旅に来ていた服などに付いてきたものであり、旅の随伴物の一つとして捉えるのが無難である。

また、従来の文学作品においては「虱」は「蚤」と同様に、卑しく、嫌われるものと

---

① 寺島良安により江戸時代中期に編纂された日本の類書（百科事典）。正徳二年成立。

② 山崎柄根『大日本百科事典』第十二巻、小学館、一九七〇・第二五五頁。

して描写される。例えば江戸初期の『一休ばなし』[①]に収録されている次の一休の狂詩「虱」が例として挙げられる。

独臥寒衾患幾千　独臥寒衾患幾千ぞ
余身貧極有誰憐　余身貧極まれ共誰有つて憐れまん
夜深依被半風食　夜更け半風に食せらるるに依つて
天到暁鐘未作眠　天暁鐘に到れ共未だ眠る事を作さず

寒い夜に、虱に食われながら明け方になってもまだ眠れないと「虱」を詩題にして、寂しい心境をありありと表出している。孤独感に満ちる夜に虱に煩わされ、虱は孤独感に伴う生き物として詠まれ、その代りに詩人の寂しい気持ちを強める役割も同時に備えている。漢詩によくある表現手法の一つである。詩の全体から見ればこの一首の中にある「半風」、つまり「虱」は決して好まれるものではない。同じく江戸時代に出版された御伽草子「虱の憤り人を殺せ」も同様に「虱」を卑しいものだと表現している。また江戸初期の俳諧における「虱」は前節に挙げた「せめて君のゆぐのしらみと生ればや」というように、俗語として、もしくは面白みを生み出す素材として扱われていた。とこ

① 寛文八年刊。四巻。編著者未詳。一休和尚の逸話集で、笑話本として歓迎された。

ろが、これらの例は芭蕉の一句にある「虱」のイメージとは異なると考える。

麦水は『句解伝書』[①]でこの句に対して、

此吟熟々考に、冬服の虱は下賤の常也。夏の虱は里民に花虱の這歩くなど云て移り安し。故に冬は常にして賤しく、夏は行脚の旅虱にして笑味あり。（中略）亦未だ捕果さずとは詞の風情何とやら優しく絶妙なり。長途の侘しき姿も籠りて余情哀共云べし。

と注釈を付けている。「花見虱」などは春の季語として用いられているが、「虱」自体は季語として扱われていない。麦水の解釈によれば、夏の虱は行脚、あるいは旅の付帯品であり、芭蕉の句における虱はその旅のつらさ、侘しさなども同時に暗示している。また、頴原退蔵は一句を、

半歳余に亙る長い旅から帰つて、深川の草庵に久しぶりで落ち着いた。だが旅中に更めた夏衣はそのまゝで、まだ道々背負つて来た虱も取尽さないといふのである。田舎の汚い宿などに泊りを重ねて来た旅の気分をまだなつかしく又物うく思ひかへして居るやうな趣がある。[②]

① 堀麦水（撰）．『貞享正風句解伝書』．早稲田大学図書館蔵書．明和八年刊．

② 頴原退蔵．『芭蕉俳句新講』．岩波書店．一九五一．第七九頁。

と解している。それ以降の注釈書類も頴原の説を多く踏まえ、ほぼ同様の解釈が行われてきた。芭蕉がこの句に注いだ感情について頴原の解釈はもっとも正確で、有力であるが、『野ざらし紀行』において結びの一句として収められているこの句は紀行文全体の流れを踏まえて検討するべきだと考えられる。『野ざらし紀行』冒頭の句文、

千里に旅立て、路糧をつゝまず、三更月下無何に入ると云けむ、昔の人の杖にすがりて、貞亨甲子秋八月江上の破屋をいづる程、風の声そゞろ寒気也。

野ざらしを心に風のしむ身哉（『野ざらし紀行』） 貞亨元年

から、みまかった母を追善するための里帰りを含めて旅に出かけようとした時の芭蕉の悲壮なる思いが読み取れる。さほど頑丈でもない身はもしかして途中で野垂れ死をし、白骨になって激しい風に晒されるのかもしれない。このような思いを折しも吹いてきた秋風によってさらに引き起こされ、心細さが冒頭の句からしみじみと感じられる。とすれば、冒頭の句が表している寂寥感に応じて、紀行文の終わりに配置された「夏衣」の一句には旅から無事に戻ってきた安心感も潜んでいると考えられる。この安心感はまた「虱をとりつくさず」という表現によって示唆されている。

虱は和歌には詠まれないが、漢文や漢詩において屡々吟詠されている。『晋書』・「符堅載記」にある「王猛ハ桓温ニ見エ、捫虱シテ当世ノ務ヲ談ズ」という故事より、

漢文において、「捫虱」は遠慮の要らない意味を指すようになる。又魏晋時代に「捫虱」は豪放磊落の風骨を表す言葉として文人や士大夫たちに愛用された。このことは後にも受け継がれた。例えば、李白の詩句「披雲睹青天、捫虱話良図[①]（雲を披ひて青天を睹、虱を捫して良図を話す）」と宋の梅堯臣が詠んだ「閑坐喜捫虱[②]（閑座して虱を捫すのを喜ぶ）」などが挙げられる。いずれも「捫虱」という言葉で磊落な心、そして権力や出世などにほだされない意志を表している。このことについて、寺山宏は『和漢古典動物考』の中で「古来、しらみは小さく、又、人の忌み嫌うみだりがましい物に譬えられてきた。蝨官と姦猥の役人を云い、捫蝨は人前で蝨をひねり潰すことで、傍若無人、無作法なことをさす」[③]と述べている。また寺山氏は同書の中で江戸時代の漢詩人葛子琴の詩「思鱸告別已三歳、捫虱論文彼一時（鱸を思ひ別を告げて已に三歳、虱を捫し文を論ずる彼の一時）」などを引き合いに出している。虱に賦与させられている、遠慮することなく権力に屈服せず、自由自在に天地を逍遥する象徴的な意味は江戸時代の

---

① 李白．「贈韋祕書子春二首」．『全唐詩』巻一六八．

② 梅堯臣．「次韻永叔試諸葛高筆劇書」．『梅堯臣詩集』巻二一．

③ 寺山宏『和漢古典動物考』．八坂書房、二〇〇二．第二六一頁．

漢詩人たちにも受け継がれ、周知されていることが看取できる。

「天和期の蕉風俳諧については、従来中国の漢詩を範とする清貧清雅な侘びの詩境への理解に努め、艶冶な詩風に対してはむしろ冷やかな視線が注がれてきた」[1]と石川真弘が指摘しているように、天和年間（1681~1683）芭蕉は漢詩を下敷きにし、談林調から飛び出し、新たな詠みぶりを作り出そうとし始めた。漢詩や漢文の影響を受けながら、隠者生活や優艶な世界を描く天和年間の句風は貞享年間の蕉風開眼に大きく拍車をかけた。「情景一致」論[2]を言い出した上野洋三の指摘に従って、貞享年間、特に『野ざらし紀行』から漢詩漢文の要素がかなり見られるが、自然観照、言い換えれば漢詩文を媒介として風景を描写し、また感情を暗示するのはこの時の芭蕉俳諧の大きな特徴である。

とは言っても、芭蕉は『晋書』を実際に読んだことがあるかどうかは知る由もないが、元禄三年（1690）に著した「幻住庵記」には次のような一文がある。

---

① 石川真弘・『蕉風論考』・和泉選書・一九九〇・第十四頁・

② 上野洋三・「詩の流行と俳諧」、（一九七三年十月）・『文学』（『芭蕉論』、筑摩書房、一九八六）に収録。

かの海棠に巣をいとなび、主簿峰に庵を結べる王翁・徐栓が徒にはあらず。ただ睡癖山民と成つて、孱顔に足を投げ出し、空山に虱をひねつて座す。

黄山谷の詩「徐老海棠巣上、王翁主簿峰庵[①]（徐老は海棠の巣の上、王翁は主簿峰の庵）」を引き合いに出し、居眠りしている田舎者の、周りに気を払わず、「虱を捻り」ながらゆったりとしているさまを描いている。この悠然さは「虱を捻」るという動作によってありありと表出されている。ここから見れば、芭蕉は「捫虱」の故事、あるいはその言葉の深意をよく心得ていることが分かる。出世などに絆されないという意よりは、「自由自在、磊落」、「清雅、悠然」という意味合いは芭蕉の中でかなり響いていることも明らかである。このように、貞享二年に詠まれた「夏衣」の一句もこの漢文故事を念頭に置きながら作られたと考える。

自分の運命を凝視した際の悲寥の思いと、襟元を襲う寒風に駆られながら千里の旅に出たが、愁さ、侘しさ、そして喜びなどに翻弄されつつあるものの、無事に自分の庵に戻ってきた。一服しようとするうちに、旅の事を思い出して懐かしくなる一方、何の心配することもなく、ゆったりと衣にくっついている虱を取る安心感も立ち昇ってくる。

---

① 黄山谷・「題灊峰閣」・『黄庭堅詩集』巻三・

しかし、正に旅の思い出が消え失せることなく脳裏に次々と上映している如く、払おうと思っても取り尽せない。

従来の解釈ではほとんど漢文における「虱」の深意が蔑ろにされているが、随所に漢文や漢詩の要素が散りばめられている『野ざらし紀行』の結びの一句は、天和年間の漢詩調とは異なり、「風狂」や「自然観照」の姿勢を打ち出しながら高雅な詩情を内包する緊張感に富む文体を模索する中、漢文を直接に引用せず、その言葉の伝統的本意を巧みに一句の中で生かすのがいかにも『野ざらし紀行』の旅を以て蕉風開眼した後の句作りとして最も典型的な作品である。

このような例は蕉門のほかの作品からも見られる。例えば元禄三年に編まれた「木のもとに」[①]という歌仙に、

西日のどかによき天気なり　珍碩
旅人の虱かき行春暮て　曲水

という付句が収められている。珍碩の「のどかに」に対して、曲水は「虱かき行」と悠然たる旅人の姿を付け句として詠じた。これも芭蕉の句の趣向と似通っていると考えら

---

① 『古典俳文学大系』第五巻・(『芭蕉集・連句篇』・集英社・一九七〇)に所収。

れる。「捫虱」という漢語を生かし、滑稽味、一休の詩のようにもの寂しさを強調するばかりでなく、旅の悠然さ、旅の思い出などを暗示するために「虱かき」という動作表現を句に取り入れた。

要するに、貞享年間に入った芭蕉は、「虱」などを単なる滑稽味に富むものとしてではなく、漢文における深意を踏まえながら、旅の心境をこの小さいものに託して句を詠み上げたのである。その上、漢詩漢文における「捫虱」が表す権勢に屈服しないというメタファー的な意味より、「虱」を取るという動作を自然的に句に詠み込み、「自然観照」という貞享年間の蕉風俳諧の根本的理念をより大事にするようになった。

一―三 「蚤虱」と馬の尿

元禄二年八月、芭蕉は『奥の細道』終焉の地大垣に辿り着き、九月に竹戸に「紙衾ノ記」を書き与え、その中に次のような一文がある。

> いでや此紙のふすまは、恋にもあらず、無常にもあらず。蜑の苫屋の蚤をいとひ、駅のはにふのいぶせさを思ひて、出羽の国最上といふ所にて、ある人のつくり得させたる也。

「蜑の苫屋の蚤をいとひ」という文句から、前節で検討した「虱」と同様に、「蚤」も芭蕉の旅の付添いであるかような存在である。そして、元禄七年に清書した『奥の細道』の中に次の一文と一句が収められている。

小黒崎・みづの小嶋を過て、なるごの湯より尿前の関にかかりて、出羽の国に超えんとす。(中略)大山をのぼつて日すでに暮ければ、封人の家を見かけて舎を求む。三日風雨あれて、よしなき山中に逗留す。

蚤虱馬の尿する枕もと　(『奥の細道』元禄二年)[1]

この文から、一句は元禄二年夏頃に、出羽の国に越えようとして、国境の番人の宿を借りて三日間足止めを食った時の吟であることが分かるが、『曾良旅日記』の記述によれば、

十六日　堺田ニ滞留。大雨、宿(和泉庄や、新右衛門兄也)

十七日　快晴。堺田ヲ立。

大雨に遭遇したが、三日間仮宿に泊まった事実はなく、その上泊まっていたのが庄屋の家で、芭蕉の句が表しているようにぼろぼろの宿ではないはずである。上記の『奥の細道』にある一段の次に、

① 萩原恭男・『芭蕉　おくのほそ道―付・曾良旅日記、奥細道菅菰抄』・岩波文庫・一九七九・(以下『奥の細道』及び『曾良旅日記』の引用はすべてこの本による。)

尾花沢にて清風と云者を尋ぬ。かれは富るものなれども志いやしからず。都にも折々かよひて、さすがに旅の情をも知たれば、日比とゞめて、長途のいたはり、さまざまにもてなし侍る。

という内容が書かれている。旧知である豪商清風を尋ねたのは偶然ではなく、尿前の関を超える前にきっと尾花沢に住んでいる清風に会えると芭蕉の中で予測できているはずである。しかし、雨に止められ、門人に会おうとする待ち切れない気持ちも「蚤虱馬の尿する枕もと」という一句に詠み込んでいると考えられる。また、「尿前の関にかかりて、出羽の国に超えんとす」という一段について、上野洋三は「地理的にも、そのように堅固に隔てられた道を越えて行くのだと、そうして日本の表から裏へ出るのだと、確認するのである。（中略）単にある国から別の国へ移動するのではなく、その国へ出ることが、例えば昼から夜に入るような、表から裏へ出るような、重要な変化であることを示すのである」[①]と指摘している。このように、実際の境遇とはずれているこの一段は『奥の細道』において一つの境目となっている。この境目は単なる地理的な境界線ではなく、過去、現在、将来などを一画面に具現する一段である。具体的に言えば、藤原

① 上野洋三·『芭蕉の表現』·「第三部『奥の細道』論」·岩波書店·二〇〇五·第二三八頁。

三代の英華の跡、先人の道を尋ねてきた過去、この峠を過ぎると、清風などの風流人と会い、新風である俳諧を作り出す期待、そして今現在俳諧の古風と新風の間に立ち、どちらに進むかという現状がこの段で入り混じっており、尿前の関は正にこれらの境目となっている。

『三冊子』・「白冊子」[1]には次のような名文がある。

詩歌連俳はともに風雅也。上三のものは餘す所もそのその餘す所迄俳はいたらずと云所なし。花に鳴鶯も、餅に糞する縁の先と、まだ正月もおかしきこの比を見とめ、又、水に住む蛙も、古池にとび込む水の音といひはなして、草にあれたる中より蛙のはいる響に、俳諧を聞付たり、見るに有。聞に有。作者感るや句と成る所は、則俳諧の誠也。

すなわち、俳諧においては詩歌などに詠まれないものさえ吟詠し、卑俗なものは拒否しないが、その精神は詩歌などと共通している。俗であるものを詠み上げる時も、自分の心、言葉の本意に従うべきであり、このことを自覚してはじめて、「俳諧の誠」を把握することができる。これこそ『奥の細道』の旅を経て、芭蕉が追及している俳諧の真髄であり、後の「軽み」などの蕉風俳諧理念にも通じるものである。

---

①『新編日本古典文学全集』八八巻・『連歌論集　能楽論集　俳論集』小学館・二〇〇一・第五五二頁。

佐藤毅は「蚤虱馬の尿する枕元」一句に対し、芭蕉は「自らを蚤や虱という卑賎かつ矮小な生物と同次元にまで落とし、それらに投影することによって純粋な出発の宣言としたのである」[①]と述べているように、芭蕉が今まで専念してきた句風から、更なる物我一如[②]の世界へと邁進しようとする意気込みがこの一句に詠み込まれていると考えられる。とすれば、明らかに芭蕉の虚構が横たわっている「尿前の関」の一段は上野洋三が指摘する地理的、精神的な「境目」でありながら、芭蕉が真の俳諧を求めようとする志も表出している。従って、この一句に対する把握も芭蕉を読み解く際に極めて大事になってくる。

この句に対して、『芭蕉翁発句集蒙引』[③]は、

---

① 佐藤毅・「井原西鶴と松尾芭蕉―蚤、虱に寄せる観念―」・『江戸川女子短期大学紀要』・一九九六年三月・第十一号による。

② 「物我一如」とは「対象の事実性に作者の情が感合すること。そのことによって詩的な真実性があらわれてくる」ということである。栗山理一（監修）、尾形仂、山下一海、復本一郎（編集）・『総合芭蕉事典』・雄山閣・二〇〇三・第六七頁・

③ 『芭蕉翁発句集蒙引』（『翻刻・荒砥本「芭蕉翁発句集蒙引」』復本一郎、茶山鈴代・『静岡女子大学研究紀要』第十二号、一九七八年十二月）による。

山中雪多く降処にては牛部屋厩等もみな本家と造りこみにて敢て貧家と見るべからず。（中略）此所既に尿前峠にてハリとはいはずシトするとよむべし。

と解釈している。「馬の尿する」は地名の尿前峠にかけて詠まれているという『蒙引』の説は動かぬ地位にあり、その後の解釈書もほぼこれに従っている。総じて、「馬の尿する」という中七は地名を髣髴させる傍ら、俳諧性の担い手ともなっている。とすれば、「蚤、虱」は一句の中でどのような役割を果たしているのであろう。『俳諧類船集』の中にある「蚤」の項目を見てみよう。

ねぶたかりし短夜にせゝられぬるはくるしき物ぞ。鴟鵂夜掻蚤察毫末一昼出瞋目而不見丘山云々。草臥はてて宿をかるには夜もすがらせゝるこそわびしけれ。[1]

短夜と仮宿の付合語として「蚤」をとり挙げている。従って、仮宿の付け合い語としての「蚤」は侘しさに満ちる生き物である。芭蕉の一句にもこれに似通っているニュアンスが読み取れる。塚越義幸は「芭蕉俳諧と楊貴妃[2]」の中で芭蕉における『俳諧類

① 高瀬梅盛著．『俳諧類船集』．（『近世文芸叢刊』第一巻．一九六九．般庵野間光辰先生華甲記念会）第二七〇～二七一頁．

② 塚越義幸．「芭蕉俳諧と楊貴妃」．『國學院大學栃木短期大学日本文化研究』第一号．二〇一六年三月．

艪集』の受容について既に論じているため、ここでは贅言を費やすまでもないが、元禄二年の「蚤虱」の句も『俳諧類艪集』を踏まえていると考えられる。

支考は『続五論』[1]の中で、

俳諧は無分別のところにありと、理屈なしとのみいハば、吾門にもあやまりたる人ありて、眼前にさえぎりたる物を口にまかせていひちらし、切字てにをはの詮議もなく、附句はつきもつかず、一字半言もこゝろにおかされず、人にへつらひなしといはれて、肌着一枚に世情をふみやぶりたるなど、是を野鉄砲といふ風雅の罪人なるべし。

と芭蕉が重んじる俳諧の姿は、よく腹案を練り、表現に際しては智巧を弄せずに詠むことであると述べ、これは芭蕉が晩年追及した「軽み[2]」といった平明な表現のうちに深い詩情をたたえる俳風とよく吻合している。また芭蕉の「蚤虱」一句からも同様の詠みぶりが見られる。そうだとすれば、上記で既に論じたように、この一段はフィクションであるため、恐らくこの句も晩年『奥の細道』を清書した際に詠んだ一句だと推測でき

---

① 支考（編）・『続五論』・元禄十一年刊、［京都］：井つゝ屋庄兵衛・関西大学総合図書館蔵書。蕉門俳諧論書の一つ。

② 「軽み」：芭蕉が晩年に追求した俳諧理念。卑近な題材の中に美を発見し、それを真率・平淡に表現する姿を言う。

る。一句がいつ詠まれたのか断言できないにもかかわらず、和歌・連歌では取り上げられない素材による美の発見、そして技巧を凝らさずに率直に詠み上げ、詩情を生み出すという蕉風俳諧の真髄が一句から容易に見て取れる。

また、永田友市は「フランス象徴詩と芭蕉俳諧の象徴との相違を一言にしていえば、前者が観念象徴的・音楽的象徴であるのに対し、後者が情調象徴的・絵画的象徴であるといえようか」[①]と指摘している。芭蕉俳諧には音楽性があることは第二章ではすでに触れたが、元禄年間の句を読めば、平明な詠みぶりで感情を表出し、そして伝統的な素材を詠む場合にも、伝統的な表現にとらわれず、新しい視点からの美を見つけ、常に客観描写を通して主観的な感情を述べているのである。この点は正に永田氏がいう「情調象徴的・絵画的象徴」だと言えよう。

「蚤虱」の一句に戻って考えれば、蚤虱にせせられる仮宿での夜中に、枕元まで馬が小便をする音がしてきた。「馬の尿する」は滑稽的に地名を弄したものだと見られ、「蚤虱」という卑俗なものとの組み合わせはより一層旅の辛労や寂しさを具現している。既に貞享年間の「虱を取りつく」すという漢文などによる悠然さや安心感が消え去り、

① 永田友市・『芭蕉の表現』・「芭蕉発句における象徴性」・右文書院・一九八八・第五頁。

「蚤虱」を更に率直に取り入れ、忌み嫌うべきものを通じ、心境の愁いを語り出し、「蚤虱」は正に芭蕉の旅そのものを象るものとなり、旅の侘しさを暗示するものとなった。

『奥の細道』における一句の配列からもこのような侘しさが感じ取れる。和泉館の西北の小山にある高館に登り、義経をはじめとする正義の士を追懐し、また光堂で千年の昔を偲んだ後、この一文を著した。古の事を思いながら、今この身の事を案じつつ、侘しい気持ちに駆られながら一句を詠んだのであろう。また一句の後ろの一文「雲端につちふる心地して、篠の中踏分、水をわたり岩に蹶て、肌につめたき汗を流して、最上の庄に出づ」のように、前路は決して順風満帆ではなく、行く道への心配も常に芭蕉の中にあるのであろう。上記ではすでに触れたが、『奥の細道』において分段の役割を果たしている一段にあるこの句はまた蕉風俳諧の真髄を示している。古典における蚤虱が表す「物寂しさ」という本意に自分の気持ちを任せ、自分も蚤虱と同じ境遇であると卑俗のものを以て内心の呻きを巧みに表出している。

ここから見れば、「蚤虱」の一句は上文を受け、下文を繋ぐ働きを備え、その上、旅の辛労がより鮮明に読み取れ、「蚤虱」は貞享年間の旅の随伴物からより昇華し、作者自身を具現する象徴的作用を備えるようになったのである。正に「高くこころをさとりて俗に帰るべし」[1]という『三冊子』「赤冊子」にある言葉と同じく、俗である「蚤虱」を通し、自らの心情を如実に表出している。前文に挙げた一休の詩では、卑しいものである「虱」に煩わされていることによって、自分の境遇のつらさを表出しているが、芭蕉の句では、「蚤虱」は旅の随伴物、みすぼらしい自分と同様のものである。芭蕉は自分の姿を投影し、卑しい「蚤虱」と平等な立場で句を吟詠したことは注意しなければならない。言い換えれば、「蚤虱」という物と「作者」という我とは別々の二者であるが、「蚤虱」が生きる環境と自分の境遇とが重なり合った時、「蚤虱」や「馬の尿」を忌むべきものではなく、その様子を自然に受け止め、私意を入れずに句を詠み、自発的に自分の詩情を陳べたのである。このような捉え方は同時期、それに後の俳人にどのような影響を与えたのであろう。

①こそこそと草鞋を作る月夜さし　凡兆

蚤をふるひに起し初秋　芭蕉『猿蓑』（去来、凡兆編／一六九一）

②痩せ蚤の這ひ出る肩や旅枕　丈草『幻の庵』（魯久編／一七〇四）

凡兆と芭蕉の句に対して、『三冊子』は「こそこそといふ詞に、夜の更て淋しき様を

---

① 『新編日本古典文学全集』八八巻・『連歌論集　能楽論集　俳論集』・小学館・二〇〇一・第四五八頁。

見込、人一寝迄夜なべするものと思ひ取て、妹など寝覚して起たるさま、別人を立て見込心を二句の間に顕す也」と解している。初秋の夜の寂しさは「蚤」によって際立たせられている。打越という手法を用い、蚤に煩わされて起きてみれば、愛しい妹がまだこそこそと草鞋を作っていると、造作なく前句とうまく結びついている。「蚤」が表す寂しさ、「蚤」と人間との関わりが鮮明に詠まれている。また丈草は「痩せ蚤」の湧く旅姿を自然に描き、旅の道連れは「蚤」しかいないと、旅のつらさを表出している。一句は芭蕉の「蚤虱馬の尿する枕元」とよく似合っている。

総じて、元禄年間の芭蕉俳諧において、「蚤、虱」がより率直に捉えられ、また旅の付き添いとして、賤しいものである二者に侘しい気持ちを賦与しながら、自分自身をこの卑俗なものに投影させている。このような詠みぶりは蕉門の人々にも影響を与えている。

今まで「蚤虱」の滑稽性について既に論じられているが、芭蕉後期の句における俗言は更なる深意を備えている。大自然に溶け込み、旅を続けてきた芭蕉は風流や風狂を悟り、身近のものを句中に詠み込み、またそこに自分の心を投影させている。延宝四年の作「山のすがた蚤が茶臼の覆かな」は童謡を踏まえながら富士の山を茶臼に見立て、極大のものを極小のもので譬えるという寓言的表現から、強い滑稽感が感じられる。しかし、自ら新しい俳風を切り開こうとする芭蕉は漢詩文に基づき、「虱を取り尽さず」と詠み、漢詩文に擬した趣が読み取れる。不易流行などの俳諧理念を打ち出し、庶民生活、あるいは人事活動に関心を寄せつつある中、より率直的に物事を詠み出し、「蚤虱馬の尿する枕元」もその通りであるが、平明な口調を通じて、俗言に自分の姿を投影させ、旅の心情を語り出す表現手法に辿り着いた。季語や俳言を内心の動きと結合させ、物我一智の境界に至った。本節では年代順に芭蕉における「蚤、虱」像の変遷について検討したが、些細なものに極大な世界が内包されているのがまさに俳諧そのものであり、俳諧の魅力でもある。芭蕉発句における俳言は漢語、俗言、オノマトペなどの種類に分けられるが、それぞれは一句の中で大きく働いている。「蚤、虱」はその一例に過ぎないが、芭蕉における俳言の重要性をよく表出していると考える。次節からこの俳言の翻訳に関して検討してみる。

参考文献

①石川真弘：『蕉風論考』．和泉選書．一九九〇．
②岩田九郎：『芭蕉俳句大成：諸注評釈』．明治書院．一九九一．
③上野洋三：『芭蕉の表現』．岩波書店．二〇〇五．

④上野洋三・「詩の流行と俳諧」・『文学』一九七三年十月・（『芭蕉論』、筑摩書房、一九八六）に収録。
⑤潁原退蔵・『芭蕉俳句新講』・岩波書店・一九五一・
⑥荻野清、大谷篤藏・『校本芭蕉全・発句篇』・角川書店・一九六三・
⑦川平敏文・「俳諧寓言説の再検討—特に林註荘子の意義」（『文学』岩波書店・二〇〇七）・に収録。
⑧栗山理一（監修）、尾形仂、山下一海、復本一郎（編集）・『総合芭蕉事典』・雄山閣・二〇〇三・
⑨佐藤毅・「井原西鶴と松尾芭蕉—蚤、虱に寄せる観念—」『江戸川女子短期大学紀要』（第十一号）・一九九六年三月・江戸川短期大学・
⑩田中善信・『芭蕉—「かるみ」の境地へ』・中央公論新社・二〇一〇・
⑪塚越義幸・「芭蕉俳諧と楊貴妃」・国学院大学栃木短期大学日本文化研究・二〇一六年三月・國學院大學栃木短期大学日本文化学科・
⑫寺山宏・『和漢古典動物考』・八坂書房・
⑬永田友市・『芭蕉の表現』・「芭蕉発句における象徴性」・右文書院・一九八八・
⑭堀切実、佐藤勝明、田中善信・『諸注評釈：新芭蕉俳句大成』・明治書院・二〇一四・
⑮森川昭、加藤定彦、乾裕幸・『初期俳諧集』・岩波書店・一九九一・
⑯『大日本百科事典』第十二巻・小学館・一九七〇・
〈和本古注〉

⑰惟中『俳諧蒙求』（延宝三年）大阪深江屋太郎兵衛、国立国会図書館蔵書
⑱梅盛『俳諧類舩集』（延宝四年）京都寺町二条上ル町、（『近世文芸叢刊』第一巻、一九六九年、般庵野間光辰先生華甲記念会）
⑲支考『和漢文操』（享保十二年）京寺町橘屋治兵衛、関西大学総合図書館蔵書
⑳支考『続五論』（元禄十一年）京都井つゝ屋庄兵衛、関西大学総合図書館蔵書
㉑寺島良安『和漢三才図絵』（正徳二年）大阪大野木市兵衛、関西大学総合図書館蔵書
㉒堀麦水『貞享正風句解伝書』（明和八年）自筆写本、早稲田大学図書館蔵書

第二節　俳言の翻訳

前節では「蚤、虱」を引き合いに出し、芭蕉における俳言の役割やそのオリジナル性について検討した。発句の滑稽性などは時として俳言と深く関わっている。本節では中国語に訳す際に発句の滑稽性、俳言の深意などをどのように再現すればいいのかについて検討する。

日常生活の舞台における言語は主に意思伝達の機能を発揮しているのに対し、文学、或は詩における言語はまた異なる働きを持っている。それに対し、ヤコブソンは言語の六要素からその六機能を識別し、また詩的機能は「メッセージそのものにたいする強

調」[①]と定義した。

コンテクスト　指示機能
メッセージ　詩的機能
発信者…………………受信者　心情的機能　動的機能
接触　交話的機能
コード　メタ言語的機能[②]

（図二　言語コミュニケーションの六要素と言語活動の六機能）

上図が表している通り、詩的機能の価値は言葉の意味にあるのではなく、意味を捨象した言葉の形式にあるのである。簡単に言えば、詩人がある特定の言葉に付するメッセージ、いわゆる詩的言語を他の表現に置き換えることができない、意味は同じだとしても、表現を換えれば、作者が伝えようとするメッセージが多少異なってくる。

序論においても既に引用したが、「文学では、たとえ同じ単語や言い回しが使われていても、その語は伝達の言表に現れるよりも遥かに豊かな感情や表象を喚起する。直接

---

① 土田知則、神郡悦子、伊藤直哉・『現代文学理論』・東京：新曜社・一九九六・第三四頁・
② 同上・

述べられていない意味を誘発したり、新しい意味を形成したりすることもある」[1]。ここから見れば、詩は表象に富み、詩の言葉は現実をそのまま通過させる媒体ではなく、むしろ作者自身の意思、それに存在を示すといったほうが適切であろう。詩的言語機能と日常生活における言語機能との違いについて少し探ったが、文学記号[2]の記号内容、言い換えれば言葉の意味もまた文字通りの意味の上に、一連の関連のあることを現している。イェルムスレウはこれを「内包的記号体系」[3]と名付けた。つまり、詩的言語は通常の言葉の意味と関連のある意味を同時に表示している。また、バルトは文学の特質は共示にあると主張した。共示作用とは、どのような記号のシステム上にであろうと、二次的な意味が発展する現象を言う[4]。しかし、正確には、文学は共示と外示の二重の意味作用の体系である。なぜなら（共示がどんなに外示のメッセージを覆ってしまって

① 加藤茂.『芸術の記号論』.勁草書房.一九八三.第一七四頁.
② 元々言語というのはシニフィアンとシニフィエという両面が結合してできた記号なので、便利上、ここで記号という言い方を取る。
③ 池上嘉彦.『詩学と文化記号論』.筑摩書房.一九八三.第三九頁.
④ ロランバルト著.渡辺淳、沢村昂一訳.『零度のエクリチュール、付、記号学の原理』.みすず書房.一九七一.

も、それを完全につぶしてしまうことはない。常にいくらかの外示成分は残るものであり、そうでなければ、話は成り立たない）からである。[1] このように、文学における記号は同時に他の記号を表す、いわゆる象徴性という特質を持っていることが明らかである。「焔が愛を象徴」し、「鳩が平和を象る」と言うのがその例である。バルトの弟子であるトドロフもまた文学記号を「①両者のシニフィエどうしが類似している；②シニフィアンの類似（同音異義、語音類似、韻など）；③シニフィアンの隣接（隠語、詩語、パロディなど）；④シニフィエの隣接（文化的意味）[2]」という四つのタイプに分類した。これは文学の象徴性についての非常に具体的な図式だといえる。

前節で述べたように、同じ事物に対しても、時期によっては芭蕉の取り扱い方がそれぞれ違う。芭蕉の言葉「俳諧の益は俗語を正す也。つねにものをおろそかにすべからず」（『三冊子』）に対し、乾裕幸は、

「もの」と「ことば」の間のこの親近性は、世道と俳道を一如と観ずる芭蕉の生き方、〈高悟〉を説いても俳諧を突き抜けて連歌の現実遊離へ駆け込むことなく、同

---

① 加藤茂：『芸術の記号論』，勁草書房，一九八三，第一七九頁．
② 同注108，第一八二頁．

時に〈帰俗〉を措定して命題をしめくくる芭蕉の俳諧姿勢に由来するものであり、《俳言》によって現実を虚構化する、あるいは《俳言》をとおして現実を志向する芭蕉文学のありざまを示唆するものであった。①

と述べた。このように、日常生活を原点とし、非日常的世界を志向する俳人の趣旨を表す俳言を訳す際、その一語に含まれている深意、そして一句における機能などをまず理解しなければならない。いわゆるその象徴性を訳しだすことが非常に重要である。このようなことを念頭に置きながら、従来の翻訳作を見てみよう。

鶯や餅に糞する椽の先（『陸奥鵆』）元禄五年

黄鶯飛来、拉屎拉在餅上、就在廊邊（鄭清茂訳）

第一章においてこの例についてすでに触れたが、鄭清茂は現代中国語にある「拉屎」という俗言で「糞する」を訳した。上野洋三はこの句に対し、「俳諧は、たとえ外形は卑俗な用語を拒否しないとはいっても、その精神は、詩・歌の古典にも直接つながるものであり、それはやがて、それらの詩・歌に同じく、人としてあるべき『実の道』にも

① 乾裕幸・「俳言・芭蕉と日常の世界」・『国文学 解釈と鑑賞』四一巻（三）・至文堂・一九七六・第十一頁・

『入べき』階程である[①]」と言い述べている。「糞する」という俗言の滑稽さが再現されたと考えられるが、芸術性に乏しく、俳言の裏にある象徴性が感じられなく、一句にある長閑さ、発句としての価値が弱められてしまう。つまり、下品な言葉で翻訳を行うと、上野氏が指摘した「詩・歌の古典にも直接つながるもの」という俳諧の根本精神を失い、句がただの笑い草となり、芭蕉がいう「高く心を悟りて俗に帰るべし」（『三冊子・赤冊子』）という境地とかけ離れるようになる。

猫の恋やむとき閨の朧月（『己が光』）元禄五年

猫児叫春停歇時，閨中望見朦朧月。（林林）

恋猫声一停，忽見朦朧月宜人，穿窓入房門。（陸堅）

先ほど猫の恋する声が聞こえていたが、今は静寂に戻った。ちょっと見れば春夜の朧月が部屋の中へ差し込んでいる。身近な生活に注目し、そこから感じたものを陳述した一句である。朧月が美しい古典の世界だとすれば、短い春の夜に猫の鳴き声に刺激されたシーンが滑稽性に富んでいる。この句に対する中国語訳をよく見れば、林林が七言詩の形を取っていて、原句の意味内容をそのまま表出している。しかし、漢魏に詩形とし

---

① 上野洋三．『芭蕉の表現』．岩波現代文庫．二〇〇五．第一六五頁．

て定着された五言詩よりやや遅い時期に定着された七言詩は最も調べが美しく、特に婉曲の抒情に相応しく、発句を七言の形で訳すと、発句の叙情性が十分に再現できる一方、俳諧性を損ねることは免れない。林林の翻訳においても猫の鳴き声が止んでから、朧月を見たという時間の推移を美しい七言詩の調べによって強調され、やむを得ず悲しさと虚しさを強調し過ぎたニュアンスがしてしまう。また陸堅の訳文では、「忽」という詞を用い、ずっと猫の恋する声に心が取られているが、急に聞こえなくなり、霞んでいる朧月を目にし、寂しくなったという心情の変化をありありと表出しているが、「宜人」（心地よい、気持ちがよい）という表現は相応しくないのではなかろうか。

あか／＼と日は難面も秋の風（『奥の細道』）元禄二年

赤日実可懲、炎炎烈威太無情、秋風快相迎（陸堅訳）

この句は『奥の細道』の途次、金沢から小松へ旅立つ時の吟である。曾良は『雪丸げ』において、「旅愁なぐさめかねてものうき秋もやゝいたりぬれば、流石目に見えぬ風の音づれもいとゞしくなるに、残暑猶やまざりければ」と一句を初秋の景色を詠んだ句と解釈している。建部涼袋撰の『芭蕉翁頭陀物語』や正月堂著の『師走囊』などの注釈書では晩秋の句だと指摘したが、石河積翠が著した『芭蕉句選年考』には、「或行脚の僧曰く、下野国馬門村長嶋義衛門所持真蹟に、目にはさやかに見えねども、といひけん秋立つ気色すゝき苅かやの葉に動きて、聊昨日にかはる空のながめ哀れなりけれど、と前書ありて、此句あり」という文から見ると、初秋の句と捉えたほうが適切ではないかと考えられる。それに、近年の解釈書ではほぼ初秋説を踏まえている。西に傾き始める赤々とした日は、情け容赦なく旅人を照りつけ、侘しい気持ちがするところに涼しい秋風が吹いてきて、さすがに残暑が残っていても秋の気配は既に感じられてきた。旅に生きる芭蕉の哀愁が胸に突き刺さる。

擬態語「あか／＼」は俳言として用いられながら、西日の様子を描き出し、鮮明である色が「難面」があらわす無情さと対比し、更に作者の哀愁の気持ち、心細さが伝わってくる。貞門俳諧よりオノマトペなどをすでに俳諧に持ち始めたが、芭蕉は特に擬音擬態語を多用している。竹内千代子は芭蕉の「梅が香にのつと日の出る山路哉」という句に対し、「芭蕉の『のつと』は、『すつと』や『きつと』とは異り、擬音語・擬態語として新たな創意工夫がなされている[①]」と言っている。それに芭蕉の句「びいと啼く尻声

① 竹内千代子・「『炭俵』序論—芭蕉の『山路』—」・第七十九頁・

悲し夜の鹿」など、和歌などに前例のない擬音語が用いられている。これらの句から、芭蕉はオノマトペに対し、従来の感覚ではなく、独自の感性に従って用い、またそこから俳諧の「新しみ」を導き出そうとしている。芭蕉発句にある俳諧性を際立つオノマトペは芭蕉独自の工夫が見られ、そして句の境地と深く関わっている。

従って、ここの「あか／＼」を翻訳する際も、俳言としての役割や句における一語の機能を同時に考慮しなければならない。陸堅の訳は夏の酷暑を意味する「炎炎」という言葉を使って残暑を表わそうとしたが、原句の意味内容とずれている。それに、「あか／＼」を「赤日」という一語に訳したが、原句にある俳言「あか／＼」の働きが見受けられにくい。

蚤虱馬の尿する枕元（『奥の細道』）元禄二年

蚤虱横行、枕畔又聞馬尿声。（林林訳）

この一句について前節ではすでに触れたため、ここで贅言しないが、林林の「蚤虱横行」の訳文が完全に「蚤虱」を厭らしいものだと断言したが、原文における「蚤虱」と旅人、旅寝との関係、俳言の深意などが見て取れなくなった。また次の一句も見てみよう。

雪の朝独り干鮭を噛得タリ（『東日記』）延宝八年

雪朝寒、自嚙鮭魚干。（林林訳）

深冬雪漫漫、独啃干鮭心泰然、清晨徹骨寒。（陸堅訳）

一夜霏霏雪、朝来自覚寒。貧家無美食、只是啃魚干。（檀可訳）

『東日記』の中に一句の前に「富家喰㆓肌肉㆒、丈夫喫㆓菜根㆒。予は乏し」という前書きが付されている。漢詩調で詠まれた一句は雪の朝に独りぼっちで素干しにした鮭を食べている俳人の侘しい姿を如実に再現した。『続芭蕉俳句評釈』①では一句に対し、

侘びしい生涯の様と、それに寧ろ安んぜる様と、雪の朝のやゝ心の生々してゐる様と、干鮭に満足して得意な趣とが、躍然として現されてゐる。可なり力強い句である。

と解釈している。一見貧しくて侘しい生活ぶりが描かれているが、粗末の食べ物を食しても丈夫の志を忘れることはないといった隠者趣味も一句から感じ取れる。一句の俳諧性は「干鮭」と漢詩調の詠みぶりにある。俗言である「干鮭」は侘びた生活を象徴しているが、力強い漢詩調によって俳人の泰然自若な心境がありありと伝わってくる。従って、一句を翻訳する際、「干鮭」が表す乏しい隠棲生活の実態、漢詩調との組み合わせで示唆されている作者のやや誇りを持つ心境を訳出することが大事である。林林は原

---

① 寒川鼠骨・『続芭蕉俳句評釈』・大学館・大正二年・

文字面の意味をほぼそのまま訳出したが、「寒」という一字を加えたことによって、侘しさ、悲しさが大幅に増し、現状に安んじる芭蕉の気持ちが弱まった。檀可は完全に一句の趣を誤解し、「只是啃魚干」という訳文は干した魚しか食べられないという意で、原文とは異なり、訳文はつらい生活に苦しんでいるニュアンスになってしまっている。陸堅は「泰然」という言葉を持ち、原句の主旨をよく表出しているが、「清晨徹骨寒」と骨にしみいる寒さに襲われる表現を付き添え、「心泰然」という内容と矛盾している。

上述のように、従来の翻訳では発句における俳言の役割がほとんど重要視されておらず、原句の趣旨を間違えて訳出したもの少なからずある。ここで筆者は四言詩の形で俳言を再現する可能性について検討する。

五言詩は中国前漢の時期に形成され、『詩経』で多く用いられた四言詩より一字だけ増加したが、詩歌の内容が大幅に豊かになり、表現する範囲も幅広くなった。五言詩について、鍾嶸は『詩品』において「指事造形、窮情写物、最為詳切」というように述べていて、四言詩より、五言詩は字数が多くなる一方、意味のない漢字、つまり語気助詞などがほとんど使われなくなる。それによって叙事性及び抒情性が一層強くなり、文調が四言詩より柔らかく、緩やかになったのである。従って、述懐や陳情に長じる五言の形で翻訳する際、発句の俳諧性や余情を損ねることが避けられない。また口語体、あるいは散文調をとったほうが原句の諧謔さを表出することができるが、リズム感に乏し、原句の余韻を損ねるケースもある。そして、四言詩のリズム感が強く、五言より明快で、むしろ発句の滑稽性を再現することに有利であろう。

それのみならず、芭蕉の句を四言詩の形で翻訳できるもう一つの理由は、その句風と四言詩によく用いられる「比賦興」という表現手法との類似性にある。『古今和歌集』真名序には次ような一段がある。

夫和歌者。託二其根於心地一。発二花於詞林一者也。人之在レ世。不レ能二無為一。思慮易レ遷。哀楽相変。感生二於志一。詠形二於言一。

是以逸者其声楽。怨者其吟悲。可二以述一レ懐。可二以発一レ憤。動二天地一。感二鬼神一。化二人倫一。和二夫婦一。莫レ宜二於和歌一。和歌有二六義一。一曰風。二曰賦。三曰比。四曰興。五曰雅。六曰頌。(『古今和歌集』・真名序)

『詩経』大序の六義を和歌表現形式の分類に応用した「古今集・真名序」が述べているように、やまと歌には漢詩と類似する表現形式が用いられていることが窺える。そのため、発句にも似通った表現形式が応用されたのではないかと考えられる。胡寅が『斐然集・与李叔易書』において、「叙物以言情謂之賦、情附物者也。触物以起情謂之興、物動情者也。」と論じるように、「賦」は物事を陳述するのみであるが、情はそのものに付着している。また物事に触れて情を起こすことは「興」というのである。松本雅明は『詩経諸篇の成立に関する研究』では、「興」に対して、更に「一、興とは、眼前の風物が我が心情に当たる或は感動をよび興すことによって名付けられたのであらうか。二、興は本来、主文に先立つ気分象徴に外ならない。——それは即興・リズム・連想などによって主文を引き起こすもので、わづらわしい理屈ではなく、直観的・即興的で、かつ素朴な自然の把へかたにほかならない[①]」と述べているように、「興」も「賦」も物事、あるいは眼前の風物を捉える方法であるが、いずれも風景に情を取り入れて読むことであり、この直感的、あるいは即興的な描写を通して、詩の情を引き起こすということになる。特に「興」というのは、芭蕉が言う「松の事は松に習へ、竹の事は竹に習へ」（『三冊子』）という物事の本情をその物事をよく考察することを通して悟り得、また即物的に物事を詠み上げ、物事の本意を引き出すということと同工異曲の妙があると言えよう。それに、「興」は基本的に四言詩の冒頭に用いられる手法であり、「興」を通して後ろの情を引き出す。このような手法で翻訳を行うと、発句の余韻を損ねることなく

① 松本雅明・『詩経諸篇の成立に関する研究』・朋友書店・昭和五十六年・第四八三頁・

再現することができると考える。そして、俳言に対し、中国人に共感を呼び起こし、日本人と同様にその深意を感じることが極めて難しいが、第四章で述べた「畳語」の暗示性を利用したり、あるいは俳言の深みを醸し出す言葉を加えたりして俳言の機能を再現することもできると考える。

そこで、筆者が上記の句を次のように訳してみた。

①鶯や餅に糞する椽の先　睍睆黄鶯、遺矢於餅、廊前春景

②猫の恋やむとき閨の朧月　春猫声声、忽停之時、閨中朧月

③不二の山蚤が茶臼の覆かな　富士山似、跳蚤身負、沈沈茶碾

④夏衣いまだ虱をとりつくさず　夏衣之上、旅途之虱、捫之未尽

⑤蚤虱馬の尿する枕元　蚤虱点点、旅中枕邊、馬尿之声

⑥あか〳〵と日は難面も秋の風　紅紅西日、灼灼無情、襲襲秋風

⑦雪の朝独り干鮭を噛得タリ　明雪之朝、独享干鮭、噛時之楽

①番の句に対し、「遺矢」という文語で「糞する」を訳し、諧謔性を保ちながら、発句の文学性を保つことができる。また突き加えた「春景」で原句にある長閑さを強調した。そして、②番では「猫の恋」を「春猫」にし、春に盛り声を上げる猫の姿を髣髴し、「忽」で動から静へと立ち返り、詩人の心の変化を再現し、四言詩の明快なリズム

によって俳諧性を具出している。③句目において基本的に原句通りに訳しているが、「沈沈」という重さを形容する畳語を加えることによって、原句にある「蚤と茶臼」というアシンメトリーである組み合わせによって産み出された滑稽さが強調された。④番では「旅途」という語を付き加え、句に内包される旅の思い出を暗示しようとしている。そして、⑤句目では「点点」という畳語を通し、寝ているところに蚤虱の跳ねる様子と作者の侘しさを仄めかした。⑥はすべて春原句の内容をそのまま訳出したうえで、「畳語」を三つ用いた。訳文に俳諧性を賦与することができるとともに、俳言の深意も強調されている。また⑦番の句に対し、「楽」という字を加えた。原文にある侘しい生活ぶりを再現しながら「楽」で作者「泰然自若」の姿を暗示している。

以上述べたように、滑稽、諧謔と等しい意味を持つ俳諧をそのまま文芸の世界へ移植するのは至難の業である。美意識を基にし、俳諧の原義を洗練させた芭蕉の句を分析する際、芭蕉自身が強調した「俳意たしかに作すべし」ということを深く掘り下げる必要がある。言うまでもなくその「俳意」、つまり蕉翁の俳諧性を翻訳段階においてどうやって再現するかは発句の意味精神をどのぐらい訳出できるかに深く関わっている。

参考文献

①土田知則、神郡悦子、伊藤直哉．『現代文学理論』．新曜社．一九九六．
②加藤茂．『芸術の記号論』．勁草書房．一九八三．
③池上嘉彦．『詩学と文化記号論』．筑摩書房．一九八三．
④ロラン・バルト著．渡辺淳、沢村昂一訳．『零度のエクリチュール、付、記号学の原理』．みすず書房．一九七一．
⑤加藤茂．『芸術の記号論』．勁草書房．一九八三．
⑥乾裕幸．「俳言・芭蕉と日常の世界」．『国文学 解釈と鑑賞』四一巻（三）．至文堂．一九七六．
⑦乾 裕幸．「俳言の論―初期俳諧におけることばの問題―」．『文学』巻四〇、六月号．一九七二．
⑧竹内千代子．「『炭俵』序論―芭蕉の『山路』―」．立命館大学『アート・リサーチ』六号．二〇〇六．
⑨寒川鼠骨．『続芭蕉俳句評釈』．大学館．大正二年．
⑩松本雅明．『詩経諸篇の成立に関する研究』．朋友書店．昭和五十六年．
⑪上野洋三．『芭蕉の表現』．岩波現代文庫．二〇〇五．

結論

かく言へばとて、ひたぶるに閑寂を好み、山野に跡をかくさむとにはあらず。やや病身人に倦んで、世をいとひし人に似たり。倩年月の移こし拙き身の科をおもふに、ある時は仕官懸命の地をうらやみ、一たびは佛籬祖室の扉に入らむとせしも、たどりなき風雲に身をせめ、花鳥に情を労して、暫く生涯のはかり事とさへなれば、終に無能無才にして此一筋につながる。楽天は五臟之神をやぶり、老杜は痩たり。愚賢文質のひとしからざるも、いづれか幻の栖ならずやとおもひ捨てふしぬ。

という『幻住庵記』（元禄三年）の末尾に記されている一文のように、武士や僧侶にもなろうとした挙句、延宝年間に俳諧宗匠として立机し、ついに俳諧の道に生涯を送ってきた。

室町時代後期に連歌から派生した俳諧は、貞門俳諧から談林俳諧、そして芭蕉俳諧へと変貌し、一つの文学として成立し、発展してきた経路において、伝統のものを受け継ぎ、新たなものを受け入れつつある。更に風雅の道を自ら歩んできた芭蕉は古典を変容し、俗物の意趣を悟り得、独自の感覚をもって俳諧を高度の世界と昇華させた。

その俳諧、特にその発句は多くの言語に訳され、数多くの国の人々に愛読されてきた。その中で、日本古典文学の一環としての俳諧、なかんずく芭蕉発句を翻訳する意味はどこにあるのか、どのようにすればその意趣境地を最大限に再現できるのかが一つ大きな課題である。本書では、芭蕉発句の特徴、オリジナルさを追及しながら芭蕉発句の中国語への翻訳方法について検討してきた。

十九世紀末から中国の知識人は明治維新が果たした成果に目を向けるようになり、日本の書物、日本語訳の西洋書物などを盛んに翻訳し始めた。その中で、周作人（魯迅の弟）を始め、日本詩歌も少し中国語に訳した。第一章では、一九一六年六月『若社叢刊』三号に発表された周作人の「日本之俳句」という文を始め、時代順に芭蕉発句翻訳論著を分析した。特に一九八〇年以降に代表的な発句翻訳者の実作を検討し、従来の翻訳作品の優れたところと足りないところについても検討した。従来の発句翻訳は主に形式をめぐって行われ、そして多くの学者はそれぞれ異なる形式で翻訳を実践したが、その理由についてあまり述べていない。また芭蕉発句に関して知名度の高い句のみが訳されている上、従来の解釈書、特に小学館の『新編日本古典文学全集』などの解釈書に従うケースが多い。一句一句に対する深い研究があまり見受けられない。従って、本論では従来の翻訳を踏まえながら、芭蕉発句表現の特徴を検討し、四言詩形での翻訳方法を提示した。

第二章では、従来の発句研究においてあまり問題にされない音声、あるいは音韻のことをめぐって、芭蕉発句における音声美について掘り探る。「五七五」というリズムと四言詩の拍節リズムの類似性、芭蕉句中における母音の重なりや相通、連声などの美しさ、さらに繰り返し表現による音声の響などに関する検討を通し、翻訳する際、発句のリズムや音声美をどのように再現すればいいのかについて考察した。朗詠する和歌や漢詩とは違い、発句は基本的に声を出して朗誦する文芸ではないと考えられるが、「あさよさを誰まつしまぞ片ごころ」(『桃舐集』元禄二年)という句のように、上中下冒頭仮名の母音と末尾仮名の母音が全部揃えているため、芭蕉が一句を詠んだ際に音の美を考えていないとは想像しにくい。しかし、日本語の母音は五つしかないため、重なることが多いと思われる。それゆえ、芭蕉は意識的にこのように音声を考慮に入れながら句を詠んだわけではなく、母音の重なりが多く見られるのは、むしろ詩人としての、更に言えば芭蕉としての音声感覚の顕在化であるのではないかと考える。翻訳に至って、特に詩というリズム感が大いに求められる文学を翻訳する際、音韻のことを念頭に入れなければならないと考えられる。本章では、繰り返し表現が多く確認でき、音声美に富む四言詩形を通し、芭蕉発句の音声美を中国語で再現する方法を考えた。

そして第三章において、芭蕉発句における切れ字の特徴について分析した。和歌の上の句は下の句の七七を予想し、それを引き出し、もしくはそれに流れてゆく趣がある。それに対し、五七五という形で詠まれた発句というのはその表現の流れを切断するもの、即ち切れ字を用いるものである。しかし、流れが軽く切断されることによって、十七文字で表現する空間がかなり広げられる。芭蕉の発句に多く用いられた「かな」、「や」、「体言止め」など詠嘆のニュアンスを持つ言葉は音声上にしても、意味上にしても重要な役割を果たしているが、句の余韻も示唆している。例えば、「体言止め」や「…や…」は、言葉にならぬほどの感動や余韻や言い差しを表現しようとして使われ、「哉で句を結ぶ」場合、詠嘆は句の終わりにあり、句の奥ゆかしさを存分に表現できる。

芭蕉が「きれ字に用る時は、四十八字皆切れ字なり」と言っているように、本節で分析した「や」と「かな」という使用例の最も多い切れ字のほか、『俳諧古今抄』・「再選貞享式」に支考が例として挙げた「眉掃を俤にして紅粉の花」（『奥の細道』元禄二年）という「心の切」、「名月の花かと見えて綿畠」（『続猿蓑』元禄七年）という「無名の切」、「桐の木にうづら鳴なる塀の内」（『猿蓑』元禄三年）という「にまはし」や、「米くるゝ友を今宵の月の客」（『笈日記』元禄四年）という「をまはし」などもある。

それぞれの切れ方は一句に停頓を入れるのみならず、句意と深く関わり、同時に余韻を導き出す役割を備えている。従って、翻訳においては、これらの感嘆語の翻訳に対しても十分に吟味する必要がある。本章では四言詩に数多く用いられる語気助詞、例えば「焉」、「哉」、「兮」などの深意や詩における役割について分析したうえ、切れ字の訳し方を考えた。

第四章では芭蕉発句における季語の中国語訳について述べた。物事の本質を洞察した上で自分の洒落の心持、滑稽諧謔の面白みなどを文字、言葉で表出するのは俳諧である。そういった中、欠くことのできない要素、時として一句の基調を決定する季語への把握、運用がとりわけ大事にされている。季語、もしくは季の詞は一句のなかに季節感を持ち込む媒介となっているだけでなく、一句の美的情調、根本精神も季語に凝縮されているといえよう。本章では、「花橘」と「梅」という二つの季語をもとに、季語に含蓄されている伝統的な本意に対し、芭蕉はどのように受け継ぎ、またどのように発展させたか、言い換えれば季語の俳諧的新意について分析した。この二つの季語はともに古くから和歌や連歌などに詠まれている言葉であるが、芭蕉がその伝統的本意を継承しつつ、自分なりに受け止め、ユニークに句に詠みこみ、芭蕉発句の季語を研究する際、非常に代表的な二例だと考える。「花橘」と「梅」の香によって引き起こされた懐旧の念を芭蕉は巧に用い、挨拶吟や追悼吟などにも詠みこまれた。漢詩漢文にある「橘」と「梅」のイメージと和歌のそれと結合させ、両花の伝統性を最大限に駆使しながら、新たな詠み方も切り開いた。

その上、四言詩に多用された「畳語」を用い、原句の意味内容、余韻を保ちつつ、季語のニュアンスや本意を具現しようと試みた。漢字を重ねてできた「畳語」は擬音語と擬態語とよく似ている働きを持っている一方、発句翻訳に取り入れられると、季語が持つ深意、あるいは季語の本意を暗示する機能も見られる。原句の趣旨、余韻などを損ねず、また季語に対して中国読者にも同様の共感を引き起こすために、このような翻訳方法が適切ではないかと考える。

最後に第五章では、俳諧の根底となる「滑稽性」の翻訳をめぐって検討した。伝統性を受け継ぎながら飛び越し、卑俗な表現を用いながら闊達な活力を表出するのは蕉風俳諧の滑稽性の核心である。また発句に含まれる滑稽性は数多くの様相、もしくは意味内容を持っている。これによって、句の意味が広く、豊かになるのである。翻訳の段階においては、発句の根底ともなる滑稽性をどのように取り扱うべきかも肝心である。しかし、従来の翻訳作品においては形式などを中心に論争されているが、この滑稽性を話題にするのが極めて少ない。五言詩は中国前漢の時期に形成され、『詩経』で多く用いられた四言詩より一字だけ増加したが、詩歌の内容が大幅に豊かになり、表現する範囲も幅広くなった。五言詩について、鍾嶸は『詩品』において「指事造形、窮情写物、最為詳切」と述べ、四言詩より叙事性及び抒情性が一層強くなること、文調が四言詩より柔らかく、緩やかになったのである。従って、述懐や陳情に長じる五言の形で翻訳する際、発句の滑稽性を弱めることが避けられない。そこで本章では俳諧の滑稽をよく具現している俳言を取り挙げ、特に芭蕉発句における俳言「蚤、虱」のイメージについて考察した。卑しいものでありながら、芭蕉は面白みに富むものとして俳諧に取り入れ、また漢詩漢文における「蚤、虱」像を自分の句に運用した。更に「不易流行」を追求する中、これらのものに自分の姿を投影し、感情を言い述べたのである。俳言といえば、漢語、オノマトペなども挙げられるが、俳諧は俳諧として認められるときに欠くことのできない滑稽性は時として俳言のみならず、一句の詠みぶりや表現の斬新さなどにもある。従って、芭蕉発句の翻訳を検討する際に、この俳諧性の再現がより重要なことである。

四言詩において、「賦、比、興」という表現手法がよく用いられた。字面通りに、「賦」は物事を陳述するのみであるが、情はそのものに付着している。また物事に触れて情を起こすことは「興」というのである。「興」も「賦」も主観的な表現手法ではなく、客観的に物事、あるいは眼前の風物を捉える方法である。またこの客観的描写を通して、詩の情を引き起こすということになる。この「賦」と「興」の表現法は、芭蕉が主張する技巧を弄さずに素直に一句を詠み上げるべきということと同工異曲の妙があると言えよう。『詩経』にある詩は基本的に四文字で詠まれている長詩なので、「賦、興」の後ろに「比」などの表現手法で感情や志などが述べられるが、十七文字の俳句はその客観描写の段階に留まり、短さによって情を誘発するのである。

従って、芭蕉の発句理念とよく似ている四言詩の表現手法、いわゆる「賦」、「興」を用い、その句を中国語に翻訳すると、原句の意味内容を拡大させること無く、リズム感を保ちながら、原句の内容を忠実に再現することができると考える。また、第四章で述べた「畳語」の働きを借りて俳言の深意を暗示することも考えられる。そこで、筆者は四言詩の表現と比較しながら芭蕉俳諧性の翻訳を試みた。

発句は日本最短の詩で、日本人の独特な自然観、美的見地、以心伝心を重んじる文化などを表している。芭蕉の発句は文学的にも、文化的にも、重要な価値を持っていて、日本人、全世界の人々に愛誦されている。芭蕉の発句は自然を愛し、自然と融合することを重んじ、そして、自然に順応しながら、繊細な感受性によって詠まれたものであり、日本人の美的見地、いわゆる「侘び」・「寂び」を好むことをよく体現し、何度も旅に出た風来坊の風狂の精神世界を表出しているのである。また、省略によって、余韻を作り出し、美しい世界を示している。

本書では詩歌翻訳理論、芭蕉発句の特徴及び芭蕉表現の斬新さなどを検討し、その上、従来の翻訳の、優れている点と足りない点を捉え、既存の芭蕉発句の中国語訳について検討を行いながら、音韻、季語、切れ字や俳諧性などの面から四言詩の形で芭蕉発句の翻訳を試みようと考えた。芭蕉発句の翻訳は古典文学研究の重要な一環であり、翻訳を通して発句の魅力を中国人に紹介し、芭蕉の俳諧及び日本詩歌の深層を中国人に伝えることができる。しかし、翻訳を行う際に、単なる形式や字面に重点を置くのではなく、一句一句の意味、句に用いられていき言葉の本意などにも着眼しなければならない。本論では四言詩形での翻訳理念を提示したが、発句を訳す際、このような形を取らなければならないというのではなく、日本文化、特に俳諧の魅力をより深く、より正確に中国人に伝えるのが本書の根本的な目的である。

【付録二】

本書では、芭蕉発句の表現手法について分析してきたが、その俳諧理念をより深く理解するために、蕉門の人々の句や作風も検討すべきだと考えられる。そのため、ここで、あまり問題視されていない蕉門の少年俳人亀翁を通してさらに芭蕉が唱える俳諧の姿を突き止めていきたい。少年の句を掘り下げることによって、芭蕉は常に排斥しようとした「悪功」とはいかなる意味なのか、また「俳諧は三尺の童にさせよ」とはいかなることなのかを明白にすることができると考える。

元禄期少年俳人亀翁に関する小考
―その俳諧の特質について―

一、はじめに

「一字不通の田夫、又は十歳以下の小児、時に寄ては好句あり」という『去来抄』・「修行」の部にある一文は、率直さを求め、技巧を凝らす「わる功」を排斥する蕉門の特徴をよく表出している。それによって蕉門の句集には俳諧初心者の句、なかんずく軽妙さに富む少年俳人の句が多く収録されている。芭蕉や其角などに高く評された亀翁がその代表的な一人であり、『花摘』、『猿蓑』などいろいろな俳書にも入集しているが、若くして俳壇からその名が丸きりと掻き消えたため、亀翁に関する記録が指を折って数えるくらいしかないようである。

そこで、本文において天才少年俳人亀翁をめぐって諸俳書への入集状況を明らかにし、「少年」という肩書の持つ意味を掘り下げ、その上亀翁句の特徴及び同時代の評価について検討しようと考えている。

二、亀翁について

亀翁は父多賀谷岩翁と共に其角に師事し、父親に導かれて俳諧に精進している。元禄三年刊の『花摘』、『いつを昔』などの俳書に各一句入集し、これが俳壇における最初の足跡だと考えられる。また其角編の『花摘』にならって百句の「一解花摘」を編み、元禄四年刊の『俳諧勧進牒』の下巻に、冬春夏秋の順でそのうちの五十一句が一括収録されている。そのうち冬春の句は最も多く、夏秋の句はそれぞれ四句しか入集されていない。五十一句の最後に小文字で「一夏花摘之句五十餘寄二路通坊之勧進一」という一文が書かれているが、他の四十九句を記したものは現在時点でまだ確認できていない。その句について、其角が序文において、亀翁が才の美をしれば、父仏見に心ざしふかく、母三遷の愛にあまりて、視聴言動をのづから一解百句に満ぬ。予ことし花摘集おもひ立て、人々の句結縁となしぬ。真非真是、今猶恥。ことさらにキ翁が才を恥て序て伏面。

と亀翁をほめそやした。その序文によって亀翁が「一解百句」を作ったのが其角の『花摘』と同じく元禄三年であることが確認できる。また沾徳が付けた跋文では亀翁のことを、

一解百句は此道によるものゝひろげてまき、又攤げ侍る。亀翁がとしは十四、予がとしのなかばにならず。春秋の情にかち侍るも、たれか教ぬるぞ。才拙して道に先じ侍れば、何をこたふべくもなし。一解といひ、百句といひ、共に父の志を同じくつとめ、同じくたのしみ侍りぬるは、こゝろざしの孝の類なるべし。猶遠山鳥のしだり尾のながき齢もて、櫻にあそび紅葉にあそぶ契をまずこゝに跋す。

と称賛している。ところが、跋文が『俳諧勧進牒』が刊行された時点に書かれたのか、或いは「一解百句」ができた時点に付けられたものなのかは明記されていない。ところが、入集した句の冒頭に「十四歳亀翁」という表記があり、これは句集を編纂する際に付け加えたものである可能性が高いと思う。更に、路通の自序「元禄三年霜月十七日の夜、観音大士の霊夢を蒙る。あまねく俳諧の勧進をひろめ、風雅を起すべしと、金玉ひ

とつらね奉加につかせ給ふ」から推測すれば、『勧進牒』の編集が元禄三年十一月であり、この年亀翁が十四歳に当たると考えられる。

また、元禄四年に編纂された『流川集』の「冬之二」の部には亀翁の元服を祝うための、支考が詠んだ一句が収録されている。

亀翁元服

元服や丹波の小雪のふれこんこ　支考

『支考年譜考証』によると、支考が元禄四年十月二十九日に江戸に到着し、これを迎えて其角立句、岩翁、支考、沾徳らによる六吟歌仙（『流川集』収）が巻かれた。またこの頃ちょうど亀翁の元服に当たり、それを祝うために支考が一句を詠みあげたのであろう。亀翁の父岩翁と同席で歌仙を詠んだことから、亀翁も同時にその会席にいたことが想像される。鳥羽院が幼少の頃、雪が降る日に「たんばの小雪」と口ずさみ、「たまれ粉雪」を言い間違えたのだが、逆に山国である丹波の美しい景色を思い浮かばせ、風情に富むことであると『徒然草』第百八十一段にある故事を踏まえ、少年でありながらも、風雅をよく悟っている亀翁も今日より一人前の大人になると祝福、期待を込めて一句を詠み上げたのであろう。

「江戸時代、男の子は十五歳の元服で若衆髷から前髪を剃って大人の仲間入りをし、女の子は十四歳前後から島田髷を結い、成人を祝った」[1]ということによると、亀翁が十五歳の時に元服を受けたと推測されるが、つまり元禄四年に亀翁が数え年で十五歳であることが分かる。このように、『俳諧勧進牒』に書いている「十四歳」、更に沾徳の跋文がそもそも亀翁が十四歳の時に付したもので、『俳諧勧進牒』が刊行される前の年に書き加えたものであると考えられる。

以上述べたように、十四歳から俳壇で活躍し始めた亀翁は当時の俳諧作者に高く認められ、その後も多くの俳書に入集している。更に、其角と京坂巡遊の旅に立ち、芭蕉の最期を見守った。『枯尾花』所収の「芭蕉終焉記」に

予は岩翁・亀翁ひとつ船に、ふけゐの浦心よく詠めて堺にとまり、十一日の夕大坂に着きて、何心なくおきなの行衛覚束なしとばかりに尋ねければ、かくなやみおはすといふに胸さわぎ、とくかけつけて病床にうかゞひより、いはんかたなき懐ひをのべ、力なき声の詞をかはしたり。

と記されている。俳諧の宗匠に伴って旅に出ることからすると、其角に大変重宝されているる弟子の一人であったことを窺わせる。しかし、それほど非常に期待された亀翁なが

---

① 『大江戸まるわかり事典』・大石学・時事通信出版局・二〇〇五・第五九頁・

ら元禄七年、『句兄弟』、『枯尾華』以降におおむね俳書入集が終わり、その後の俳書では少し確認できるが、十句にも足りず、先述べた内容から計算して二十二歳の時に急に俳壇における動向が分からなくなったのである。しかし、そのふっつりと消え去った理由はいまだに謎のままである。にもかかわらず、少年でありながら高く評価されている亀翁の句の価値を等閑にすることができない。従って、次節から、亀翁の句が諸書における入集状況についてまとめ、その句の特徴について論ずることにする。

三、俳書への入集状況

具体的に亀翁の句風を論ずる前に、その句の諸俳書における入集状況を明確にすることが肝要である。楠元六男が論稿「芭蕉の俳文『亀子が良子』の成立をめぐって」の中ですでにこれについてまとめているが、筆者が調査したものと多少の齟齬があり、もう一度年代順に辿って下記のように整理した。以下は日本俳書大系を調べたうえでできた結果である。[1]

● 『其袋』・嵐雪編・元禄三年・㋖十四歳・
（発句１・「垣越の咄しみけり夕すずみ」）

①㋖は亀翁を示す。また入集数と例句は括弧の中に入れて記述する。

●『いつを昔』．其角編．元禄三年．㊍十四歳．
（発句1・「暑日の影もいとはぬ祭哉」）
●『花摘』．其角編．元禄三年．㊍十四歳．
（発句7・「夕月に湯手のへちまの漂ひて」）
●『俳諧勧進牒』．路通編．元禄四年．㊍十五歳．
（発句5、一夏百句51・「むめの花しばし置けり卓の上」）
●『猿蓑』．去来・凡兆編．元禄四年．㊍十五歳．
（発句3・「茶湯とてつめたき日にも稽古哉」）
●『雑談集』．其角編．元禄四年．㊍十五歳．
（発句26・「物見よりさくら投こめ遊山幕」）
●『己が光』．車庸編．元禄五年・㊍十六歳．
（発句1・「縫物に主よりゆるす火燵哉」）
●『誹林一字幽蘭集』．沾徳編．元禄五年．㊍十六歳．
（発句20、下巻に合歓堂での歌仙あり、連衆は望月、春水、栢舟、且水、亀翁、沾化、沾姑。・「旅人やかえりき度やけふの月」）。
●『旅舘日記』．許六編．元禄五年．㊍十六歳．

（発句1、付句1・「任国のはてぬ間の気遣はれ」）
●『桃の実』・兀峰編・元禄六年・㋖十七歳・
（発句1・「草まくら畳の上も落穂かな」）
●『萩の露』・其角編・元禄六年・㋖十七歳・
（発句1・「うるはしき声よ若手の月見船」）
●『其便』・泥足編・元禄七年・㋖十八歳・
（発句2・「百人の客挨拶やけふの月」）
●『七車集』・徹士編・元禄七年・㋖十八歳・
（発句1・亀翁、徹士、専吟、尺草、其角、平砂による六吟歌仙に付句4。・「明けはなす襖も風のかほり哉」）
●『枯尾華』・其角編・元禄七年・㋖十八歳・
（発句1・丸山量阿弥亭に付句1。・「窓の雪はらひ果たる払子哉」）
●『句兄弟』・其角編・元禄七年・㋖十八歳・
（発句37、そのうち三十六句は「随縁紀行」に所収。・「幾人の送りていさむ初紅葉」）
●『浪化集』・浪化編・元禄八年・㋖十九歳・

（発句１・「すり針や今ふるやうにいつの雪」）

●『三家雋』．亀峰斎・亜提編．元禄八年．㋖十九歳．

（発句５・「春の日に持はしめぬる唐扇」）

●『五句付洗朱』．調和編．元禄十一年．㋖二十二歳．

（付句１・「奥列を見し自の挨リ志摩二郎」）

右記ように、十四歳より俳壇に踊り出て、蕉門の諸句集にも数多く入集しているが、元禄八年をもって、おおむね亀翁の姿が見られなくなり、元禄十一年刊の『洗朱』に付句一句のみが収録されている以外、ふっつりと消え去った。更なる活躍が期待されたにもかかわらず、若くして俳壇より身を引き、その理由について資料が足りないため、未だに推測の段階に留まっている。しかし、亀翁の行方を解明する前に、その発句の特徴を分析することが極めて肝心である。少年句の価値を認識するだけではなく、同時代の蕉門俳壇において少年はどのように扱われているのかという問題にも関わってくる。

四、初心の純粋さ

「門人功者にはまりて、ただよき句せんと私意をたて、分別門に口を閉じて、案じくたびるるなり」と『三冊子』・「赤冊子」がいうように、芭蕉には私意や作意による句作を排斥することが多少見れる。同じことが『去来抄』の「同門評」にも記されている。

嵐山猿のつらうつ栗のいが　小五郎

花ちりて二日おられぬ野原哉

正秀曰、嵐山ハ少年の句にして、しかも風情有。落花ハわる功の入たる処見えて、少年の句と謂がたし。去來曰、二日おられぬといへるあたり、他流の悦ぶ処にして、蕉門の大ひに嫌ふ事也。

「二日おられぬ」の例を引合に出して「悪功」による理屈っぽいことを論詰した。同じ「赤冊子」の中に「俳諧は三尺の童にさせよ。初心の句こそたのもしけれ」という一文があり、拙稿の冒頭に引用した『去来抄』の中の言葉と軌を一にしている。このように、「悪功」を排斥した蕉門の根本的理念は少年俳人の登場に土台を築き上げた。ここで、亀翁の句風を論ずる前に、多くの俳論や句集に取り上げた「少年」という一語に着目する必要がある。

「児童に遊戯を考案して与へるといふことは、昔の親たちはまるでしなかつたかやうである。[①]」と柳田国男氏が言っているように、昔の「少年」の意味は近代の意味合い

---

① 『こども風土記』．柳田国男．岩波書店．一九七六．第四十四頁．

で取るべきではない。江戸時代、少年でありながり漢詩集を作ったり、十代で昌平黌で講義をしたりした者もいるということから見れば、昔、子供は子供としてではなく小さい大人として扱われ、あるいは教育されたことが分かる。従って、俳句集の中で特に明記している「少年」という肩書は年齢だけを表しているのではなく、更なる深い意味が含まれていると思われる。この疑問を持ちながら亀翁の句を見てみよう。

ぬすみてもころばして行西瓜かな（『花摘』・其角編）

つるつるとした西瓜の重さに耐えられなく、盗んでも手から滑っていってしまい、ころころと転がっていく様を描写した一句であるが、句意が明瞭であり、軽妙さに富み、技巧を弄するところは見られない。

子のちから見むともたする西瓜哉（『俳諧勧進牒』・路通編）

幼き子の力を試すために西瓜を持たせる平明な口調の裏には、一種の喜び、安らかさが宿っている。このような純朴さが漂う例は他にも数多くある。

蔵開き女房の腰に鎰いくつ（『俳諧勧進牒』・路通編）

新年の早々に、吉日を選んで蔵を開く女の腰に鍵がいくつ付けられているという意味は極めて明白である一句であるが、鍵から新年の喜びが感じられ、物を見る視点が鋭く、しかも新鮮である。それに、人事活動に目を払い、如実に描写している。

そして、芭蕉が監修をつとめた『猿蓑』に収録される亀翁の句から更に次のような句風が読み取れる。

茶湯とてつめたき日にも稽古哉

『俳諧勧進牒』に収集されている亀翁の「一夏百句」にこの句に対して、「さるかたに数寄の稽古して」と前書を書き付けている。『猿蓑さかし』にも収められており、そこでは「此句古体の遺風也。宗鑑以来貞徳にいたりても此風多ゝ残れり。是にはなやかなるを宗因の風といふ也」と宗鑑や宗因の句を幾つか例に引いて注釈をつけているが、少年の心持を考慮に入れれば、寒い日といえども、お茶の稽古をしなければならない辛さを率直に嘆き出していると捉えたほうが適切であろう。温かい茶の湯と「つめたき日」が相対しているところにおかしみがある。また、同じく『猿蓑』に収録されているほかの一句を見てみよう。

出がわりや櫃にあまれるござのたけ

『猿蓑さかし』は「出替の半櫃より、じだらくに寝ござの丈のあまりて、蓋のあはぬ出代の荷物眼前思ひやらる」と注釈をつけている。寒い日が続く初春に、寝茣蓙を持って歩く僕婢の姿を、櫃蓋の間から覗かれる寝茣蓙の端といった些細な物事によってありありと表出している。今泉準一が『元禄俳人宝井其角』の第二章「其角の句に見る素朴さ」において、其角の「元日の炭売十の指黒し」一句に対して「素朴の情は自ずから流露してくる[1]」と述べている。この句は白楽天の『売炭翁』から文句を取っているが、底から流れてくる人への情愛はまさに亀翁の句と酷似している。天の寒からんことを願う炭売翁の心情、寝莫蓙を持ち歩く僕婢の姿は極めて自然で、繊細な風景描写によって吐露している。しかし、其角が漢詩をもとにして句を詠んだのに対し、亀翁は単なる目にした風景を詠み、その風景描写によって情を表出することに注意する必要がある。

上記の『猿蓑』にある三句、いずれも風景を明瞭に表し、素直に心情を陳述している。そうした率直な句風を通して、少年でありながら鋭い視点より人事活動を描写している。

また、其角が『雑談集』に収めている亀翁の句「河舟やみよしかくるゝ芦の花」に対して、「これは水辺に付合の句なるを、一句に優ありとて、発句になをせし。芦間かくれに乗越す舟工夫に落すして響たしか也。風景を知る人、思ひ出多し」と、最初は水辺につけた一句であったものを、情趣が優れているとして、発句に作り直したものである。その上、其角が言葉を惜しまずに賛詞を書き入れた。舟の舳先が芦の花に隠れ、景

---

① 『宝井其角全集』編著篇・石川八朗［ほか］共編・一九九四・

色の中に情趣が含まれているが、両方ともに目立たずに穏やかである。このように、趣向を立てずにありありと風景を歌い上げるのは亀翁句の主な特徴である。更に、同句集に収録されている「柿売やおむかひ松の下やどり」、「艸まくら畳の上もおちぼ哉」なども同工異曲だといえる。「艸まくら」の句はまた元禄六年兀峰によって編集された『桃の実』にも収録されている。

芭蕉が「心の色うるはしからざれば、外に言葉を工む」（『三冊子』）と批判しているように、心が純粋でないと作意が働き、言を巧みに組み合わせて理屈を述べ、「常に誠を勤めざる心の俗」となる。従って、右記の亀翁句のいずれよりも初心者の面影が読み取れ、物事の本相に応じて素直に詠んだものであり、いわゆる芭蕉が求める無心、正念、初心の純粋性に帰ることと呼応している。

しかし、ここでいう純粋性は元禄俳壇にもてはやされる「景気の句」とはやや違うところがある。許六が著した『宇陀法師』に、「景気の句、世間容易にする、以ての外の事也」と芭蕉の言葉が記されている。一見、蕉門が当時流行っていた「景気の句」に対して批判の立場に立っているかに見えるが、元禄六年、不玉の歌仙にある「坊主子や天窓うたるゝ初霰」の一句に対して芭蕉は、「近年の作、心情専に用る故、句躰重ゝし。

左候へば、愚句躰多くは景気斗を用候。これらも愚意相応に致二感美一候[1]」と評している。評語からは翁が「景気の句」そのものを否定するのではなく、ただ「心情専に用る」ことを批判していることが明らかである。言い換えれば、「見る処花にあらずといふ事なし。思ふ所月にあらずといふ事なし」といったように、私意、心情による巧緻さは芭蕉が批判する「重み」なのであり、恣意的な作意を捨て、自然に、粘りなく句を詠むべきである。景気の真を把握した芭蕉がいよいよこの理念を「軽み」へと昇華した。ここでいう芭蕉の理念は正に亀翁の句風と一致し、「少年」という肩書を付けることによって、作者の年齢を表明する一方、「初心」の純粋さを強調しながら、「俗を用いて能く聾に通し能く聡を笑はせり[2]」という俳諧の神髄も同時に示唆していると考えられる。

このように、現実生活、風景をそのまま再現する亀翁の句から、芭蕉が唱える「初心の純粋さ」が多く看取できる。また、これらの句から十四歳の少年とはいうものの、人間生活、身近の物事に関心を持つ亀翁の鋭さと人々への思いやりの深さを垣間見ること

---

① 『蕪村曉臺全集』．大野洒竹校訂．東京：博文館．一八九八．
② 『芭蕉句選』．華雀．［京都］井筒屋宇兵衛板．元文四年．（関西大学図書館所蔵）

ができる。

更に、元禄五年以降に刊行された句集に収められている亀翁の発句を確認すると、次のような句が見られる。

うるはしき声よ若手の月見船　（『萩の露』・其角編）

元禄六年に刊行された『萩の露』に収録されているこの句も同じく、少年らしい口調で率直に月見をする風景を描き出している。このような平明で、趣旨を立てずに風景をそのまま詠み上げる句風は、後に作られた句からも察知できる。また元禄七年に刊行された『句兄弟』に収録した十九番の句を見てみよう。

兄

寝た人を跡から起す衾かな　亀翁

弟

酒くさき蒲団剥けり霜の声　其角

冬解百日を二百句に両吟せし時夜々対酌の即興也酎（耐カ）レ寒のこゝろわかち侍るゆへあるしと客と旨趣かはり侍る。

寒気の通した薄い衾に人が起こされた簡明な一句に対し、其角は「酒くさき蒲団剥けり」と強い勢いで一句を詠み上げ、また「霜の声」で夜の寒さ表出し、酔っぱらっている人もこの霜の声で目が覚めたという趣がある。二沢久昭氏は其角の句に対して「この設定には張継の『楓橋夜泊』が念頭にあったことが『霜満天』『夜半鐘声到客船』の句を借りた『霜の声』によって想像される①」と指摘しているが、実際に張継の詩に倣ったかどうかは論拠不足で、断言できないが、一句は情を表すために、強い勢いで詠み上げたのである。それに対し、亀翁は見て取った現場の風景を如実に描き、造作なく詠み上げている。

更に、浪化が編集した『有磯海・となみ山』にある「すり針や今ふるやうにいつの雪」という句も、前出の句と同じように磨針峠の風景を目にした瞬間、感慨を有りのままに表出した一句である。

右に挙げた例句から、少年である亀翁の人間生活に対する観察の鋭さ、率直な句風が読み取れる。少年の視点より句が生まれ、句意が晦渋であるものが少ない。にもかかわらず、句に斬新さがある以上、人間、自然への思いやりの深さもしばしば感じさせるのである。少年の句であるからこそ初心の純粋さに富み、また風景をただ羅列するのではなく、句に余情があり、芭蕉の重んじる「誠の俳諧」の姿が少しながら見て取れるので

---

①「其角発句に関する考察」．二沢久昭．長野工業高等専門学校紀要（第三号）．一九七〇．

ある。

五、早成の句調

前節では、亀翁句の純粋さ、また趣旨を先に立てずに風景を平明な口調で詠む句風について分析したが、すでに感じ取られるように、目にした風景や人間活動に託して心情を表出する亀翁の句作り、あるいは一句の句調を評すれば、かなり早成であり、若くして俳諧に長けていたところがあることが屡々看取できる。

実際に作品に即してみると、亀翁の句はすべて少年らしいものというわけではなく、中にはかなり老成した視点によって作られ、手慣れたような作品が数多く見られる。たとえば、沾徳は『誹林一字幽蘭集』において、亀翁の句「駕籠舁の汗はく頃の若葉かな」に対して、注記を書き付け、『枕草子』牛車の段を踏まえていると指摘している。『枕草子』の原文は次の通りである。

五月ばかりなどに山里にありく、いとをかし。草葉も水もいと青く見えわたりたるに、上はつれなくて草生ひ茂りたるを、ながながとたたざまに行けば、下はえならざりける水の、ふかくはあらねど人などのあゆむにはしりあがりたる、いとをかし。左右にある垣にある、ものの枝などの、車の屋形などにさし入るを、いそぎてとらへて折らむとするほどに、ふと過ぎてはづれたるこそ、いとくちをしけれ。蓬の車に押しひしがれたりけるが、輪の廻りたるに、近ううちかかりたるもをかし。

道の左右の生垣に植えられた何かの木の枝などが、車の屋形などに入るのを、急いで折り取ろうとしたら、さっと通り過ぎて手元から外れてしまった残念な気持ちを表す『枕草子』の著名な一段を引き合いに出して句を案じた。とすれば、亀翁はかなりの工夫をこらしてこの句を作ったことになる。車を駕籠に置き換え、また知らぬ木の枝を取ろうとする女性の手を駕籠を担ぐ人の汗に化し、身近の生活から素材を取り出して詠んだ一句だと考えられる。雅を俗に変え、そこから俳諧性が生まれてくるのである。沾徳の注によって亀翁がこの句の創作段階にかなり知恵を絞ったことが窺える。腹案を練り、目にした風景を表現し、雅な『枕草子』にある一場面と滑稽性の満ち溢れる発句との対照するところにおもしろみが潜み、庶民生活における一つのシーンに対する描写によって初夏の温かさを十分に表し、更に人間への思いやりもしみじみと感じられる。このような才能は長年にわたって俳諧に努めた達人だと思わせるのであろう。

元禄五年に刊行された『己が光』にも、このような故事や古歌を思い浮かばせる亀翁の一句がある。

縫物に主よりゆるす火燵哉（『己が光』・車庸編）

『己が光』にあるこの句によると、人間生活に対する関心の深さがより一層感じられる。一句が中国の前漢の故事「壁ヲ鑿チテ光ヲ偷ム（前漢にいた匡衡は貧しく、灯火の油を買うことができず、壁に穴を開け、隣家の明かりを盗んで勉学に励んだ）」に似ているところがあると筆者が思うが、やはり「主よりゆる」してくれた炬燵の温かさという描写は、光を「ぬすむ」といった風景より愛情が増し、一種のぬくもりが底から流れてくると思われる。このような手慣れた句は少年にしてはあまりに出来すぎと言えよう。

亀翁句の特徴をこのように古典を思い浮かべながらまとめてしまうと、いささかマイナスの評価となりかねないが、『去来抄』にある芭蕉の「辛崎の松は花より朧にて」の句に対して門人達が散々に議論した挙句、翁が「角、來が弁皆理屈なり。我ハたゞ花より松の朧にて、おもしろかりしのみト也」といったところから、前節で論じている「巧を弄さない」とは決して単なる理屈なく、素直に言い出すことだけではないことが多少は窺えるであろう。

許六の『宇陀法師』に次のような一文がある。

当流はむつかしき事なく、無分別に理屈のなきがよしといひなぐる人々あれど、それはさる事にして少子細有るべし。随分腸をつよく案じて、口外へ出す時無分別に理屈なくいふ事也。さやうにいひもてゆけば、なには俳諧消果て、野鉄砲の作者のみに成べし。

ただ「理屈なく」を主張する人は「野鉄砲の作者」と言い、句を詠む前に考えに考えたことが重要である。また、同じく芭蕉の高弟たる支考は『続五論』の中で、

俳諧は無分別のところにありと、理屈なしとのみいハば、吾門にもあやまりたる人ありて、眼前にさえぎりたる物を口にまかせていひちらし、切字てにをはの詮議もなく、附句はつきもつかず、一字半言もこゝろにおかされず、人にへつらひなしといはれて、肌着一枚に世情をふみやぶりたるなど、是を野鉄砲といふ風雅の罪人なるべし。

つまり、芭蕉が重んじる俳諧の姿は、よく腹案を練り、表現に際しては智巧を弄せずに詠むことである。右は元禄五年と元禄六年の二句を引き合いに出して論じたものだが、何れも亀翁が元服した後の句であるため、早生ぶりの証となりづらいところもある。従って、まだ少年として認められていた時期の亀翁の句からこのような特徴が読み取れるかは疑問に思われる。続いて、元禄四年の句集を中心に論じてみる。

たとえば『俳諧勧進牒』の上巻、「即座通題　餘寒」という題の下に収められている一連の句を見てみよう。

きさらぎに酒の慾しるふすま哉　露沾

青柳に芽の出ぬかたの寒さ哉　沾荷
此雨はあたゝかならん日次かな　キ角
寝かす子にまだ肌寒し春の風　岩翁
彼岸前寒さも一夜ふた夜哉　路通
接木する手さへつめたき春日哉　旦水
はる風に脱もさだめぬ羽織哉　キ翁
春の夜も更て寒けり小挑灯　乙州

いずれの句も肌寒い時節を表出しているが、風景を際立たせて寒さを描き出す句もあれば、傍線部分のように人事活動あるいは人間描写の面から詠み出している句もある。露沾の句では寒い時期に酒に酔って寝る人を思い浮かばせ、衾すら酒の匂いがするようになった。率直に余寒を詠んでいるわけではないが、その裏から肌寒さが漂ってくるさまが感じられる。それに対し、岩翁、旦水、亀翁はともに人間の感覚から寒さを表現している。さらに岩翁と亀翁親子の句を比べてみれば、細かい人間活動に着目し、その繊細な描き方はよく相似ていると考えられる。亀翁の句はまた『猿蓑』に「露沾公にて余寒の当座」という前書きを付けて収録されている。『猿蓑』の前書によって、これは露沾のところに句会が開かれ、そこで余寒を題にして詠み上げた一句である。春風に吹かれ、ほかほかとなったと思ったら、羽織を脱いでみるとやはりやや肌寒く感じ、脱ぐかどうかを迷っている様子が詠まれている。また、岩翁が子供の皮膚から伝わった冷たさによって余寒を具現している。二人とも些細なことによって、春になったばかりの頃の寒さを如実に表出している。この句から、前述のように人間活動にかなり関心を寄せる亀翁の心が読み取れる一方、句作りも父岩翁など一連の俳諧に長じる人とよく似通い、少年でありながら長年間俳諧に努めてきたようにも見え、父より俳諧の指導、句作りの影響をかなり受けていることが考えられる。

はつ雪や一口くはむ老の興（『俳諧勧進牒』・路通編）

老人の姿を如実に表現し、なかなか十四歳の少年によって作られた句とは想像しがたい。また、同句集の中に「独身は火鉢とはなす庵かな」のような句がある。一見して、火鉢と話をしている老翁の姿が思い浮かぶのである。少年である作者自身とは少しかけ離れているとも言える。このように、老人っぽい口調を通して句を詠むのも亀翁句の顕著な特徴の一つだと言える。

また、自作の「一夏百句」からそのような例も幾つか挙げることができる。

風つよく破れもいとふ紙子哉

紙子は俳諧において非常に重要な役割を担っている。芭蕉の『冬の日』の巻頭に次のような一段がある。

笠は長途の雨にほころび、帋子はとまりくのあらしにもめたり。侘つくしたるわび人、我さへあはれにおぼえける。むかし狂歌の才士、此国にたどりし事を、不図おもひ出て申侍る。

狂句木枯の身は竹齋に似たる哉　芭蕉

旅のその日その日の嵐にもめた紙子より、侘びの美を感じた芭蕉が竹斎を思い浮かべ、一句を作った。幸田露伴が『評釈冬の日』において、芭蕉と竹斎を「境界相似て風骨亦やゝ近き」[1]と述べていることから、芭蕉が竹斎と同じであるような遊狂の気分を抱いて、紙子の身近な庶民性を通じて、漂泊の心を表現したと考えられる。このように紙子の庶民性から親近感が感じられる句はまたほかにも幾つかある。例えば、江戸に来た大垣の俳人、津田嗒山の客舎で巻いた七吟歌仙の芭蕉の発句「かげろふの我が肩に立つ紙子かな」という作もその一例である。亀翁の句にある「破れもいとふ」という表現から芭蕉の風狂精神に相似たものが見られる。質素簡朴な一句であるが、芭蕉の文章をなぞったように見えかねないが、句境あるいは句作りからは少年の面影が薄く、生活経

① 『露伴全集第二十巻』・『冬の日評釈』．幸田露伴．第三十四頁．

験の豊富な人の作だとさえ思わせるのである。

更に、『俳諧勧進牒』に収められている亀翁「一解百句」の句を見てみよう。

①惜年

さやかきの形直しけり年の暮

②親の恩火燵にかくる下着かな

③やり羽子に長ばかりの日暮哉

①の句に「惜年」という前書が付されている。年の暮れにさやかきを整え、光陰に関守なしと嘆く人の姿を思わせる。また③番目の句も同じく日が暮れていくにもかかわらずやり羽子を楽しむ子供のはしゃいでいる姿を目にした大人、この日暮の寂しさは大人にしか感じられないと感慨を陳出している。やり羽子を楽しむ無邪気な子供の姿、それに日暮を嘆く大人と照合し、奥ゆかしい句境を作り出している。また②番目の句から、炬燵の下に入れてある下着から親の思いやりをしみじみと感じ、親への感謝の気持ちが読み取れる。それに対して、『雑談集』に「噺して炬燵に寝入る童かな」という岩翁の一句では、寒い中に、話をしながら暖かい炬燵の中で寝入った可愛い子の姿を如実に表現し、さらに親が子への愛おしみも句の中に潜んでいる。亀翁の句と正に対をなし、互いに向かって詠み出したと思わせる。このように、父岩翁の句風とかなり似通い、二人

とも細かく人間活動を考察する鋭い視線を持っていることが自ずから窺える。

以上述べたように、亀翁はまだ少年でありながら、かなり老成していた面がある。そのように庶民生活に深い関心を持ちながら、早成の句調を通して発句を作り上げた。蕉風からの影響が度々感じられるが、少年にして「重み」を排斥し、「軽み」を強調した芭蕉の理念、また侘び、風狂の精神を十分に心得ていたことは疑う余地はない。

六、終わりに

蕉門の句集を読み通すと、名高い俳人だけではなく、穢多、乞食、少年など各階層の人の句が収録されている。それらの言葉は単なる身分を表すだけではなく、俳諧の普遍性、大衆性を同時に表出している。芭蕉が重んじる「かるみ」、「わる功」を弄さない初心の純粋さなどがこの人たちの詠作に便宜を提供したといえる。本論では「少年」である亀翁をめぐって論じたが、その句から読み取れる率直さ、平明さはいかにも芭蕉の理念に近い。「少年」という肩書は年齢を表すだけでなく、芭蕉が唱える「初心」の純粋さも同時に強調し、表出していると考えられる。

また、本文では亀翁の句風について分析したが、巧みをこらさず、また子供らしい新鮮みに富んだ視点が読み取れる一方、「はつ雪や一口くはむ老の輿」がいうように少年でありながら、かなり大人っぽい口調で詠まれた句も数多くある。そして、その句から芭蕉の理念と同工異曲であるところが多く、年齢にもかかわらず、洞察力の鋭さと人間社会に対する思いやりの深さも彼の句から見出すことができる。芭蕉の新風の在り方を明確に提示する『猿蓑』の中には、隠逸閑雅の趣と庶民的な生活実感に富む情景が所々に散りばめている。さらにそれ以降の句集から、隠逸生活より庶民生活、あるいは人事活動に関心を寄せつつある傾向が蕉門の句集から見られる。亀翁の句はまさにその例と言えるだろう。従って、亀翁が人間活動への関心は芭蕉から大きな影響を受けていることが窺える。

亀翁に関する小論は亀翁が俳壇より消え去った理由について触れていないが、今後は更に亀翁句を鑑賞する上、芭蕉が求める「風雅の誠」とは何か、また晩年其角と芭蕉は句作りにおいてどのように異なっているかを明確にしようと考えている。そこから亀翁が俳諧から手を引いた理由も少し見られると思う。亀翁の句を分析することによって、俳諧文芸における「少年」という肩書を持つ人々の価値を垣間見ることができると同時に、これらの問題をさらに深く掘り下げると、蕉門の芸術性を考える文学研究を乗り越え、歴史社会学にも接続していく視点を提示するものとなっていくのであろう。

他の参考文献

①『蕉門俳諧前集　上巻』・神田豊穂・春秋社・昭和三年・

②『流川集』・京寺町二条上ル町井筒屋庄兵衛板・元禄六年・（西尾市立図書館蔵）

③『去来抄／三冊子／旅寝論』・向井去来・岩波文庫・一九九一・

④『猿蓑さかし』・樨柯坊空然・［東都］本石町十軒店：椀屋伊三郎・出版年不明・（早稲田大学図書館所蔵）

⑤『日本俳書大系』第七巻・『談林俳諧集』・春秋社・一九二六・

⑥「芭蕉の俳文『亀子が良子』の成立をめぐって」・楠元六男・連歌俳諧研究第五十四号・一九七八・

【付録二】

俳諧の随伴物ともいえる俳画は近年大いに注目されてきたが、絵と句とはいったいどのような関係があるのかに関して、論説はさまざまである。本書では、芭蕉の表現手法に基づき、芭蕉発句の中国語訳について論じてきたところ、俳画も時として俳諧の翻訳となるのではないかとふと思いついた。そのため、本書最後に俳句と絵画を織り交ぜ、数々の名作を残した蕪村の俳画について論じ、絵と句との関係を明らかにし、その上、翻訳という概念で俳画を検討することができるかどうかを考えてみる。そして、翻訳っぽい役割を果たす絵にはどのような特色、機能があるのかについても探ってみる。

「安永三年蕪村春興帖」の蕪村挿絵再考
—その手法と意図をめぐって—

一、はじめに

「安永三年蕪村春興帖」（雲英末雄個人蔵、奥付：安永甲午春発行　花洛書肆　橘仙堂）は、安永三年（一七七四）の蕪村一門の春興句（蕪村、雪店、宰町（蕪村）の発句・脇

・第三の三つ物、「東君」、「青帝」、「三始」などの歳旦句、さらに「歳暮」「年内立春」、「立春在臘」という歳暮吟、「春興」、「人日」などと題する春興句、三つ物を除いて、発句計一八三句）を収めたものである。まず目を惹くのが、門人たちの句に蕪村自筆の俳画を付けた十六点の作品である。

雲英末雄がそれぞれの俳画に付けた名前を踏まえた上で、⑧番の「行脚俳人図」（雲英氏が付けた図題）を「芭蕉図」と改名したように、各図の内容に従い、図題に少し手入れをし、次のように分類した。

一、古典を踏まえた作品：②熊谷直実図③司馬光撃甕図⑤渡辺綱図⑧芭蕉図⑭陶淵明図
二、古典世界を髣髴とさせる作品：①箒図⑥公卿図⑦蛙図⑩傘図⑫青柳楼台図⑬源頼朝図
三、空間性、時間性を拡大させた作品：④鳶図⑨提灯図⑪牛車図⑮船頭図⑯眠猫図

「はいかい物之草画、凡海内に並ぶ者覚無之候」（安永五年八月十一日付几董宛書簡）と自負していた蕪村の俳画を考える上で、極めて貴重な資料である。本論では、第一種の古典を踏まえた作品を取り上げ、蕪村はなぜこのように発句に絵を添えたのか、「古典を踏まえた作品」を例として、蕪村の趣旨を考察する。その上で、蕪村発句の特徴、

蕪村俳諧の手法、絵で如何なるものを表現しようとしたのかを本論の議題として探究する。

二、叙事による叙景

芭蕉、去来、其角、嵐雪、許六に代表される蕉門俳人などが相次いで世を去った後、歯止めがなくなった俳諧は、点取り俳諧、「前句付け」などに席巻され、風雅とは程遠い俳諧の遊戯化が進んだ。その中で、蕪村が登場してきた。俳諧が廃れる中で、ポルノ調の都市俳諧、卑俗過ぎる地方俳諧が融合し合い、革新の狼煙が再び上がってきた。では、この時期の代表的俳人で、画家でもある蕪村は、どのように俳諧の革新を実現したのか。安永三年春興帖を通して見ていきたい。

まず、前出十六図の二番目の「熊谷直実図」に踏み入ってみよう。我則の句「扇にて梅花をまねく夕哉」に、蕪村は扇を振るう武将の絵を添えた。一句は、日が没して暗くなろうとする時、扇で梅花の香りを招こうとする雅に富む風流人の姿を如実に具現している。意味はそれほど複雑ではないが、夕べという言葉が表している「時間の推移」といった動的な変化には趣がある。一瞬の感受性ではなく、まだ咲いている梅の花が少し見えるところから周りが暗くなりつつ、香で梅花の存在を確認することしかできなくなったという時間の推移は、正に一句の醍醐味である。雲英末雄は、「この絵の構図は、一の谷の合戦で熊谷次郎直実が平敦盛を扇で呼び戻す場面の直実のみを描いたものである。この図柄は、はじめ室町後期成立の『子敦盛絵巻』の冒頭にみられるものであり、それが江戸時代に至って武者絵本などの版本にも受け継がれている。[1]」と論じている。『平家物語』（敦盛最期）には以下の一場面がある。

（雲英末雄編『安永三年蕪村春興帖』太平文庫 一九九八）による。

いくさやぶれにければ、熊谷次郎直実、「平家の君達たすけ船にのらんと、汀の方へぞおち給らん。あはれ、よからう大将軍にくまばや」とて、磯の方へあゆまするところに、ねりぬきに鶴ぬうたる直垂に、萌黄の匂の鎧きて、くはがたうつたる甲の緒しめ、こがねづくりの太刀をはき、きりうの矢おひ、しげ藤の弓もつて、連銭葦毛なる馬に黄覆輪の鞍をいてのつたる武者一騎、沖なる舟にめをかけて、海へざつとうちいれ、五六段ばかりおよがせたるを、熊谷「あれは大將軍とこそ見まいら

① 雲英末雄「蕪村の俳画を考える――『安永三年蕪村春興帖』の挿絵をめぐって」『文学』七号 岩波書店・一九九六年一月・第一〇九頁・

せ候へ。まさなうも敵にうしろをみせさせ給ふものかな。かへさせ給へ」と**扇をあげてまねきければ**、招かれてとってかへす。汀にうちあがらむとするところに、おしならべてむずとくんでどうどおち、とっておさへて頚をかゝんと甲をおしあふのけて見ければ、年十六七ばかりなるが、うすげしやうしてかねぐろ也。我子の小次郎がよはひ程にて容顔まことに美麗也ければ、いづくに刀を立べしともおぼえず。

蕪村の絵は雲英氏の指摘通り、『平家物語』におけるこの場面を利用し、作ったのである。さて、蕪村がこの場面を我則の句に添えた理由は何であろうか。蕪村の発句には、『平家物語』の段落を踏まえたものがある。例えば、

忠度古墳、一樹の松に倚れり
月今宵松にかへたるやどりかな　明和三年『蕪村自筆句帳』
宗任に水仙見せよ神無月　明和五年か『蕪村自筆句帳』
くすり喰人にかたるな鹿ケ谷　明和五年か『蕪村自筆句帳』
いもが子は鰒喰ふほどに成にけり　明和五年か『新五子稿』
ぬけがけの浅瀬わたるや夏の月　明和六年『蕪村句集』
風入リテ四蹄軽シ

木の下が蹄のかぜや散さくら　明和七年『蕪村自筆句帳』
二の尼のむかごにすさむ筐かな　安永六年『柳女、賀瑞宛書簡』。
鶯はやよ宗任が初音かな　安永七年以降『蕪村遺稿』
　生田森懐古
足弱の宿とるためか遅桜　安永七年『新雑談集』
鼬啼て離宮に暮るゝ秋の雨　安永七年以降
花盛六波羅禿見ぬ日なき　安永九年『蕪村自筆句帳』
　琵琶の画賛
撥音に散るは永寿の木の葉哉　天明二年か『断簡』

蕪村は『平家物語』を度々借りて句を詠んでいた。例句のように、平忠度の歌「行き暮れて木の下陰を宿とせば花や今宵の主ならまし」を踏まえ、「月今宵松にかへたるやどりかな」というような忠度を偲ぶ句もあれば、「足弱の宿とるためか遅桜」のような、遅桜は老来足弱の自分を待つという、古典を下敷きにして自分の心持を述べた句もある。そして、右記の例句には、直接に心情を述べ、或は古典作品どおりに古典世界を描写し、古典人物を描出したものはほとんど一句もない。蕪村の発句における工夫が容易に見て取れる。例えば、源頼政の嫡男仲綱の愛馬「木の下」という素材を借りて、杜甫「房兵曹拐馬」の第四句「風入リテ四蹄軽シ」（唐詩選巻3）の世界を具現し、臨場感の溢れる桜の散る風景を読者に伝えた。又、安倍宗任の故事を髣髴させながら、水仙の花、鶯の初声を賛美し、佐々木盛綱の逸話をもって「夏の月」を描写する句は、写景句でありながら、俳諧性に富む叙事句としても捉えられる。いずれの句にも静態としての風景が設定されている上、いきいきとした人事活動も内包されている。

　このように、風景描写や心情描写の際、古典を踏まえて句を吟詠することは蕪村の作品においては決して稀なことではない。特に注目すべきなのは、蕪村句における風景と人事が見事に重ね合わされている点である。清登典子は、「都市系俳諧の趣向性と地方系俳諧の平明性との統合という中興期俳諧の課題に対して、蕪村一派は意識的な取り組みを見せたが、特に蕪村は江戸俳壇出身者としての立場から、趣向性に重点をおいた上での景情一致と平明性の追求という形で、この課題に一つの解答を示そうとしていたと考えられる」[①]と述べながら、一見すると叙景句と見えつつ、古典をよく踏まえている作品を具体的に分析した。清登氏の指摘通り、右記の『平家物語』から素材を取り出

---

① 清登典子『蕪村俳諧の研究——江戸俳壇からの出発の意味』和泉書院・二〇〇四・第一六九頁・

し、詠まれた句に、例えば「木の下が蹄のかぜや散さくら」などがある。景色を描写しながら、古典を借りることによって俳諧性を際立たせている。

しかし、「鶯はやよ宗任が初音かな」、「宗任に水仙見せよ神無月」、「ぬけがけの浅瀬わたるや夏の月」、「花盛六波羅禿見ぬ日なき」などの句は叙景句というより、故事をモチーフとして吟じられたといった方が適切であろう。「わが国の梅の花とは見つれども大宮人はいかがいふらん」と殿上人に返した安部宗任にこの鶯の初声を聞かせよ、この水仙のすがたを見せよと滑稽的に詠んだ平明性に富む二句は、叙事の手法を用いて叙景を行っている。また「佐々木盛綱の逸話」(『平家物語』巻十)の場面をそのまま描写しているように見えるが、一句の重点は、白々と照らす「夏の月」という風物にある。又、平氏をそしる者を探索するために平清盛が都に放った三百人の童(『平家物語』巻一)を取り出し、花見をする風景を明快に詠み上げている。蕪村の叙景句は、趣向性を強調し、古典を借りて醍醐味を醸し出すのみならず、故事を叙述した句の背後にも景色が敷き詰められ、時にモチーフとして巧みに具現されている。このように、蕪村の叙景の手法は、以下の二つに分けることができる。一つ目は叙景句で、趣向性を強調し、静態の景色に動的活動を加え、臨場感を増すこと、もう一つは、故事を描き出し、叙事の手法を通し背後の景色を髣髴させることである。

とすれば、「安永三年蕪村春興帖」にある我則の句に「熊谷次郎直実」の絵を添えた発想も、蕪村の叙景手法と一致しているのであろう。我則の叙景句に、梅の香りを招く風流人と同じ仕草であるかのような、梅によく喩えられる美少年平敦盛を扇を煽ぎながら呼び戻す熊谷次郎直実を添えている。読者を惹き付けると同時に、読む人に敦盛最期の悲しさを覚えさせながら、梅香の奥深さを賞味させている。

三番目「司馬光撃甕図」、五番目「渡辺綱図」、そして十三番目「源頼朝図」も同様である。

筧から流て出たるつばきかな　月渓

（雲英末雄編『安永三年蕪村春興帖』太平文庫　一九九八）による。

椿の花が筧からぽとっと流れてきたという一瞬の驚きや感動を描いた一句である。蕪村はその勢いよく流れてきた椿から連想して、「司馬温公撃甕」の故事を踏まえ、椿の花を甕から助けられた赤い頬をした子に喩え、絵を添えたのである。

蕪村の発句には次のような句がある。

探題　水音二句

温公の岩越す音や落し水

風呂捨る温公の宿や秋の声　蕪村（明和七年『落日庵句集』）

雲英末雄はこの二句を引用し、「前者の『岩越す』は『波が奔流するさま』をいう歌語で、それを司馬温公が石で割った甕から勢いよく流れ出る水にたとえている。後者の『風呂捨る』にも、『秋の声』に欧陽修の『忽ち奔騰して砰湃たり』（古文真宝後集・秋声賦）の意を含んでおり、風呂水を捨てる水音の高さが示されている。[1]」と言っている。「安永三年蕪村春興帖」においても司馬温公の故事で聴覚を動かし、椿の花が流れてくる音を際立たせたのであろう。また、

張良讃

嘆息ス此ノ人去リテ、蕭条トシテ徐泗ノ空シキヲ

沓おとす音のみ雨の椿かな

---

① 雲英末雄編『安永三年蕪村春興帖』太平文庫・一九九八・第八二頁・

という句のように、漢の張良が黄石公の落とした沓を拾って兵法を授かったという故事を踏まえ、椿の落ちる音を沓を落とした音に比喩している。蕪村は椿の形を描くよりは聴覚を生かし、そして、その音を説明するのではなく、故事を利用して模倣し、読者に聞かせようとしている。月渓の句には、まさにこれらの句と同じ手法で「司馬温公撃甕」を添えたのであろう。

雉子啼や梅花を手折うしろより　常川

（雲英末雄編『安永三年蕪村春興帖』太平文庫一九九八）による。

梅を手折るところに、後ろから雉の啼き声が響いてきたという場面を描写する一句に対し、蕪村は渡辺綱が鬼に後ろから兜を捕まれた絵を付した。渡辺綱の鬼退治の故事は、謡曲「羅生門」を始め、広く知られている。そしてこの場面を描いた絵と挿絵などは、少なからずある。

さて、蕪村はなぜ春夜の景色をスケッチした常川の句にこの絵をつけたのであろう。蕪村が詠んだ雉の発句に左記のような句が確認できる。

雉子啼くや草の武蔵の八平氏　安永二年『自筆句帳』
亀山へ通ふ大工やきじの声　天明二年『自筆句帳』
むくと起て雉追ふ犬や宝でら　年次未詳『句集』

雉の声は武蔵を割拠した平氏の群雄たちが立ち上がった時の声と似ていると詠んだ一句目、また城造りのため、亀山へ通う大工の耳には戦争の叫び声と変わりのない雉の啼き声が伝わってきたという二番目の句、雉の声を聞いた途端、宝の小槌を守ろうとむっと追ってくる犬を描写した三番目の句、いずれも雉の声を激しく、かん高く、そして勇ましいものとして捉えている。蕪村は雉の啼き声を、妻を恋い、子を守る情愛に富む声という伝統的な捉え方ではなく、人々に緊張感を与える声として扱っている。従って、常川の句に鬼と戦う最中の渡辺綱の姿絵を添え、原句にいささかの緊張感を与えた。背後から聞こえる雉の啼き声に驚かされた梅を折る人は、まさに渡辺綱が鬼に急に後ろから掴まれた瞬間の心境と同じだとして、一句の臨場感、滑稽性をより増したのである。このように、元来の叙景に物語を入れ込み、叙事しながら、景色を映像のように動的に語り出している。

画俳二道と言われている蕪村が、実際に俳諧を本業としてやる気を出し、画俳二道に生きる決心を見せたのは明和五年、讃岐から帰京して三菓社句会を再開してからである。それまではずっと画家として活躍し、俳諧は全く余技の域を出なかった。雲英末雄氏は「匂ひ付」の手法が用いられていると指摘しているが、芭蕉俳諧における連句の理想的な付け方「匂ひ付」だけでは言い尽くせないと考える。「匂ひ付」とは「前句の中に感ぜられる餘韻とか餘情、或は風韻といったものをたよりにつないでゆくといふ行き方である」[1]と中村俊定は解釈している。その一方、同氏は前句に余情がない場合、「前句の素材一つに連想を求める場合も、意味を発展させてゆくやうな付け方もあるわけであるが、そういふ場合には、それをあらはにみせないやうに、付句の仕立方に注意を拂つてあしらつていかなければならない」[2]と示唆している。前句付けや発句中心の時代背景を除いて、蕪村は弟子たちの句から古典世界を連想し、その句の言葉遣いあるいは表現と関連する古典の場面を添えたが、「匂ひ付」とはやや異なる。余情を受け継ぎ、あるいは意味を発展させるというより、むしろ弟子の句にある場面を受け、さらに物語を借りて、その景色や場面をほかの角度から面白く、ダイナミックに表出したと言った

---

① 中村俊定『芭蕉講座』第一巻・創元社・一九五三・
② 同右。

方が適切であろう。一句一句を滑稽味、俳意がはっきりと込められている句へと昇華させようとするために、これらの絵を添えたのであろう。さらに推測すれば、同じ題材なら、自分はどのように表現するのかを蕪村が自分の意志を示したものでもあると考えられる。

このように、この類の絵の付け方は従来の蕪村の叙景手法と同工異曲の妙を得ていると言えよう。蕪村は古典をうまく生かし、人間の動作を通して景色を描き、弟子の句にある要素といちいち対応させながら絵を施し、句の俳意をより強く具出している。叙事を手段として景色を描き出し、静態の景色を動的に表出することは蕪村発句、あるいは蕪村が「安永三年蕪村春興帖」に付けた絵の魅力だと考えられる。弟子の句に対し、同じ風景を再現しようとすれば、古典を踏まえることによって面白く詠める方向もあると自分の叙景手法を語ったのではないかと推測できる。

三、反転と文人趣味

前節では蕪村が古典を利用して叙景句を吟ずる手法について分析し、「安永三年蕪村春興帖」に絵を付した理由について検討した。しかし、十六図の中には単なる叙景をモチーフにした絵はそれほど多くなく、叙事と叙景をうまく組み合わせたものがほとんどである。従って、蕪村はどのように叙事と叙景を配合したのか、また何を求めようとしたのかについてさらに踏み入ってみよう。

八僊観百川、丹青をこのむで明風を慕ふ。嚢道人蕪村、画図をもてあそんで漢流に擬す。はた俳諧に遊むでともに蕉翁より糸ひきて、彼は蓮二に出て蓮二によらず、我は晋子にくみして晋子にならはず。（中略）又俳諧に名あらむことをもとめざるも同じおもむきなり皃。（中略）彼は橋立を前駈として、六里の松の肩を揃へて平安の西にふりこみ、我ははしだてを殿騎として洛城の東にかへる。

「天の橋立図賛」宝暦七年　蕪村

其角が月に嘯く体にも倣はず。嵐雪が花にうらめる姿にも擬せず。まいて今の世にもてはやす蕉門とやらむ、質をもはらにするにもあらず。たゞ己がこゝろのさまぐ〵に、思ひ邪なきをのみたとぶ成べし。

『平安二十歌仙』序　明和六年　蕪村

右記の図賛と序文が言っているように、蕪村は宝暦四年（一七五四）春に京都を去り、丹後宮津の見性寺に四年間留まった。その間、支考門で俳諧に逍遥し、文人画の先駆者であった八僊観・彭城百川の南画的な画風とその文人趣味的ないきざまに共鳴し、ようやく漢画から脱皮し、独創的な文人画の領域に踏み込む足場を築いた。このような文人趣味は、後の俳諧からも確認できる。また蕪村自身は其角、嵐雪、さらに今世に流行っている芭蕉調とは違い、自分はただ自分の心に従い、句を吟じたのだと言っている。前出の発句のように、蕪村一派の句には漢文、日本古典文学などを踏まえて吟じた句が多い。暉峻康隆氏は蕪村明和五年中三菓社句会で詠んだ発句に対し、「典雅な古典趣味と季感を結んだ独自な句風、観照と造型力の卓抜さを示す写生句など、すでに蕪村調が色濃くあらわれている。」と述べているように、蕪村俳諧の特徴、あるいは蕪村調の特色は、文人趣味的な俳風という言葉でまとめられる。また、この文人趣味俳風を唱えることで、俳諧革新を推し進めた。蕪村は漢語、雅語、故事などを駆使することにより、卑俗のドン底から俳諧を引き上げ、文芸の段階まで復帰させたのである。蕪村自身は、

嘗テ春泥舎召波に、洛西の別業に会す。波すなはち余に俳諧を問。答曰、「俳諧は俗語を用て、俗を離るゝを尚ぶ。俗を離れて俗を用ゆ、離俗ノ法最かたし。かの何がしの禅師が、隻手の声を聞ケといふもの、則俳諧禅にて離俗ノ則也」。

（中略）

波疑敢問、「夫詩と俳諧と、いさゝか其致を異にす。さるを、俳諧をすてゝ詩を語れと云、迂遠なるにあらずや」。答曰、「画家ニ去俗論あり。曰、「画去俗無他法。多読書則書巻之気上升、市俗之気下降矣。学者其慎旃哉」。それ画の俗を去だも、筆を投じて書を読しむ。況、詩と俳諧と何の遠しとする事あらんや」。波すなはち悟す。

（維駒編、安永六年『春泥句集』序）蕪村

と述べているように、俳諧の道と絵の道は同一である。蕪村は絵の理念から俳諧の風格を見つけ出し、漢詩漢文、日本古典文学をふまえて、俗を用いて雅を表現しようとした。「はいかい物之草画、凡海内に並ぶ者覚無之候」と自負しているが、その反面、蕪村は俳画を文人画と同格のものと考えていることも窺える。南画によって画の基本的修練を積み重ねた蕪村は、南画の去俗理論を自分の文芸に徹底した。「安永三年蕪村春興帖」に収録の弟子の句に添えた絵は、自分の文人意識をさらに強く表明しようとしたものであろう。

枯芝に道見つけたり梅花　素旭

（雲英末雄編『安永三年蕪村春興帖』太平文庫一九九八）による。

梅花の香りに導かれて、枯芝の中から歩く道を見つけた素旭の句の意図は極めて明瞭であるが、蕪村はこれに左手に笠と杖を持つ行脚俳人の絵を付した。宗匠頭巾を被った姿、杖と笠を持つ様態、そして蕪村が書いた多くの芭蕉図と照合してみると、この図に描かれた人物も芭蕉に違いない。

晩年の芭蕉は、「此道や行人なしに穐の暮」（元禄七年『笈日記』）という一句を詠んでいる。『笈日記』にこの句と並んで「人声や此道かへる秋のくれ」という句も記され、また「此二句の間いづれをかと申されしに、この道や行ひとなしに、と独歩したる所、誰かその後にしたがひ候半とて、そこに所思といふ題をつけて、半歌仙あり」という文が綴られている。『芭蕉翁発句評林』（曙紫庵杉雨著、宝暦八年刊）は「寒山不レ見レ人といへる詩の心にやあらん。猶可レ尋。」と一句は秋、人生の寂寥感を言い出していると解釈している。それに対し、『師走嚢』（正月堂著、明和元年刊）は「此句は秋の寂しきに連て誹諧の道にも携る人なきを歎ずる句と見えたり」と説明している。従来からこの句に対し、主にこの二つの方面をめぐって、『笈日記』と『三冊子』にある題「所思」とはいったいどのような思いを指しているのかについて論争している。にもかかわらず、この句には芭蕉の思いが深く込められ、晩年の自分を嘆いたり、追究してきた俳諧文芸における孤高な思いを発しておりと、芭蕉の心に潜んでいる悲しさ、寂しさが痛切に伝わってくる。

蕪村が素旭の句に付けた芭蕉の絵は、素旭の道と芭蕉の道とをうまく関連付けたと感じられる。芭蕉が詠んだ「此道や」の句に対して、梅の香が漂う中、私は道を見つけたよと答えたのであろう。秋の寂量感と比べ、素旭が書いた道は梅香の満ち溢れる春の道、蕪村は芭蕉図を添えたことを通し、先師の足跡に従って前へ進んでいこうと、時空を超えて芭蕉と対話をしていると連想される。

藤田真一は左記のように、蕪村と芭蕉の句を並べて分析している。

梅が香にのつと日の出る山路哉　芭蕉
梅が香に夕暮早き牀哉　　蕪村

秋深き隣は何をする人ぞ　芭蕉
壁隣ものごとつかす夜さむ哉　蕪村

この蕪村の発句について、「ねらいはいかに等類を逃れるかであった。そのための工夫が、句合仕立に兄弟の句をつがえることであった。その具体的な方法は、既存の句の一部を転換することであった。転換は用語・表現の場合が多く、発想・趣向の場合もあった。とはいえ、この二つは別事ではない。前者の場合もめざすところは意味の転換であり、後者の場合も発想の転換を促すよりどころはことばであった。それを其角は「反転」という。反転したのちの新たな句の世界は、もちろん句ごとにさまざまである。微妙なニュアンスを醸し出すこともあれば、はっと目を見張らせるような切り換えをおこなうこともある。[1]」と指摘した。蕪村は「反転」という手法を通し、前人の句の風貌を改変し、新たな醍醐味を求めた。左記の「梅が香にのつと日の出る山路哉　芭蕉」と「梅が香に夕暮早き牸哉　蕪村」の二句は安永三年八月十日月並句会において、

① 藤田真一「俳諧の方法」『俳諧遊心』若草書房・一九九九・第一七九頁・

芭蕉の句を兄とし、弟の句を試みたのである。ここから見ると、安永年間、蕪村はすでに其角が『句兄弟』の序文に提出した「反転[①]」を意識し、そして新しい俳意をこの手法を通して求め始めたのである。

従って、同じく安永三年に編纂された「春興帖」に於いて、素旭の句に芭蕉の絵を添付したのもこの手法を再利用した結果ではなかろうか。素旭の句は芭蕉の「行道や」の句意とたまたま類似する要素を持ちながら、趣向は逆となる。そこで、蕪村は芭蕉の絵を付して、芭蕉の句と関連付け、素旭の句の趣向をより豊かにした。しかし、このような試みを文字ではなく、絵で実現しようとしたのである。他人の句に手入れはしていないが、絵を添えることによって、読者に新たな読み方、捉え方を与えた。その上、「反転」という手法を通し、芭蕉に返答するというような構成を成し遂げ、句の世界を広め、物語的に素旭の句を直したと考えられる。その一方、蕪村は古典、つまり芭蕉の句

① 『句兄弟』序文：点ハ転ナリ、転ハ反なりと註せしによりて案ズルに、句ごとの類作、新古混雑して、ひとりことごとくには、諳じがたし。然るを一句のはしりにて聞なし、作者深厚の吟慮を放狂して、一転の付墨をあやまる事、自陀（他）の悔且暮にあり。さればむかし今の高芳の秀逸なる句品、三十九人を手あひにして、をかしくつくりやはらげ、おほやけの歌のさま、才ある詩の式にまかせて、私に反転の一躰をたてゝ、物めかしく註解を加へ侍る也。

を借りて、自分も芭蕉と同じように、俳諧の真髄をずっと探しているという俳人の思いを表出しようとしたのであろう。

又、十四番目の「陶淵明図」も同様である。

我とゝもに琴かき撫る柳かな　但出石 馬圃

馬圃は風に靡く柳が正に私の友となり、一緒に琴を弾いてくれるという春の一句を詠んだが、蕪村は琴と柳というキーワードを土台にし、「五柳先生」と自ら名乗った陶淵明の人物像を付け加えた。中国梁の蕭統が著した『陶渊明伝』には「淵明不㆑解㆓音律㆒、而蓄㆓無弦琴一張㆒、毎㆓酔適㆒、輒撫弄以寄㆓其意㆒」[①]と書かれている。このように、「無弦琴」を弾く陶淵明の故事は、日本古典文学などにもしばしば引用されるほど、広く知られていた。

蕪村が馬圃の句に備え付けた陶淵明の人物図は極めて普通で、ワンパターンなものであると思われるかもしれない。雲英末雄もまたこの絵に関して「これは発句と絵とが、

---

① 『文選』（梁）蕭統編、（唐）李善注 陳明潔整理、張撝之審閲、山東画報出版社・二〇〇四・

説明し合う関係になっており、趣向は見られない」[①]と言っている。これまた雲英氏が示唆している「匂ひ付」と矛盾している。しかし、ここにも「文人趣味」がより明らかに表出されていると考えられる。

陶淵明は音律が分からないが、風雅を求める文人の心理に煽られ、「無弦琴」を弾くことにした。この「無弦琴」は、文人たちにとって生涯をかけて追究しようとしている境地を代表するものである。馬圃の句は、我とともに柳の枝が琴を弾いているという風流な人物と場面を描いている。この句では弦の有無には触れられていない。蕪村はそこに陶淵明の人物図を添えることで、琴をかき撫でるこの柳は陶淵明その人であると言っている。私の風流心をわかってくれる柳、その柳に陶淵明の面影を観ることで、陶淵明その人に語りかけていることを連想させようとしているのである。存在するものを知るだけで、手段にとらわれているようでは、学問学術の真髄に触れることはできないと、中国文化における一種の極致が奥深く言い綴られている無弦の琴の故事を踏まえている。青々とした垂れ柳が風にそよぐ姿は、正に僕と琴を一緒に撫でているかのようであると蕪村が言っている。春景色を如実に描写する原句の意に、陶淵明と会話をするかの

---

① 雲英末雄「蕪村の俳画を考える——『安永三年蕪村春興帖』の挿絵をめぐって」・第一一八頁・

ように、物事の真髄を我々人間のみならず、自然風物は更に我々より良く承知しているという趣旨をもって蕪村は絵を付けたと考えられる。句に絵を添えることによって、時空を拡大し、自分の文人趣味を鮮明に表出したのである。

このように、「反転」という方法を生かすことで、短い句の余韻を最大に作り出し、新しい俳意を作り出すことができる。「安永三年蕪村春興帖」に収録されている蕪村の絵にも、このようなことが見て取れる。南画を学習しながら、山水に長じる南画とは正反対に、南画の中の人物像だけをクローズアップして、多くの俳画を描いた。山野の景観、山水などは抹消されたが、空白、人物の動作などで余韻を表現する。

蕉風復興運動が興隆を見せた安永天明期、蕪村一門は俳壇における新しい胎動の影響を受けつつ、自ら「趣向」を大事にする独自の作風を切り開いた。その作品自体からも「実景、実情を述」べ、「姿情兼備」、「物我一如」の境地に入るといった蕉門の主張を踏まえながら、空間性、時間性がより幅広く拡大された。蕪村が『春泥句集』(安永六年)の序文で言う「俳諧は俗語を用て、俗を離るゝを尚ぶ」、「画家去俗論あり(中略)それ画の俗を去だも、筆を投じて書を読しむ。況、詩と俳諧と何の透しとする事あらんや」のように、画、詩、俳諧、いずれも俗を離れて高邁な精神を養おうとする方法は読書にほかならないと言っている。画・俳に生きようとする蕪村自身の経験に根ざしたこの理念はまた、蕪村一派の俳諧精神が「文人精神」と通底する証といえよう。先に分析したいくつかの絵と句との組み合わせも同様である。発句と絵とはお互いに補い合う関係であり、一種の不即不離の関係でもある。この「春興帖」に収録された十六図の場合、元の句意とまったくそぐわない絵の方が多く確認できるが、そこからは、蕪村オリジナルの俳諧の手法、つまり蕪村調の特徴がはっきりとわかるのである。

四、終わりに

芭蕉の没後から享保前後までの俳諧の趨勢は、江戸では前句とは名ばかりの一句立の前句付けが流行して川柳化の道をたどるとともに、正式の連句においても前句との付合を無視した一句立が喜ばれて、付合文芸は解体の方向に向かっていた。それに対して大阪以西や美濃・伊勢を拠点とする中部地方では、芭蕉晩年の軽みの俳風を唱える人たちが、その平俗を徹底的に生かし、俳諧文芸の大衆化を促進し、俳風はいよいよ卑俗化しつつあった。

そうした中、蕪村は芭蕉復興運動を促進し、俳諧の革新を追究した。本論では、「安永三年蕪村春興帖」における蕪村の挿絵に基づき、蕪村が発句を読む手法を徹底的に絵で運用したことを明らかにした。弟子たちの叙景句に古典物語を連想させる絵を付し、叙景と叙事をうまく組み合わせることにより、一句の俳意をより豊富にし、句の世界をより拡げたのである。それのみならず、其角が主張した「反転」の手法を用い、絵を通して弟子たちの句は先人の句、或は詩、故事などと呼応していると表明した。そのことによって、先人の句意に対し新たな趣向を示したり、故事を連想させることで句意を深めたりといった効果をもたらしている。これらの絵から蕪村が求める文人趣味、そして文人に対する敬意を垣間見ることができる。また蕪村調の特別な俳諧性も読み取れる。

本論では、十六図の中、明らかに故事、古人を描いた五つの作品を取り上げて論を進めてきたが、他の絵については触れていない。「安永三年蕪村春興帖」における他の絵にはまたどのような特徴があるのか、そしてどのような暗号が隠されているのかを今後の課題としてさらに考察していく。

参考文献：

①雲英末雄「蕪村の俳画を考える――『安永三年蕪村春興帖』の挿絵をめぐって」『文学』七号 岩波書店 一九九六年一月

②雲英末雄編『安永三年蕪村春興帖』太平文庫 一九九八

③藤田真一『俳諧遊心』若草書房 一九九九

④中村俊定『芭蕉講座』第一巻 創元社 一九五三

⑤清登典子『蕪村俳諧の研究――江戸俳壇からの出発の意味』和泉書院 二〇〇四

⑥岡田利兵衛『蕪村と俳画』八木書店 一九九七

图书在版编目(CIP)数据

芭蕉发句表现论:中国四言诗形下的发句美意识再现:日文/胡文海著. —杭州: 浙江大学出版社,2022.7

ISBN 978-7-308-22748-3

Ⅰ. ①芭… Ⅱ. ①胡… Ⅲ. ①四言诗—诗歌研究—中国—日文②俳句—诗歌研究—日本—日文 Ⅳ. ①I207.22②I313.072

中国版本图书馆CIP数据核字(2022)第105733号

芭蕉発句表現論
—中国四言詩形による発句美的情緒の再現
胡文海 著

责任编辑 石国华
责任校对 杜希武
封面设计 王宗果
出版发行 浙江大学出版社
(杭州市天目山路148号 邮政编码310007)
(网址: http://www.zjupress.com)
排 版 杭州星云光电图文制作有限公司
印 刷 杭州宏雅印刷有限公司
开 本 850mm×1168mm 1/32
印 张 10.75
字 数 220千
版 印 次 2022年7月第1版 2022年7月第1次印刷
书 号 ISBN 978-7-308-22748-3
定 价 58.00元